HEYNE
BÜCHER

SUSAN CARROLL

DAS LIEBESDUELL

Ein Roman aus dem
England des 19. Jahrhunderts

Deutsche Erstausgabe

WILHELM HEYNE VERLAG
MÜNCHEN

HEYNE ROMANE FÜR »SIE«
Nr. 04/11

Titel der Originalausgabe
THE SUGAR ROSE
Aus dem Amerikanischen übersetzt
von Horst Heuring

Printed in Germany 1990
Umschlagzeichnung: Ballantine/Schlück
Umschlaggestaltung: Atelier Ingrid Schütz, München
Gesamtherstellung: Presse-Druck, Augsburg

ISBN 3-453-04076-7

Für Kim Ostrom Bush,
einen begabten Schriftsteller und guten Freund,
als Dank für seine nächtlichen Telefonanrufe,
die mir halfen, Everards Krawatten
die notwendige Steife zu verleihen.

1

»Aurelia Sinclair liebt Lord Justin Spencer.« Flammende Schamröte durchflutete Aurelias Wangen. In tiefer Demütigung riß sie ihre grünen Augen auf, als sie bemerkte, daß sie diese Worte geistesabwesend auf das Deckblatt ihres neuesten Bandes mit Gedichten Byrons gekritzelt hatte. War es schon dreist genug, bereits im Alter von nur fünfzehn Jahren in solch romantischem Unsinn zu schwelgen, so sollte sie im fortgeschrittenen Alter von dreiundzwanzig Jahren eigentlich klüger sein.

Justin, so machte sie sich in geziemender Selbstzucht bewußt, war heute morgen nicht zum Herrensitz Sinclair Manor geritten, um ihr aus leidenschaftlicher Hingabe einen Heiratsantrag zu machen. Nein, er war nur gekommen, um das zu tun, was die Familien der Sinclairs und der Spencers schon lange von ihm erwartet hatten. Wenn Aurelia bei ihm nach innigeren Gefühlen suchte als denen einer Freundschaft, dann war sie ein Narr.

»Giddings wird Lord Spencer jeden Augenblick heraufführen.« Die piepsige Stimme ihrer ältlichen Gesellschafterin, Mrs. Elfreda Perkins, riß Aurelia aus ihren unglücklichen Träumen. »Sind Sie bereit, meine Liebe?«

Aurelia steckte das Buch tief in ihren Handarbeitskorb, richtete sich auf und hob eine Hand an ihren Hinterkopf. Nicht einmal eine Strähne ihres seidenen kastanienbraunen Haares war aus der Krone von festgeflochtenen Zöpfen herausgerutscht. Sie zupfte an den hochstehenden Rüschen ihres Spitzenkragens, schüttelte die Falten aus ihrem safrangelben Hauskleid und wünschte insgeheim, sie hätte ihr bequemes, schlichtes graue Sergekleid angezogen. Die ellenlang herabhängenden gelben Faltensäume aus Gaze vermochten ihre Figur nicht vorteilhaft zur Geltung zu bringen. Doch dann schnitt Aurelia eine Grimasse, als sie die Hände auf ihre rundliche Taille legte, und dachte bei sich, daß der Stoff erst noch gewebt werden mußte, der dieses Kunststück vollbringen konnte.

»Ich denke, ich bin so bereit, wie ich nur eben bereit sein kann.« Ihr Herz flatterte nervös.

»Gut, dann verschwinde ich ganz schnell«, sagte Effie kichernd. Sie zog die Augenbrauen hoch, um besonders schlau zu wirken, doch sie sah eher aus wie eine überraschte Eule. »Ich wäre hier unendlich *de trop,* wenn sich Lord Spencer hinkniet und eine bestimmte Frage stellt.«

Effie stellte sich auf die Zehenspitzen und gab Aurelia einen flüchtigen Kuß, ehe sie aus dem von der Sonne erhellten Raum hüpfte. Aurelia zuckte zusammen. Sie fand es geschmacklos, daß Justins Mutter ihr gegenüber ›nur eine Andeutung‹ gemacht hatte, daß Seine Lordschaft unmittelbar nach dem Frühstück um ihre Hand anhalten würde. Doch es hatte den Anschein, als ob von Effie bis hinunter zur kleinsten Köchin jedermann in das Geheimnis eingeweiht war, daß Seine Lordschaft *endlich* zur Sache kommen würde.

Das Geräusch von Schritten auf dem Absatz der Marmortreppe brachte Aurelia deutlich zu Bewußtsein, daß Justin nicht mehr fern war. Schnell setzte sie sich auf das rote Samtsofa mit der hohen Lehne, holte ihren Stickrahmen aus ihrem Handarbeitskorb und versuchte den Eindruck zu erwecken, als würde sie an nichts anderes denken als an die Altardecke, die sie gerade stickte und der Kirche stiften wollte.

Wenn du nur ein Gramm Stolz hättest, Aurelia Sinclair, dachte sie, dann würdest du ihn abweisen. Einen Mann, der nur kommt, weil seine Mutter ihn darum gebeten hat!

Doch all diese Gedanken waren wie weggeblasen, als die Tür aufging und der Umriß von Justins imposanter Erscheinung im Türrahmen zu erkennen war. Er grinste sie an. Sein braunes, vom Sonnenlicht gebleichtes Haar setzte sich angenehm von seiner braungebrannten Haut ab.

»Guten Morgen, Aurelia.«

Noch ehe sie antworten konnte, stürzte sich Giddings in das Zimmer. Auf seinen würdevollen Gesichtszügen lag noch der Hauch tiefer Kränkung. In seinem frostigsten Tonfall verkündete er: »Lord Spencer, Miß.« Aurelias Puls raste. Sie stand halb auf und streckte die Hand aus.

»Und«, fuhr Giddings mit mißbilligender Miene fort, »Mr. Everard Ramsey.«

Aurelia sank auf das Sofa zurück und war, wie Giddings, entsetzt über die Gegenwart des makellos gekleideten, dunkelhaarigen Gentleman, der Justin in das Zimmer folgte. Wie oft hatte Justin ihr von Everard Ramsey vorgeschwärmt, dessen Vorliebe für gute Kleidung nur mit seiner Rücksichtslosigkeit an Spieltischen verglichen werden konnte! Aber warum war Justins Freund so unverschämt, sie ausgerechnet an diesem besonderen Morgen zu besuchen, da Justin die Absicht hatte, ihr einen Heiratsantrag zu machen?

Justin jedoch schien Ramseys unpassende Aufwartung nicht im geringsten zu stören. Während er sich umdrehte und seinen Freund geradezu erfreut begrüßte, mußte Aurelia alle Energie aufbringen, um ihre bittere Enttäuschung zu unterdrücken.

»Ich habe versucht, diesen Burschen abzuwimmeln«, flüsterte Giddings betont laut. »Doch als er in den Hof kutschierte, sah er Lord Spencers Pferd und wußte, daß Sie ihn heute empfangen …«

»Danke schön, Giddings«, sagte Aurelia schnell, denn sie fürchtete, Ramsey könnte ihn hören. »Würden Sie bitte Erfrischungen für meine Gäste besorgen?«

»Sicherlich, Miß.« Der alte Mann begab sich würdevoll aus dem Zimmer und murmelte, wie gut ein Glas Arsen gewissen Leuten tun würde, die nicht den Verstand besaßen, zu erkennen, daß ihr Kommen völlig unangebracht war.

Aurelia warf den beiden Männern ein sanftes Lächeln entgegen. »Ich, ich fürchte, Giddings wird mit zunehmendem Alter immer exzentrischer.«

Diese unerwartete Wendung der Ereignisse hatte sie vollkommen aus der Fassung gebracht. Sie schüttelte Justin die Hand, ehe sie Mr. Ramsey leise begrüßte. Sie konnte den Mann mit einemmal überhaupt nicht mehr ausstehen, obwohl sie ihn erst am Abend zuvor beim Abendessen kennengelernt hatte. Der Geck aus London hatte sie über den Tisch hinweg mit seinem Lorgnon inspiziert und studiert, bis Aurelia sich genötigt sah, ihm zuzusäuseln: »Ach, Mr. Ramsey, geht es Ihnen auch wirklich gut? Mein lieber Papa pflegte mich auch auf ebendiese glasige Weise anzustarren, als ihn dann plötzlich ein Gichtanfall niederstreckte.«

Der Mann hatte nicht einmal die Güte, rot zu werden, doch immerhin hatte ihre Bemerkung die Wirkung, daß er seinen Blick woandershin wendete, obwohl sie das unbehagliche Gefühl nicht los wurde, daß er jedes Wort verfolgte, das sie mit Justin, ihrem Tischpartner, wechselte.

Nach diesem Vorfall hatte sie eigentlich geglaubt, daß es Mr. Ramsey nicht im Traum einfallen würde, sie zu besuchen. Daß sie sich in diesem Punkt gewaltig getäuscht hatte, bewies seine Gegenwart.

Ramsey machte eine kurze Verbeugung, seine versteckt liegenden, blauen Augen wirkten ein wenig spöttisch. Seine vollendet geformte Kieferpartie, seine hohe Wangenknochen, seine dunklen, gewölbten Augenbrauen verliehen dem Mann den Ausdruck einer behutsam ausgebildeten Arroganz. »Wie ich sehe, überrascht Sie mein Besuch, Miß Sinclair.« Er holte aus der Tasche seiner geblümten Seidenweste einen Fächer hervor. »Sie haben dies hier gestern abend bei meiner Tante liegengelassen, und sie hat darauf bestanden, daß ich dafür Sorge trage, es Ihnen zurückzubringen.«

»Was! Die ordentliche, tüchtige Miß Sinclair vergißt ihre Habseligkeiten«, kicherte Justin. »Das paßt aber gar nicht zu der Reely, die ich kenne.«

Aurelia quittierte diese Hänselei mit einem Lächeln, doch sie spürte, daß ihre Wangen erröteten. Würde es ihr je gelingen, Justin davon abzubringen, diesen schrecklichen Spitznamen aus ihrer Kindheit zu benutzen?

»Danke schön, Mr. Ramsey«, sagte sie und faßte den Fächer am Elfenbeingriff. »Aber Sie hätten sich nicht die Mühe zu machen brauchen, den Fächer sofort zurückzubringen. Besonders wenn ich bedenke, daß Sie heute morgen noch *so viele wichtige Dinge* zu erledigen haben.«

»Hier, in der Wildnis von Norfolk, Miß Sinclair?« Eine dunkle Augenbraue Ramseys schoß nach oben. »Nein, ich kann Ihnen versichern, daß ich mich um keine dringlichen Geschäfte kümmern muß. Wenn ich ehrlich bin, so können Sie über meinen ganzen Tag frei verfügen.«

Er schritt weiter in das Zimmer hinein, zog seine gelben Glacéhandschuhe aus und verbreitete ungeniert den Eindruck, als wolle er noch eine ganze Weile dableiben. Aus seinen blauen Augen funkelte ein Blick, den Aurelia für die Boshaftigkeit in Reinform gehalten hätte, wenn es sich nicht um den halsstarrigen Mr. Ramsey gehandelt hätte.

Justin drückte ihr ein Päckchen in die Hand. »Ein kleines Geschenk«, sagte er, »aber ich weiß genau, daß es dir sehr gefallen wird.«

Als Aurelia die Schnur löste und das Geschenkpapier zur Seite schob, entdeckte sie eine Schachtel Pralinen. Für Süßigkeiten hatte sie schon immer eine Schwäche, aber ihr Magen war so verkrampft, weil sie ängstlich und frustriert war, daß es ihr Schwierigkeiten bereitete, Justins Geschenk mit großer Begeisterung zu quittieren. Glaubte Justin denn allen Ernstes, daß Pralinen ihr im Leben das meiste bedeuteten? Eben diesen Gedanken mußte offenbar der unerträgliche Mr. Ramsey in diesem Augenblick haben, denn er ließ seine zynischen Augen von der Schachtel auf ihre Taille wandern. Aus reinem Trotz schob sie eine Praline in ihren Mund, ehe sie den Gentlemen auch eine anbot. Doch sie lehnten beide ab.

Ramsey streckte eine Hand in die Höhe und tat so, als müsse er sich schütteln. »Nein, danke schön, Miß Sinclair! Es ist noch so früh am Tag! Nebenbei bemerkt, ich gehe doch von der Hoffnung aus, daß Sie unseren Besuch so kurz nach dem Frühstück nicht als *lästig* empfinden?«

Als lästig nicht, dachte sich Aurelia. Am liebsten hätte sie ihn mit fletschenden Zähnen in die Flucht geschlagen.

Sie hatte nun fünf Jahre lang auf den Tag gewartet, an dem sich Justin erklären würde, genau die fünf langen Jahre, seit ihr Vater gestorben war und ihr Leben als Waisenkind begonnen hatte. Es schien, als müßte sie dank Mr. Ramsey noch ein bißchen länger auf diesen heißersehnten Augenblick warten.

»Lästig? Aber überhaupt nicht, Mr. Ramsey«, zwang sie sich zu einer gemäßigten Antwort. Sie verlagerte ihre ganze Aufmerksamkeit auf Justin, indem sie ihm ihr freundlichstes Lächeln schenkte. »Es ist unendlich schön, *dich* zu sehen, Justin, egal, zu welcher Tageszeit. Bitte, nimm doch Platz.«

»Ich habe es dir doch gesagt, Ev, nicht wahr?« sagte Justin, »daß Reely nicht so ist wie deine hübschen Frauen in London, die sich um diese Uhrzeit noch matt im Bett herumräkeln.«

»Wie *meine* hübschen Frauen in London?« sagte Everard so sanft, daß es Aurelia beinahe nicht verstanden hätte.

Justin funkelte ihn an, ehe er Aurelia wieder ein Lächeln schenkte, das ihr Herz fast zum Stillstand brachte. Er setzte sich mit gespreizten Beinen auf den Lesestuhl und legte seine Arme mit anmutiger Nachlässigkeit auf das Lesepult.

War es wirklich so abwegig, überlegte Aurelia nachdenklich, der Hoffnung anzuhängen, daß Justin die Aussicht auf die Heirat mit ihr nicht mit völliger Abneigung betrachtete und daß sie, wenn sie einmal verheiratet waren, ihre Sandkastenfreundschaft in Gefühle umwandeln konnte, die ein wenig wärmer geartet waren? Wenn es überhaupt eine solche Chance gab …

Aber sie konnte sich nicht richtig auf Justin konzentrieren, denn sie war sehr verwirrt ob der Anwesenheit Mr. Ramseys, der es nicht vorgezogen hatte, sich hinzusetzen. Warum mußte dieser Mann nur im Stechschritt herumsausen und die Ausstattung des Zimmers mit seinem Lorgnon begutachten? Als er die ausgebleichte Tapete mit dem Lebensbaummuster, den abgenutzten Teppich und die eher wertlosen Bilder betrachtete, wünschte sich Aurelia beinahe, sie hätte sich dazu entschieden, die beiden Herren in einem der nüchtern-eleganten Gesellschaftszimmer zu empfangen, die von ihrer Mutter eingerichtet worden waren. Doch von all den Empfangszimmern im weitläufigen Herrenhaus bevorzugte sie dieses. Es war das einzige, das sie als das ihre betrachtete, hier fühlte sie sich sicher, hier war ihr besonderes Reich. Die massive Kamineinfassung war kein Meisterstück von Adams, Gibbons oder irgend jemand anderem, der sich großer Bekanntheit erfreute, aber sie war aus gutem, echtem Eichenholz, woraus auch viele der restlichen Möbelstücke in diesem Zimmer bestanden. Das Beste an diesem Zimmer war, daß es keine Spiegel darin gab, die ihr die Unvollkommenheit ihrer nicht eben gertenschlanken Figur zeigten.

Aurelia warf keß den Kopf zurück. Als ob sie einen Pfifferling darauf geben würde, was Mr. Ramsey für eine Meinung hatte. Sollte er doch wegen ihres Geschmacks die Nase rümpfen. Sie konnte ihren Lebensraum so gestalten, wie sie wollte.

»Ich glaube, Trueblood hat sich ein Gelenk verstaucht, als wir herübergaloppierten«, sagte Justin. »Ich habe ihn deinem obersten Pferdeknecht übergeben, aber besonderes Vertrauen setze ich nicht in Harley. Er muß mittlerweile doch schon über siebzig sein.«

»O ja, mindestens«, entgegnete Aurelia, die sich darüber ärgerte, sich nicht auf Justins Worte konzentrieren zu können, weil Mr. Ramseys Gegenwart sie so irritierte.

Nachdem er seine Finger über die Tasten des Rosenholzklaviers hatte gleiten lassen, führte ihn die Begutachtung des Raumes zum Kamin. Er kam dabei ganz in die Nähe Aurelias, die sogar ihre Röcke zusammenraffen mußte, damit er nicht mit seinen makellos schwarz glänzenden Schaftstiefeln darauf trat. Seine cremefarbene Kaschmirhose fuhr an ihrer wogenden gelben Seide entlang. Er kam ihr so nahe, daß Aurelia zwangsläufig feststellen mußte, daß sein Marinemantel, der mit Perlmuttknöpfen besetzt war, perfekt zu seiner Figur paßte. Obwohl er nicht so groß und muskulös wie Justin war, so war doch offensichtlich, daß der Mann es nicht nötig hatte, sich dadurch zu helfen, daß er sich die Schulterstücke auspolsterte.

»Kannst du dich nicht mehr daran erinnern, Reely?« Justins ungeduldige Stimme riß Aurelia aus ihren Tagträumen.

»Was? Ich, ich habe dich nicht richtig verstanden«, sagte sie. Sie war ganz verlegen, weil sie auf Justin gar nicht mehr geachtet hatte. Aus reiner Nervosität aß sie gleich noch ein paar Pralinen.

»Ich meine den Vorfall, als Old Harley mir mit der Gerte eins überziehen wollte, als ich heimlich mit dem besten Jagdpferd deines Vaters geritten bin.«

»O ja, daran kann ich mich gut erinnern. Wirklich, Justin, du hast so viele Streiche gemacht, da ist es sehr schwer, sich an jeden einzelnen zu erinnern.«

Justin sah bemerkenswert attraktiv aus, als er herzlich lachend den Kopf zurückwarf, doch Aurelia sah sich außerstande, diesen Umstand in vollen Zügen zu genießen. Sollte doch der Teufel Mr. Ramsey holen! Wenn er schon alles ruinieren mußte, dann konnte er sich wenigstens hinsetzen und seine hochnäsigen Blicke aus einer abgelegenen Ecke verschicken. Mit Angst bemerkte sie jetzt, daß er die schreckliche Sammlung von Jadefiguren begutachtete, die auf dem Kaminsims stand.

»Dieser Bursche hier sieht wie eine tollwütige Bulldogge aus. Welchen Zweck erfüllt er denn, Miß Sinclair? Soll er böse Geister abwehren?«

»Wenn dies sein Zweck ist«, seufzte sie, »dann erfüllt er ihn offenbar nicht.«

Ramseys wohlgeformte Mundwinkel zitterten, der Hauch eines Lächelns huschte über seine Lippen. Dann wurden seine Gesichtszüge wieder härter und nahmen den gewohnt sardonischen Ausdruck an.

Justin gähnte. »Ach, setz dich doch hin, Ev, und laß uns über etwas anderes sprechen als Antiquitäten.«

»Diesem Vorschlag füge ich mich nur allzu gern«, sagte Ramsey schleppend, »aber ich kann mich nicht daran erinnern, daß mir ein Stuhl angeboten wurde.«

»Aber, Mr. Ramsey, ich ...«, hob Aurelia empört an, hielt dann jedoch verwirrt inne. Sie hätte ihm beinahe wieder die Tür gewiesen, als er ankam. Doch selbst wenn man ihre Enttäuschung berücksichtigte, war ein solches Verhalten ihrerseits unentschuldbar.

Sie fing an, sich umständlich zu entschuldigen, als Justin sie unterbrach. »Sei nicht so eingeschnappt, Ev. Du brauchst doch hier die Etikette nicht zu beachten. Hast du denn ganz vergessen, daß deine Tante Aurelias Taufpatin ist? Mann, die Foxcliffs und die Spencers sind seit ewigen Zeiten mit Reely befreundet.«

Sie grinste. »Ja, ich bin wie der Tower in London. Ein alter, wohlbekannter Orientierungspunkt.«

Everard Ramsey stieß einen seltsamen, unterdrückten Laut aus. Hinter seiner Hand erstickte er einen plötzlichen Hustenanfall.

»Ach, du weißt schon, was ich gemeint habe, Aurelia.« Justin, ein wenig verärgert, lächelte sie kurz an.

»Ich fürchte, ja«, murmelte sie. »Bitte, vergeben Sie mir, Mr. Ramsey, ich habe meine Pflichten als Gastgeberin vernachlässigt. Natürlich würde ich mich sehr freuen, wenn Sie Platz nehmen würden.«

In der Tat fing sie an, sich ein wenig dafür zu schämen, daß sie sich so unhöflich benommen hatte. Doch dieses Gefühl verflüchtigte sich sehr schnell, als Mr. Ramsey all die säbelbeinigen Queen-Anne-Stühle ignorierte und es sich neben ihr auf dem Sofa bequem machte. Die Stielbrille, die bislang auf die Kaminsimsdekorationen gerichtet war, hatte nun in all ihrer Gnadenlosigkeit ein neues Zielobjekt gefunden, nämlich ihr Gesicht.

Sie schlang noch zwei Pralinen hinunter und holte ihre Stickarbeit hervor, legte sie auf ihren Schoß und versuchte auf diese Weise, sich abzulenken und gute Miene zum bösen Spiel zu machen. Wie durchbohrend blau die Augen dieses Mannes waren! Es war das tiefe

Himmelblau eines klaren Herbstnachmittages. Seltsam, daß sie es zuvor nicht bemerkt hatte. Und sein Haar erst. Diese glänzenden, mitternachtsschwarzen Wellen weigerten sich störrisch, sich der hübschen Brutusfrisur zu beugen, die unter den Gentlemen gerade so beliebt war. Dieser Umstand mußte dem eitlen Mr. Ramsey eine Quelle großen Verdrusses sein.

»Es ist erstaunlich, wie Sie mit der Nadel umgehen können, Miß Sinclair«, sagte er mit einer Stimme, die sie verwirrte. »Wie bringen Sie es nur fertig, solch schwierige Stiche zu machen, ohne auch nur einen Blick auf Ihre Arbeit zu werfen?«

Aurelia hätte sich beinahe in den Finger gestochen, als sie feststellte, daß sie ihn genauso intensiv angestarrt hatte, wie er sie betrachtet hatte. Sie senkte ihren Blick und beschloß, Ramsey nicht zu gestatten, sie noch weiter einzuschüchtern.

»Das ist alles nur eine Sache der Übung«, sagte sie. »Ich denke, Sie haben auf dieselbe Art und Weise ihr Geschick mit der Stielbrille entwickelt. Darf ich Sie vielleicht höflichst darum bitten, sie auf den Teppich zu richten? Ich scheine nämlich eine meiner Nadeln fallen gelassen zu haben.«

»Oh, oh, Miß Sinclair, da überschätzen Sie aber meine Qualitäten. Ich habe mich noch nie besonders geschickt dabei angestellt, verlorene Gegenstände wiederzufinden.« Dennoch senkte er seine Brille, die an einem breiten Band hing, und justierte sie mit zwei grazilen, spitz zulaufenden Fingern, um die Nadel vielleicht doch zu finden.

Auf der anderen Seite des Zimmers unterdrückte Justin ein demonstratives Gähnen. Aurelia fürchtete, die Unterhaltung würde ihn langweilen, doch sie erkannte, daß er sich kaum um sie und Mr. Ramsey kümmerte. Justins Blick schweifte durch die großen Fenster hinaus, zu den Feldern und Wäldern, was Aurelia instinktiv einzuschätzen wußte. Es war das perfekte Wetter, um auf die Jagd zu gehen. Unruhig rutschte er auf seinem Stuhl herum. Es würde nicht mehr lange dauern, bis er sich die passende Ausrede ausgedacht hätte und seinen Besuch beenden würde.

Die Pest sollte Everard Ramsey holen! Aurelia steckte die Nadel mit Vehemenz in das Leinentuch und schnappte sich noch eine Praline. Sie wünschte sich fast, Giddings würde wirklich ein bißchen Arsen in den Madeira dieses Herrn schütten.

Ramsey lehnte sich nach vorn, um ihre Arbeit einer genaueren Betrachtung zu unterziehen. »Was nähen Sie da eigentlich so begeistert?«

Sie verspürte den beinahe unstillbaren Wunsch, Ramseys aufreizende Unerschütterlichkeit ins Wanken zu bringen. »Es handelt sich um ein Leichentuch«, sagte sie spröde.

Ihre Worte zeitigten die gewünschte Wirkung. Ramsey fuhr in die Höhe und riß die Augen auf. »Ich, ich darf um Entschuldigung bitten! Hm, Leichentücher zu nähen – das ist doch für eine junge Frau sicherlich eine recht seltsame und ungewöhnliche Beschäftigung?«

»Ich möchte gern vorbereitet sein. Man weiß nie, wann im Bekanntenkreis wieder jemand dahinscheidet.«

Dieses schwer definierbare Lächeln huschte erneut über sein Gesicht. »Wenn Sie dabei an mich denken sollten, dann halten Sie es am besten mit Penelope und lassen sich viel Zeit damit. Ich bin aus festerem Holz geschnitzt, als Sie sich vorstellen können.«

»Ich folge ihrem Beispiel und trenne jede Nacht wieder ein bißchen auf«, gab Aurelia nach. »Aber ich weigere mich, die Arbeit an diesem Tuch nur Ihretwegen auf zwanzig Jahre auszudehnen.«

Ohne daß sie es eigentlich beabsichtigt hatte, fing sie allmählich an, dieses Wortgefecht zu genießen, als Justin plötzlich aufstand und seine langen Glieder streckte. »Ich möchte euch nur vorwarnen. Wenn ihr anfangt, über diese muffigen Römer zu sprechen, dann bin ich auf der Stelle verschwunden.«

»Es handelt sich um Griechen, mein lieber Freund«, sagte Ramsey. »Die Geschichte von Penelope und Odysseus stammt aus Griechenland.«

Justin zuckte uninteressiert mit den Achseln. »Das ist mir einerlei. Ich glaube, es ist besser, wenn wir jetzt zum Grund meines Besuches kommen.« Er langte in die Tasche seiner Weste. Sein braungebranntes Gesicht bekam einen verärgerten Eindruck. »Verdammt noch mal. Ich hab' den Ring vergessen.«

Aurelia gefror das Blut in den Adern, ihre Nadel blieb mitten in einem Stich stecken, und ein zunehmendes Gefühl der Angst nahm unweigerlich Besitz von ihr. Nein! Das konnte doch nicht wahr sein! Justin konnte doch nicht die Stirn haben, seinen Heiratsantrag unter den kritischen Augen von Everard Ramsey vorzubringen.

Nachdem er seine Westentaschen abgeklopft hatte, warf Justin verzweifelt die Arme in die Höhe. »Naja, ich kann den Ring schließlich auch an einem anderen Tag vorbeibringen. Das Entscheidende ist ja ohnehin erst dann, wenn das Aufgebot bestellt und ein Zeitpunkt festgesetzt wird.« Er legte eine Pause ein und versprühte sein einnehmendstes flegelhaftes Grinsen, das er auf Lager hatte. »Auf Wiedersehen, Reely! Du möchtest mich doch heiraten, oder?«

»Ich, ich ...« Sie sperrte den Mund auf, aber sie war unfähig, einen Laut hervorzubringen. Sie fühlte, daß ihr das Blut ins Gesicht schoß, sie fühlte sich verletzt, verlegen und verärgert, in ihrer Brust tosten die Gefühle.

Everard Ramsey erhob sich langsam. »Das ist der Gipfel der Unverschämtheit! Das geziemt sich doch nicht, Justin!« Ramseys Gesicht errötete, er machte einen unkontrollierten Schritt nach hinten und stieß dabei Aurelias Arbeitskorb um. Alles was darin war, fiel auf den Boden, doch das bemerkte er nicht, als er zischte: »Miß Sinclair in meiner Anwesenheit einen Heiratsantrag zu machen!« Äußerste Wut spiegelte sich auf den feinen Gesichtszügen Ramseys. »Aha, ich verstehe. Das ist wieder einer deiner Streiche, Justin. Du und Miß Sinclair wollt euch wohl über mich lustig machen.«

»Nicht im geringsten. Aurelia und ich meinen das völlig ernst«, sagte Justin. »Nicht wahr, Aurelia?«

»J-ja.« Wenigstens meinte *sie* es ernst. Sie wußte nicht so recht, was sie mehr ärgerte, Justins Gedankenlosigkeit oder Mr. Ramsey, der offenbar glaubte, daß schon allein die Vorstellung, daß Justin sie heiraten würde, dem Wesen eines Witzes nahekommen würde. Sie erhob sich und spürte in sich das Verlangen, beiden einen Dämpfer zu verpassen, der sich gewaschen hatte, doch selbst nach all den langen Jahren hörte sie noch immer die eisige Stimme ihrer Mutter in ihrem Kopf. *Eine Dame, Aurelia, gerät niemals in Wut.*

Sie holte tief Luft, um sich wieder unter Kontrolle zu bekommen, und zählte auf französisch rückwärts.

Ramsey funkelte Justin an. »Ich denke, das verschiebst du auf einen passenderen Augenblick.«

»Völlig unnötig, mein Herr«, schaltete sich Aurelia ein. Aha, zweifelsohne hoffte der elegante Mr. Ramsey, daß er in der Zwischenzeit verhindern konnte, daß sein Freund sich mit einer solch schlampigen, unattraktiven Frau verlobte. Sie hob das Kinn und starrte trotzig in Mr. Ramseys blaue Augen. »Natürlich, Justin, ich nehme deinen Antrag an. Mit größter Freude.«

Mißbilligend preßte Ramsey seine Lippen aufeinander. Diese Mißbilligung schien noch zuzunehmen, als Justin zu ihm hinüberschritt und ihm auf den Rücken klopfte.

»Hervorragend, dann ist ja alles klar. Warum regst du dich nur so auf, Ev? Reely fühlt sich durch meine Vorgehensweise in keiner Weise beleidigt. Warum also regst du dich so auf?«

»Falls Miß Sinclair nicht beleidigt ist, so kann ich nur dazu sagen, daß sie es eigentlich sein müßte. Sogar bei einer bereits abgesprochenen Ehe sind gewisse Umgangsformen und Gefühle zu berücksichtigen.«

»Mach dich nicht lächerlich. Reely und ich sind alte Freunde. Unsere Güter liegen direkt nebeneinander. Unsere Hochzeit wird seit Jahren erwartet. Mein Gott, Reely ist überhaupt kein romantischer Typ. Sie würde mich doch auslachen, wenn ich vor ihr auf die Knie gehen würde und von sentimentalem Quatsch salbadern würde. Hab' ich nicht recht, altes Mädchen?«

Aurelia mußte erst einmal schlucken, ehe sie mit der Leichtigkeit antworten konnte, die sie überhaupt nicht verspürte. »Ich weiß nicht. Es würde sich vielleicht doch als sehr nützlich erweisen, wenn du dich auf den

Teppich knien würdest. Dann triffst du vielleicht auf die Nadel, die ich fallen ließ.«

Justin kicherte, drehte sich um und grinste seinen Freund triumphierend an. Ramseys Miene verfinsterte sich zu einer Maske aus Gleichgültigkeit. »Mir dünkt, ihr beiden paßt gut zueinander. Erlaubt mir, euch meine Glückwünsche auszusprechen.«

»Zu nett von Ihnen, wirklich«, sagte Aurelia mit einem spröden Lächeln. Ihre Befriedigung darüber, Mr. Ramsey geärgert zu haben, ließ in dem Maße nach, wie ihre Tagträume sich verflüchtigten, in denen sie den sehnlichen Wunsch hatte, Justin würde einmal lernen, ihre Liebesgefühle zu erwidern. Wann würde sie jemals verstehen, daß romantische Anwandlungen für eine Frau wie sie nicht taugten? Aber wenn Ramsey nicht anwesend gewesen wäre, dann wäre Justin vielleicht etwas mehr … Nein, sie fürchtete, dann wäre er auf dieselbe plumpe Weise vorgegangen. Justin war eben Justin, und es gab nichts auf der Welt, das ihn noch ändern konnte. War es nicht ein unabdingbarer Teil seines Charmes, daß sein Verhalten so unvorhersagbar war und er nicht auf die Konventionen achtete?

Alles, was er wollte, war eine Freundschaft, eine angenehme Ehe. Sie mußte lernen, dies zu akzeptieren, wenn sie vorhatte, seine Frau zu werden. Glücklicherweise hatte sie ihr Herz nie auf der Zunge getragen. Justin brauchte nicht zu wissen, wie sehr sie ihn liebte. Vielleicht hatte sie nicht genug Stolz, um sein Angebot abzulehnen, aber sie war stolz genug, ihm zu verheimlichen, wie verrückt sie nach ihm war. Sie genehmigte sich noch ein paar Pralinen und kehrte zu ihrer Stickarbeit zurück, wobei sie versuchte, trotz der Ereignisse so unbeeindruckt zu wirken, wie Justin es tat.

Die beiden Männer machten sich daran, ihren Arbeitskorb wieder herzurichten, indem sie Nadelkissen, Faden und Garn zusammenklaubten. Ramsey richtete sich wieder auf und betrachtete einen kleinen, mit Leder eingebundenen Buchband.

»Sie überraschen mich, Miß Sinclair. Ich hätte nie geglaubt, daß jemand, der sich für so unromantisch wie Sie ausgibt, Gefallen an Byrons Dichtkunst finden könnte.«

Mit sinkendem Mut stellte sie fest, daß Ramsey ihre Ausgabe des Buches *Der Korsar* in die Finger bekommen hatte. Das Buch mußte herausgefallen sein, als der Arbeitskorb umgefallen war.

»O nein! Das gehört meiner Gesellschafterin.« Sie riß ihm das Buch aus der Hand, als er gerade dabei war, das Deckblatt aufzuschlagen.

Ramsey blickte überaus verdutzt drein, als sie den Band hinter das Sofakissen steckte und sich dagegen lehnte. Es war ihr lieber, wenn er dachte, sie hätte nicht alle Tassen im Schrank, als wenn er ihre naive Inschrift zu Gesicht bekäme.

»Ich werde Effie sagen müssen, daß sie besser auf ihre Bücher zu achten hat«, sagte sie.

»In der Tat.« Ramsey verdeckte geschickt die Augen mit seinen Lidern, so daß sein unergründbarer Blick nicht zu erkennen war.

Justin rieb sich die Hände. »Ich schlage vor, ich reite jetzt nach Penborough zurück, um meiner Mutter und Clarice die frohe Botschaft zu überbringen.«

»Ja«, entgegnete Aurelia trocken. »Stell dir nur vor, wie erstaunt sie sein werden.«

Justin lachte. »Oh, Reely, das ist genau das, was ich so sehr an dir mag. Du bist ein solcher Witzbold!«

»Das stimmt. Ich bin so unterhaltsam, daß ich manchmal sogar über mich selbst lachen muß.« Diese Worte blieben ihr beinahe im Hals stecken. Wenn er und Mr. Ramsey nur endlich gehen würden! Ihr Lächeln sah gezwungen aus, und lächerliche Tränen kribbelten hinter ihren Augen. Sie richtete sich darauf ein, die Gentlemen nach draußen zu begleiten, doch als sie versuchte, ihre Stickarbeit zur Seite zu legen, stellte sie entsetzt fest, daß sie durch das Linnen hindurch in das Gewebe ihres Kleides genäht hatte.

Aurelia stöhnte beinahe laut auf. Es kam ihr vor, als ob das Schicksal sich heute morgen verschworen hatte, sie als totalen Dummkopf erscheinen zu lassen. Sie legte den Rahmen wieder behutsam auf ihren Schoß und hoffte inständig, daß weder Justin noch Mr. Ramsey – besonders nicht Mr. Ramsey – diesen Fauxpas bemerkt hatten.

»Vergebt mir, wenn ich euch nicht zur Tür bringe«, krächzte sie, »aber wir sind ja übereingekommen, die Etikette nicht zu beachten.«

Justin lächelte, offenbar dachte er an nichts anderes als an Flucht. Er beugte sich über sie und gab ihr einen züchtigen Kuß auf die Wange, wobei er ihr versicherte, sie sehr bald wieder zu besuchen. Der Kuß entsprach nicht im entferntesten dem, was sie sich nach seinem Antrag erhofft hatte, und brachte deshalb ihr Herz nicht zum Rasen.

Sie verspürte ein Gefühl der Erleichterung, als er zur Tür schritt, aber Mr. Everard Ramsey schien entschlossen zu sein, sie endgültig aus der Fassung zu bringen. Während sie so dasaß und umständlich mit ihren Händen das Leinentuch verdeckte und so tat, als wäre alles in bester Ordnung, verweilte der Mann noch ein wenig. Er fand noch eine Rolle Zwirn und legte sie gemächlich zurück in ihren Nähkorb, ehe er sich ganz tief verbeugte, um sich von ihr zu verabschieden.

»Ich möchte mich bedanken für einen überaus, hm, interessanten Vormittag, Miß Sinclair. Ich hoffe, wir treffen uns bald wieder.«

Und ich hoffe, du erstickst an deiner eigenen Krawatte, dachte sie. Laut sagte sie: »Es war sehr nett von Ihnen, mich zu besuchen. Guten Tag, Sir.«

»Komm schon, Ev«, rief Justin von der Türschwelle aus. »Wenn ich Trueblood nicht reiten kann, dann mußt du mich vielleicht in deiner Karriole mitnehmen.«

Als ob ihm Justins Ungeduld völlig egal wäre, hob Ramsey eine Hand Aurelias an seinen Mund und küßte sie schüchtern. Sie kämpfte um Fassung und wagte sich nicht zu bewegen, bis sich die Tür zum Musikzimmer endlich hinter den beiden Männern geschlossen hatte.

»Gott sei Dank«, sagte sie. Unabhängig davon, wie katastrophal der Rest des Morgens verlaufen war, sie konnte sich wenigstens dazu gratulieren, den scharfäugigen Mr. Ramsey hinters Licht geführt zu haben. Sie entspannte sich und ließ die Hände auf ihren Schoß sinken. Erst dann bemerkte sie, daß Ramsey es irgendwie gelungen war, einen Gegenstand auf ihre Stickerei fallen zu lassen.

Reumütig schürzten sich ihre Lippen zu einem Lächeln, als sich ihre Finger um ihre Schere schlossen.

2

Die eisenbeschlagenen Räder der Karriole ratterten gefährlich nahe am Rande des Grabens entlang. Justin knallte gegen die Seite der offenen Kutsche und faßte dann verzweifelt nach der Lehne seines Sitzes.

»Verdammt noch mal, Everard! Fahr doch nicht wie ein Henker.«

Everard richtete einen wütenden Seitenblick auf seinen Freund. Er knirschte mit den Zähnen und schlug mit den Zügeln auf die Rücken der zwei angespannten spritzigen, kastanienbraunen Pferde. Die Felder, die durch Hecken und Strohhaufen, welche noch in große Schober eingebracht werden mußten, in hübsche, kleine Quadrate aufgeteilt waren, huschten in einem verschwommenen Grün und Gold an ihm vorbei.

Justin starrte hinunter auf den Graben und bereitete sich schon auf den Moment vor, der unausweichlich schien, aber irgendwie schaffte es Everard, das Fahrzeug wieder auf den Weg zu holen, als das Hinterrad bereits um Haaresbreite über den Wegesrand nach unten gerutscht war.

Als die Karriole wieder sicher in der Mitte der Landstraße fuhr, richtete sich Justin wieder auf. »Zur Hölle mit dir, Ev! Ich werde nie begreifen, daß ein Mann, der im Sattel so beherrscht und umsichtig ist, so verrückt werden kann, wenn es darum geht, eine Kutsche zu fahren.«

»Wenn dir mein Fahrstil nicht paßt, steht es dir immer noch frei, zu Fuß zu gehen«, fauchte Everard, der sich wegen der peinlichen Situation, in die ihn Justin an diesem Morgen manövriert hatte, noch nicht beruhigt hatte. Ihn zum Zeugen eines solch lächerlichen Heiratsantrages zu machen! Er trieb die Pferde zu einer noch flotteren Gangart und jagte die Kutsche durch eine Reihe von Furchen, die einen jeden Knochen am Körper spüren ließen. Die Räder wirbelten den Schlamm auf, der die Spitzen von Everards glänzenden Schaftstiefeln so eben verfehlte, aber die Säume von Justins lederfarbener Hose beschmutzte.

»O Gott, steh mir bei«, stöhnte Justin. »Ich glaube, es wäre klüger gewesen, sich eines von Reelys Pferden auszuleihen oder Trueblood über die Felder zurückzuführen.« Seine Augen rollten nervös zum Graben hinüber. »Verdammt noch mal, Ev. Halte dich gefälligst in der Mitte. Diese Seite des Weges ist doch total ausgefahren.«

Everard schenkte dieser Warnung kein Gehör. Der Teufel soll Justin holen, dachte er. Es gab nichts, was Everard mehr haßte, als in jedwede Art von unaufrichtiger Spielerei gezogen zu werden. Wenigstens einmal in seinem Leben hätte Justin ein Mindestmaß an Anstand und gesundem Menschenverstand zeigen können ...

»Zum Kuckuck, Ev. Schnell nach links. Nach links! Oje!« fluchte Lord Spencer. Er sprang nach vorn, langte über Everard hinüber, erfaßte die Zügel und riß sie herum, bis die Pferde in der Mitte des Weges zum Stehen kamen.

Die Gesichtsmuskeln Everards waren steif vor Ärger. Mit vorsichtig kontrollierter Stimme sagte er: »Wenn jemand anderer als du das gewagt hätte, dann ...«

»Ich weiß schon«, keuchte Justin. »Du würdest ihn erstechen. Hab' Gnade mit mir, Ev. Ich habe gewöhnlich nichts dagegen, meinen eigenen Hals aufs Spiel zu setzen, aber es paßt mir überhaupt nicht, wenn jemand anderer mir den Hals brechen will.«

Hinter einem breiten Grinsen funkelten Justins Zähne, was Everard nur mit steinerner Miene erwidern konnte. »Du hättest keine Angst zu haben brauchen«, sagte er eisig. »Ich würde es nie zulassen, daß der besten Karriole Tante Lydias etwas passiert.« Er schaute gezielt auf die Finger Justins, die noch die Zügel umfaßten. Justin ließ die Lederbänder los und ließ sich auf seinen Sitz zurückfallen. Everard setzte die Kutsche wieder in Bewegung. Obwohl seine Verärgerung über Justin weiterhin an ihm nagte, brachte er es fertig, die kastanienbraunen Pferde in mäßigem Trab zu kontrollieren.

»Was hab' ich denn jetzt schon wieder angestellt, daß du so eingeschnappt bist?« fragte Justin. »Du bist doch nicht etwa noch wütend über jene Nacht, für die ich Moll Periwinkle eine Guinee gezahlt habe, damit sie in dein Bett schlüpfte?«

Everard schnitt eine Grimasse, als er sich daran erinnerte, wie er aufwachte und, tief in seinen Rücken eingegraben, knöchrige Ellbogen und Knie verspürte und einen Mund roch, der nach Kohl und Knoblauch stank und an seinem Ohr herumknabberte.

»Nun, jetzt, wo du es erwähnst, sehe ich mich geneigt, mich wieder daran zu erinnern. Ich hatte es eigentlich total vergessen. Um ehrlich zu sein, ich fand das bei weitem nicht so amüsant wie den Streich, als du Pfeffer in meine Schnupftabaksdose getan hast.«

Justin streckte seine langen Glieder so weit aus, wie es die Karriole erlaubte. Diese Erinnerung verursachte ein müdes Lächeln auf seinen Lippen, ein Lächeln, das keine Spur von Reue erahnen ließ. Everard seufzte gereizt. Mit seinen achtundzwanzig Jahren war er im Grunde nur zwei Jahre älter als Justin. Warum hatte er nur manchmal das Gefühl, er wäre schon fünfzig?

»Dann kann ich nicht verstehen …« Justin hielt inne. »Du liebe Güte, du regst dich doch nicht noch immer darüber auf, was heute morgen mit Reely passiert ist?«

»Nein, überhaupt nicht. Das ist ganz allein deine Sache, alter Freund. Ich habe dazu nur folgendes zu sagen. Wenn du das nächste Mal um die Hand eines Weibsbildes bittest, dann laß mich bitte aus dem Spiel.«

»Ich gehe davon aus, daß es kein nächstes Mal mehr geben wird.« Justin knuffte aufmunternd Everards Arm. »Was ist nur in dich gefahren, Ev? Ich hab' gar nicht gewußt, daß du wegen einer solch belanglosen Angelegenheit so in Rage geraten kannst.«

»Belanglos?« Everard verschlug es bei diesem Wort beinahe die Sprache. Er mußte sich schon sehr beherrschen, um sich bei dieser Wortwahl nicht gehenzulassen und seine Hände ruhig zu halten. »Ach ja, die ganze Chose war so belanglos, daß du nie erwogen hast, mich davor zu warnen, was du im Schilde führtest. Wenn ich nur die geringste Ahnung gehabt hätte, hätte ich mich sofort zurückgezogen. Du bringst mich da in eine verdammt blöde Lage.«

»Du lebst in deiner eigenen Welt, Ramsey.« Justin kicherte. »Du mußt die einzige Person in der ganzen Grafschaft gewesen sein, die nicht wußte, was sich heute zwischen Reely und mir abspielen sollte.«

»Verdammt noch mal! Hör auf, sie so zu nennen! Sie hat einen wundervollen Vornamen.«

Justin gaffte ihn baff an, doch er schien nicht überraschter zu sein als Everard, der seinen plötzlichen Wutausbruch genausowenig verstehen konnte.

»Entschuldigung«, murmelte Everard. »Wie ich vorher schon sagte, ganz allein deine Sache.« Er schüttelte den Kopf und versuchte sich in dem gnadenlosen Wirrwarr seiner Gefühle zurechtzufinden. Justin hatte durchaus das Recht, nun eine Frage zu stellen. *Was* war in ihn gefahren? Er war ausgesprochen guter Laune gewesen, als er im Herrenhaus Sinclair Manor angekommen war, und hatte sich darauf gefreut, seine Bekanntschaft mit Miß Sinclair zu vertiefen. Die Frau war ein Original, wie er wohl noch nie eines in seinem Leben kennengelernt hatte. Aber sein Ärger über das, was geschehen war, war wohl kaum ein Grund für seine momentane Aufregung.

»Ich sage dir, was es ist, alter Kumpel«, hob Justin plötzlich an. »Du bist jetzt schon so lange hier in Norfolk, daß du es hier auf dem Land einfach nicht mehr aushältst. Dein ewiges Whist-Gespiele mit den fetten Landjunkern um einen Penny pro Punkt bekommt dir nicht gut. Jeden Abend hast du das hier draußen jetzt gemacht. Was dir fehlt, ist die Stadt. Geh dorthin zurück, kehre zurück an die Tische im Watier's.«

»Ich denke, du hast recht, obwohl um diese Jahreszeit in London kaum jemand anzutreffen ist.« Everard zwang sich zu einem Lächeln, aber es beunruhigte ihn noch immer, daß er so vehement auf die Vorkommnisse dieses Morgens reagiert hatte. Warum konnte er sie nicht einfach vergessen?

Höchstwahrscheinlich lag das an diesem verdammten Buch. Er hatte nur einen ganz flüchtigen Blick auf die Inschrift auf dem Deckblatt werfen können: »Aurelia Sinclair liebt ...« Aber es war nicht schwierig gewesen, sich den Rest zu denken. In ungeschützten Augenblicken kam Aurelia Sinclairs Herz in jenen bemerkenswert grünen Augen zum Vorschein, die eine gefühlvolle Frau offenbarten, die ihre Wunden hinter einem Schleier von Esprit und Witz verbarg.

»Der Teufel soll mich holen!« murmelte Everard unhörbar und verfluchte sein Talent, Geheimnisse zu entdecken. Warum nur hatte er diese unheimliche Gabe, mit der er hinter die Fassaden schauen konnte, die andere Menschen ihrer Umwelt präsentierten, und mit der er sich Zugang verschaffte zu den geheimsten Gefühlen von Schuld und Schmerz? Es wäre doch unendlich angenehmer, wie Justin durch das Leben zu schlendern, der mit dem Glück gesegnet war, gegenüber den Herzensangelegenheiten seiner Mitmenschen taub und blind zu sein.

Doch jetzt bemerkte Everard mit einem gewissen Schmerz, daß Justin weit davon entfernt war, kurzsichtig zu sein. Lord Spencers Augen fielen fast aus den Augenhöhlen, als er ein Milchmädchen mit großen Brüsten anstarrte. Als sie an dem Feld vorüberfuhren, wo das Mädchen gerade ihre Kühe auf die Weide trieb, machte es einen ehrerbietigen Knicks. Sie wiegte ihre vollen Hüften noch einmal kräftig und nickte Justin schamhaft zu. Justin grinste und grüßte sie, indem er seinen hochrandigen Biberpelzhut in der Luft herumwedelte.

Woher wußten diese Frauen denn immer, daß Justin so empfänglich war für hübsche Gesichter? Seit Everard Lord Spencer in ihren gemeinsamen Tagen in Oxford kennengelernt hatte, stellte er sich diese Frage, ohne sie je zufriedenstellend beantworten zu können. Es war, als gäbe es einen unbestimmbaren Magneten, der Justin und jedes attraktive Geschöpf in einem Rock gegenseitig anzog.

Everard ließ die Zügel nach unten fahren und setzte die Pferde wieder zügig in Bewegung, ohne noch auf die dralle Milchmagd hinter ihnen zu achten. Justin hingegen streckte angestrengt den Hals, um noch einen letzten Blick auf sie zu werfen.

»Du hast also vor, dir die Beinfesseln anlegen zu lassen«, sagte Everard scharf, um Justins Aufmerksamkeit zu gewinnen. »Wenigstens wird dann Lady Sylvie Fitzhurst ihre gezielten Aktionen stoppen, dein Interesse zu erregen.« Dieser Gedanke erfüllte Everard mit großer Erleichterung. Seiner Meinung nach war Sylvie Fitzhurst eine gerissene, habgierige Person, die mehr wegen ihres atemberaubenden blonden Aussehens denn wegen ihrer Vornehmheit bekannt war. Eine Beziehung zu diesem Flittchen hätte Justin nur noch mehr Ärger eingebracht.

Doch Justins Brauen schossen in die Höhe und signalisierten Überraschung. »Was hat denn meine bevorstehende Hochzeit mit Sylvie zu tun? Ich hege die Hoffnung, daß schon im kommenden Monat aus unserem belanglosen Flirt etwas wesentlich Wärmeres wird.«

»Ich sehe schon, daß du sehr sorgfältig geplant hast. Eine neue Braut und eine neue Mätresse. Wie verdammt bequem und zeitsparend! Da kannst du für Lady Sylvie gleich ein bißchen Schmuck kaufen, wenn du für Aurelia ein Hochzeitsgeschenk aussuchst.«

»Was für ein großartiger Vorschlag.« Der Schalk tanzte in Justins Augen. »Und hör bitte auf, dein Gesicht so zu verziehen. Du siehst so eingebildet aus wie ein Pfarrer, der gerade eine Predigt hält.«

»Das würde ich auch tun, wenn ich der Meinung wäre, daß es irgendeinen Sinn hätte. Hast du schon einen Gedanken daran verschwendet, was Miß Sinclair von diesem Arrangement halten wird?«

Justin zuckte die Achseln. »Ihr wäre das ziemlich egal, solange ich mich diskret verhalte. Ich habe dir schon wiederholt erklärt, daß es sich bei dieser Hochzeit um eine reine Vernunftehe handelt, es ist nicht die große Leidenschaft. Alles, was Reely von mir erwartet, ist mein Titel und ein Kinderzimmer voller Nachwuchs.«

»Ah ja. Es gibt keinen Zweifel, du hast recht.« Everard schnitt eine Grimasse. Es war nur zu wahrscheinlich, daß dies alles war, was Aurelia von Justin erwartete. Aber wonach sie sich sehnte, wovon sie träumte, das war eine ganz andere Geschichte. Everard sah sie kurz vor seinem geistigen Auge, ihre Lippen zogen sich zitternd in ein nachdenkliches Lächeln, in dem eine Sehnsucht steckte, die sie allzu schnell hinter einem oberflächlichen Lachen versteckte.

»Ich kann aber doch wohl davon ausgehen, daß du wenigstens daran denkst, ihr den Ring zu bringen, nicht wahr?« fragte er.

Justin gähnte und streckte sich wieder. »Oh, ja, ja. Daran denke ich schon. Denn ich weiß, daß du mich nicht eher in Ruhe läßt, als bis ich es gemacht habe. Das Problem mit dir, Ev, ist, daß hinter deiner Fassade eines zynischen Dandys das Herz eines wahren Romantikers verborgen ist.« Er kicherte wieder, wobei sich sein Brustkorb auf und ab bewegte. »Mein Gott, nachdem du Reely so aufgezogen hast, weil sie eine Ausgabe des *Korsaren* hat, wie sehr müßte sie dann erst lachen, wenn ich ihr davon erzählen würde, wie viele

Eselsohren deine Bücher von Byron haben, ganz zu schweigen von Sir Walter Scott.«

Everard spürte, daß er leicht errötete, doch er brachte es fertig, locker zu sagen: »Ich bitte dich darum, es zu unterlassen. Ich habe schon so genug Schwierigkeiten. Zerstöre bitte nicht auch noch meinen Ruf.«

Das Lachen verschwand schnell aus Justins Augen. Das Lächeln auf seinen Lippen wich einem Ausdruck bei ihm völlig ungewohnter Nüchternheit. Sein Blick wendete sich von Everard ab und richtete sich ganz verzückt auf eine Entwässerungswindmühle, an der sie gerade vorüberfuhren. Die Mühlräder drehten sich langsam wie die Arme eines müden Riesen, der das Land bewachte. Lord Spencer räusperte sich. »Was deine Schwierigkeiten angeht, Ev, du weißt, ich würde mich freuen, dir etwas zu leihen …«

»Nein!« Etwas sanfter fuhr Everard dann fort: »Nein, wirklich, danke schön. Ich bin noch nicht so tief gesunken, daß ich von meinen Freunden Geld leihen muß.«

»Aber du könntest mir das Geld – samt Zinsen – zurückzahlen, sobald dein Schiff angekommen ist.«

»Mein Schiff.« Everard brach in ein freudloses Lachen aus. »Dein Geld könntest du dir von meinem Vermögen zurückholen, das sich auf der *Albatros* befindet. Dann müßtest du allerdings in der Lage sein, die Luft sehr lange anzuhalten und bis auf den Meeresgrund zu tauchen.«

»Das weißt du doch nicht sicher. Mein Gott, sie hat sich nur ein wenig …«

»Ein Jahr, zehn Monate und siebzehn Tage«, sagte Everard teilnahmslos. Genau vor dieser Zeit hatte er auf den Hafenanlagen von Portsmouth gestanden und die wogenden weißen Segel der *Albatros* am Horizont dahingleiten gesehen. Dieses Schiff, die *Albatros*, trug all seine Hoffnungen, all seine Träume und beinahe jeden Pfennig des bescheidenen Reichtums, den er vom Unternehmen seines Großvaters geerbt hatte.

»Die *Torheit*«, hatte sein Vater, Sir Fitzwilliam Ramsey, die *Albatros* tituliert. »Handelsschiffe für den Transport nach Brasilien auszurüsten!« hatte er entrüstet geschnaubt. »Da kannst du dein Geld gleich beim Kartenspielen aus dem Fenster werfen, dann ist es wenigstens weg. Hast du denn nicht gehört, was jenen Spekulanten widerfahren ist, die ihr Geld in die Fracht der *Royal George* gesteckt haben? Jetzt haben sie kaum noch das Geld, sich Kniehosen zu kaufen, um ihr Allerheiligstes zu bedecken.«

»Die *Royal George*, Vater?« hatte Everard mit gespielter Geduld gekontert. »Weißt du überhaupt, was für eine Fracht die hatte? Wolldecken, Wärmflaschen und Schlittschuhe! Schlittschuhe nach Brasilien, um Gottes willen! Wir wollen die *Albatros* mit leichter Baumwolle beladen. In Brasilien gibt es nämlich keine Baumwollmanufakturen.«

»Mir ist es vollkommen gleich, was so ein paar braungesichtige Heiden haben oder nicht haben.« Sir Fitz' großer, feuriger Schnurrbart knisterte geradezu vor Zorn. Dann machte er seine Schlußbemerkung, die jeden Streit beschloß. »Wenn nur dein Bruder Arthur noch leben würde. Der hätte so etwas Verrücktes nie getan.«

Wenn Arthur noch leben würde. Everard war der Überzeugung, daß er diese Worte zu oft gehört hatte.

»Ev! Paß auf!«

Justins Warnruf beendete abrupt Everards unglückselige Träume. Er kehrte rechtzeitig in die Realität zurück, um mitzubekommen, daß die Karriole um eine Kurve gefahren war und nun auf eine Ponykutsche zuraste. Everard zog an den Zügeln und versuchte, seine Karriole wieder auf die Seite zu lenken. Aber es war schon zu spät. Die Räder der beiden Fahrzeuge knallten aufeinander. Everard klangen die eigenen Flüche in den Ohren wie das Krachen des zersplitternden Holzes.

Die späte Nachmittagssonne schien durch die großen Fenster und funkelte auf dem silbernen Teeservice, doch das kräftige Gebräu schmeckte Aurelia ungewöhnlich bitter, obwohl sie viel Zucker in die dünne Wedgwood-Tasse gelöffelt hatte.

Mürrisch betrachtete sie das Päckchen, das gerade ein Stallknecht Justins abgeliefert hatte. Als sie den kurzen Brief öffnete, der dem Päckchen beilag, fiel ihr Justins schlampige Handschrift gleich ins Auge. Der Brief war fast unleserlich.

Reely,

Everard schwingt noch immer große Reden über meinen Mangel an Sinn für Formalitäten. Deshalb halte ich es für besser, wenn ich Dir den Ring von Crowley schnellstens bringen lasse.

Ah ja, dachte sich Aurelia beinahe angewidert, der Stalljunge mußte ja sowieso herkommen, um Trueblood zu holen. Doch dann ärgerte sie sich über ihre zynische Art und las weiter.

Hätte ihn natürlich höchstpersönlich vorbeigebracht, aber Ev und ich hatten auf dem Heimweg einen Unfall mit der Kutsche. Du brauchst Dir aber keine Sorgen zu machen. Ich bin nicht ernsthaft verletzt. Was den Ring angeht, so dachte Mama, Du hättest vielleicht gerne einen aus dem Familienschatz. Also habe ich einen ausgesucht, den Du immer ganz besonders verehrt und bewundert hast. Ihre Ladyschaft leidet in den letzten Tagen ein wenig unter Migräne, aber sie wird Dich in den nächsten Tagen besuchen, um den Termin festzusetzen, an dem Du mich zum glücklichsten aller Männer machen wirst.

Dein
J.

Aurelia biß sich auf die Unterlippe, als sie den Brief noch einmal sorgfältig durchlas. War das nicht wieder einmal typisch Justin, daß er über so etwas Furchtbares wie einen Kutschenunfall schrieb und sich dann nicht näher dazu äußerte? Der Ton, in dem der Brief abgefaßt war, ließ sie glauben, daß er wohl die Wahrheit schrieb, daß er also keine ernsthafte Verletzung davongetragen hatte. Aber was war mit Mr. Ramsey? Justin erwähnte in keinem Wort, was ihm zugestoßen war.

Ihre Finger schlossen sich verkrampft um die kurze Mitteilung. Als ob es sie interessieren würde, was mit Mr. Ramsey passiert war. Dieser abscheuliche Mann! Zweifelsohne war er unversehrt und lachte insgeheim noch über ihr dummes Mißgeschick, ihr Kleid mit dem Leichentuch zusammenzunähen. Doch allmählich bekam sie Zweifel, ob diese unangenehme Vorstellung, daß er sich über sie belustigte, überhaupt berechtigt war. Wenn es Mr. Ramsey darauf anlegte, sich auf ihre Kosten zu amüsieren, warum hatte er ihr die

Schere dann zugeschoben und ihr so eine weitere Peinlichkeit erspart? Eigentlich war dies ein Akt großmütiger Einfühlsamkeit gewesen. Das hätte sie nicht im entferntesten von ihm zu erhoffen gewagt. Vielleicht war ihr anfänglicher Eindruck, daß es sich bei diesem Mann um einen arroganten Gecken handelte, gänzlich ungerechtfertigt.

Während sie sich noch über Ramseys Verhalten wunderte, faltete sie den Brief zusammen und legte ihn auf ihr Teetablett, ehe sie ihre Aufmerksamkeit auf die kleine Schachtel richtete. Als sie sie ausgewickelt hatte, starrte sie ungläubig auf den prächtigen Rubin, der inmitten eines Kreises aus Diamanten und Smaragden funkelte.

»Großer Gott!« Sie stöhnte. Ein Familienjuwel! Das war nicht nur ein Stück aus den vielen Familienantiquitäten. Wann hatte Justin nur mitbekommen, daß sie ein solches Stück bewundert hatte?

Sicherlich erinnerte er sich an eine Bemerkung, die sie einmal gemacht hatte, als sie den Ring zum erstenmal unter einer Sammlung von Schmuckgegenständen auf Penborough Castle gesehen hatte. »Du lieber Himmel, was für ein hinreißender Ring. Schon allein vom Anschauen bin ich ganz hingerissen.«

Dies war ihr absolut schlechtester Scherz gewesen, den sie je gemacht hatte, dachte Aurelia reumütig, als sie den schweren Ring aus der mit Samt ausgelegten Schachtel nahm. Angewidert zog sie die Nase in Falten.

Die häßliche Plumpheit des Rings war noch nicht das Schlimmste. Der fürchterlichste Umstand war, daß dieser Juwel in der Tat unbezahlbar war. Es war ein Familienerbstück aus der Zeit Heinrichs VIII. Wie sollte sie je Justins Mama gegenübertreten können, wenn sie diesen Ring einmal verlieren sollte?

Sie war so sehr von dieser düsteren Aussicht eingenommen, daß sie gar nicht bemerkte, daß Giddings den Raum betreten hatte, bis er diskret hüstelte. Als sie aufschaute, sah sie die Miene des alten Faktotums, die mit tiefer Mißbilligung ein großes Unwetter verhieß. »Ich bitte um Entschuldigung, Miß, aber unten an der Treppe steht eine Person, die unbeugsam darauf besteht, Sie zu sehen.«

»Eine Person?« wiederholte sie. Wen würde denn Giddings auf diese Weise zu charakterisieren trachten? Die Antwort fiel ihr rasend schnell ein und trieb ihr gleichzeitig die Schamesröte auf die Wangen. Wer, außer Everard Ramsey, sollte das schon sein? Es war einfach unglaublich, daß der Mann die Frechheit besaß, sie am selben Tag zweimal zu besuchen, ohne eingeladen zu sein. War er zurückgekommen, um sie wegen des dümmlichen Nähmißgeschicks zu hänseln, oder sah er etwa noch eine Chance, ihre Verlobung mit Justin auf irgendeine Weise zu verhindern?

Nein, das konnte nicht sein. Hätte er sonst Justin gedrängt, ihr den Ring zu schicken? Nervös rückte sie ihre Frisur zurecht und steckte den großen Rubin an ihren Finger. Nun denn, was auch immer der Grund seines Kommens war, diesmal würde sie Mr. Ramsey nicht erlauben, sie aus der Fassung zu bringen.

Ohne eigentlich zu überlegen, was sie tat, verschlang sie noch ein Stück Teekuchen und sagte: »Begleite Mr. Ramsey sofort herauf, Giddings.«

Ihr Butler blickte drein, als habe sie den Verstand verloren. »Aber ich habe doch kein Wort von Mr. Ramsey gesagt, Miß.«

»Oh, ja.« Ein gänzlich unerwartetes Gefühl der Enttäuschung stieg in ihr auf. »Wer sollte dann ...«

»Es ist die Person, die jüngst Wetherbee Hall gepachtet hat.« Giddings schniefte. »Ich habe ihn in den blauen Salon geführt.« Er sagte dies in einem Tonfall, den er gebraucht hätte, um mitzuteilen, daß er gerade eine tote Ratte auf den Komposthaufen geschmissen habe.

»Mr. Augustus Snape?« Aurelia fuhr zusammen. Er war ein einschlägig bekannter Mitgiftjäger der wüstesten Sorte. Mr. Snape hatte sich erst unlängst in Norfolk niedergelassen, weil er bekanntermaßen in London kein Glück dabei gehabt hatte, eine wohlhabende Braut mit seinen Tricks für sich zu gewinnen.

»Ich nehme an, daß du ihm nicht einfach sagen kannst, ich wäre gestorben«, sagte sie, »oder ich hätte mir eine äußerst ansteckende Art von Scharlachfieber zugezogen.«

Giddings faltete die Hände und blickte hinauf zu der mit Reliefs geschmückten Decke. »Sicherlich kann ich das, wenn es Ihr Wunsch ist, Miß. Ich könnte ihm schlicht und einfach sagen, Sie wären plötzlich erkrankt. In der Zeit Ihrer verstorbenen Mutter allerdings ...«

Er sprach den Satz nicht zu Ende, doch Aurelia bereitete es keinerlei Schwierigkeiten, den Satz zu vollenden. In der Zeit ihrer verstorbenen Mutter wurden Besucher niemals von Sinclair Manor verwiesen, nicht einmal ein Mann, der so abscheulich war wie der glattzüngige Mr. Snape.

»Eine Dame, Aurelia«, hatte ihre Mutter immer gesagt, »läßt sich niemals dazu herab, nach Ausflüchten zu suchen, um sich eines unwillkommenen Gastes zu entledigen. Vielmehr empfängt sie die Besucher und behandelt sie mit einem derartigen Geschick mit frostiger Freundlichkeit, daß sie es nie wieder wagen, ihr einen neuerlichen Besuch abzustatten.«

Aurelia stieß einen tiefen Seufzer aus. »Ich bin gleich unten, Giddings.«

»In Ordnung, Miß.« Giddings verbeugte sich hölzern und stelzte aus dem Zimmer.

Aurelia stand auf und begab sich über die gewundene, mit rotem Teppich ausgelegte Treppe in das Erdgeschoß. Sie versuchte, einen Ausdruck von Hochmut in ihre Gesichtszüge zu zaubern, gab den Versuch allerdings schnell wieder auf, als sie sich im Flur im Spiegel sah.

»Eine Frau, die ein Grübchen im Kinn hat, ist einfach nicht in der Lage, frostig zu wirken«, murrte sie. Sie war versucht, nach Effie zu schicken. Die Anwesenheit ihrer ältlichen Gesellschafterin würde Mr. Snape wenigstens davon abhalten, sich zu zu üppigen und schmeichlerischen Komplimenten über ihr Aussehen und ihren Ring hinreißen zu lassen. Aber Effie lag noch immer zu Bett, denn die Nachricht von Lord Spencers Heiratsantrag hatte die schwächliche, kleine Frau zu sehr mitgenommen.

Aurelia wollte ihre Gesellschafterin auf gar keinen Fall überstrapazieren und bezichtigte sich selbst der Feigheit. Sich so Mut zusprechend, öffnete sie resolut die Tür und betrat den blauen Salon. Die schlaksige Gestalt Mr. Snapes wirkte in dieser Umgebung völlig fehl am Platz. Seine pflaumenfarbene Jacke und seine apfelgrüne Weste schrien geradezu auf vor der gedämpften Eleganz der blauen, girlandenartigen Samtvorhänge. Über dem verzierten Marmorkamin schienen die Porträts ihrer Eltern, ihres blühenden, stattlichen Vaters und ihrer gertenschlanken, argusäugigen Mutter, die Anwesenheit Mr. Snapes auf Sinclair Manor mit äußerster Mißbilligung zu betrachten.

Snape stand da und hielt eine Hand steif auf seinem Rücken, während er mit der anderen, krallenähnlichen Hand eine Sèvres-Vase begutachtete, die auf einem zierlichen Tischchen im Queen-Anne-Stil ihr Gleichgewicht hielt. Mit den Fingernägeln klopfte er das Porzellan ab.

»Ich versichere Ihnen, Mr. Snape, daß sie garantiert echt ist«, sagte Aurelia trocken.

Snape wirbelte den Kopf so schnell herum, wie es sein hoher, gestärkter Kragen und seine steife Krawatte eben ermöglichten. Seine blasse Gesichtsfarbe erinnerte Aurelia an die Aale aus dem Norfolk-Tiefland, die jeden April aus ihren Winterlagern schlüpften.

»Ah, Miß Sinclair. Ich, ich habe soeben nur dieses wundervolle Stück bewundert. Ihr Geschmack ist durchaus vergleichbar mit jenem meiner dritten Cousine, der Marquise von Scallingsforth.«

Aurelia legte ein starres Lächeln auf ihre Lippen und streckte die Hand mit der Würde, wie sie hoffte, einer hochmütigen Herzogin aus. Snape schritt herüber und preßte kalte, dünne Lippen an ihre Knöchel. Aurelia verzog das Gesicht, als sie spürte, wie die winzigen, harten Haare seines Backenbartes auf ihrer Haut kratzten. Mr. Snape hatte sich an diesem Morgen sehr unordentlich rasiert. Es ging das Gerücht, daß sein Diener vor zwei Wochen mit der Kammerzofe durchgebrannt war. Zumindest war dies die Entschuldigung, die Mr. Snape angeführt hatte, als es bei der letzten

Abendgesellschaft auf Wetherbee Hall kein Silberbesteck gab.

Als Mr. Snape den Mund von ihrer Hand löste, erstarrte er beinahe. Die Facetten des Rubinringes zauberten ihm rotfunkelnde Tupfer in seine engstehenden Augen.

»Mein Gott, Miß Sinclair. Was für ein atemberaubender Ring!«

»In der Tat«, murmelte sie. »Ich hätte ihn auf genau dieselbe Art beschrieben.« Weil Aurelia fürchtete, er würde jeden Augenblick beginnen, auf ihre Finger zu geifern, zog sie flugs die Hand zurück.

»Nehmen Sie doch bitte Platz, Sir, und erzählen Sie mir, welcher Ehre ich diesen Besuch verdanke.« Im stillen gratulierte sie sich, weil es ihr gelungen war, diese Worte eiskalt auszusprechen, doch als Mr. Snape die Lippen schürzte, bis er aussah wie eine ausgemergelte Makrele, ruinierte sie beinahe ihren frostigen Habitus, da sie kurz davorstand, in herzhaftes Lachen auszubrechen.

»Ich weiß nicht, ob Sie diesen Besuch als Ehre empfinden, wenn ich Ihnen den Grund dafür genannt habe«, sagte Snape feierlich und legte dabei eine Hand auf sein Herz. »Aber, bitte glauben Sie mir, nur meine Sorge um Ihren guten Ruf hat mich hierhergetrieben.«

»Mein Ruf?« sprach Aurelia ihm nach, als sie sich auf die steifen Seidenkissen eines französischen Sofas niederließ. Wovon faselte dieser Mann da?

Snape fuhr mit seinen dürren Fingern durch sein fettiges, strohgelbes Haar, dann machte er einige flinke Schritte zur Feuerstelle hinüber, um von dort aus dramatisch zu erklären: »Meine liebe Miß Sinclair, ich fürchte, Gerüchte von überaus skandalöser Natur haben meine Ohren erreicht. Es erfüllt mich mit Schmerz, Sie unglücklich zu machen, doch im Dorf habe ich Gespräche darüber verfolgt, daß Sie, eine Lady von hohem gesellschaftlichem Rang, Gentlemen von verwerflichem Charakter unterhielten. Wüstlinge, Freigeister, Spieler!«

Aurelia verzog den Mund. »Ach, du liebe Güte. Ich kann mich nicht entsinnen, solche Leute je empfangen zu haben. Sie müssen hiergewesen sein, als ich nicht zu Hause war. Wie enttäuschend.«

Aurelia unterdrückte mit viel Mühe ihre Empörung. Welch unerträgliche Unverschämtheit! Hatte diese häßliche Kreatur auf ihrem Gut spioniert? Das sollte ihr in Zukunft eine Lehre sein. Sie mußte aufpassen, mit wem sie bei Versammlungen sprach, selbst wenn ein so untadeliger Mann wie der Vikar die Begrüßung aussprach. Sie stand auf.

»Mr. Snape. Mir fällt es schwer zu erkennen, was es Sie angeht, wen ich empfange oder nicht empfange. Und nun, so fürchte ich, sehe ich mich gezwungen, Sie zu verabschieden ...«

Sie hielt inne, als Snape plötzlich seine Taktik änderte. Seine farblosen Augen glänzten reumütig, und er schoß durch den Raum an ihre Seite und fing an, nach ihren Händen zu greifen. Einen schrecklichen Augenblick lang befürchtete sie, er würde vor ihr auf die Knie fallen.

»Bitte, seien Sie nicht böse mit mir, meine Liebe. Falls meine Ausführungen zu offen und geradeaus waren, dann liegt das nur daran, daß mich Ihr überwältigender Charme übermannte.« Snape seufzte ungestüm und konnte es nicht unterlassen, verstohlene Blicke auf den Rubin zu werfen, der an ihrem Finger funkelte. »Bitte, Sir, kämpfen Sie um Selbstbeherrschung«, sagte Aurelia mit einer Stimme, die nicht ganz sattelfest klang. Doch er wollte nicht aufhören, nach ihrer Hand zu schnappen. »Ich weiß, daß Sie viel zu unschuldig sind, um sich klarmachen zu können, was für ein Schürzenjäger Lord Spencer in Wirklichkeit ist.«

Aurelia riß sich von ihm los. »Ich muß Sie eingehend warnen, Mr. Snape. Wenn Sie von Lord Spencer reden, dann reden Sie von dem Mann, den ich heiraten werde.«

»Was!« Snape machte gleich einen Satz zurück, seine ohnehin blasse Gesichtsfarbe wirkte jetzt noch geisterhafter.

Du lieber Gott, dachte Aurelia. Der Mann sieht aus, als würde er im nächsten Moment in Ohnmacht fallen. Und sie hatte nicht die geringste Ahnung, wo das Riechsalz zu finden war.

»Ich werde Lord Spencer heiraten«, wiederholte sie etwas freundlicher.

Snape stand auf seinen Absätzen und machte noch ein paar Schritte zurück, wobei er eine Hand an seine Stirn führte. »Nein, das kann ich einfach nicht glauben. Das Schicksal kann mir doch unmöglich einen solchen Schlag versetzen.«

Aurelia zog eine Augenbraue in die Höhe und fragte sich, ob Mr. Snape irgendwann in seiner dunklen Vergangenheit einmal Schauspieler in der Drury Lane gewesen war.

»Ich versichere Ihnen, daß es wahr ist«, sagte sie. »Die Freundschaft zwischen Lord Spencer und meiner Person ist schon von langer Dauer. Sie selbst haben meinen Verlobungsring bereits erwähnt.«

»Aber – aber ich hatte meine Gläubiger, ich meine natürlich, meine Familie bereits darüber informiert, daß Sie und ich, daß wir …« Snape starrte sie an und senkte dann langsam seine Hand. Es war, als würde er im selben Augenblick eine Maske abnehmen. Ein scheußliches Rot fuhr in seinen Hals und verfärbte dann sein schmales Gesicht, so daß Aurelia schon nahe daran war, ihm zu raten, seine Krawatte doch etwas zu lockern.

»So«, knurrte er, »dann haben Sie also die ganze Zeit über nur mit mir gespielt, haben sich einen Spaß mit meinen Gefühlen gemacht!«

»Ein Tanz auf einer Gesellschaft und Ihre Freundlichkeit, mir auf meinen Wunsch hin einen Punsch zu holen, geben doch nicht im entferntesten Grund zu der Vermutung, ich hätte mir einen Spaß …«

»Sie haben mich verführt, Sie Dirne!« Snape wakkelte vorwurfsvoll mit dem Finger. »Sie haben es zugelassen, daß ich mir falsche Hoffnungen gemacht habe.«

»Ich habe nichts dergleichen getan! Und jetzt, mein Herr, muß ich darauf bestehen, daß Sie sich verabschieden.« Sie schritt durch das Zimmer und zog einmal an der Glocke, als Snape ihr nachsprang. Er faßte sie am Handgelenk und schleuderte sie herum.

Jede Anstrengung unterlassend, wie gewöhnlich sein kultiviertes Schnurren anzuwenden, schrie er sie an: »O nein, dieser dürre, alte Butler wird nicht ausreichen, mich hier hinauszuwerfen, bevor ich gesagt habe, was ich sagen will. Niemand hält Gus Snape zum Narren, niemand. Besonders nicht jetzt, nachdem ich ein Vermögen dafür ausgegeben habe, Ihnen Rosen zu schicken.«

Aurelia hatte einen Schock und schrie vor Schmerzen, als er ihr Handgelenk mit seiner knochigen Hand umdrehte. Sie hatte Snape für nichts anderes als einen schmeichlerischen Hanswurst gehalten. Niemals hätte sie geglaubt, daß er so gewalttätig sein konnte. Der Mann war schlichtweg wahnsinnig. Und als er seine vorstehende Nase nahe an ihrem Gesicht hatte, entdeckte sie zum erstenmal bei ihm den Geruch von sauerem Gin in seinem Atem.

»Ich dachte, eine fette alte Jungfer wie Sie hätte die Chance beim Schopf gepackt, mich zu heiraten.« Er grinste höhnisch. »Habe gar nicht gewußt, daß Sie schon einen Lord an der Angel haben.«

Aurelia wurde tiefrot im Gesicht, sie kochte vor Wut. Reflexartig hob sie die freie Hand in die Luft und wollte schon Snapes Ohr einen kräftigen Hieb versetzen. Doch der frostig starre Blick auf dem Porträt ihrer Mutter schien sie von der Wand herunter bereits dafür zu tadeln, daß sie es so weit hatte kommen lassen, daß die Grenzen der Würde überschritten wurden.

So senkte Aurelia den Arm wieder, biß die Zähne zusammen und kämpfte gegen ihre kalte Wut an. »Sir, ich verlange, daß Sie mich auf der Stelle loslassen.«

»Ein Weibsbild vom Lande führt mich nicht an der Nase herum. Wir werden ja sehen, wie nobel und mächtig Sie sind, Miß Sinclair, wenn ich erst einmal mit Ihnen abgerechnet habe. Ich werde mich revanchieren, darauf können Sie Gift nehmen. Ich …«

Er hörte auf zu sprechen, als die Salontür aufging. »Verschwinde, du alter Narr«, fauchte er, als er seinen Kopf der Tür zuwandte.

»Giddings!« schrie Aurelia, so laut sie konnte, und versuchte sich vergeblich zu befreien.

Aber es war nicht der alte Mann, der die Glocke gehört hatte. Es war der junge Bedienstete, James. Seine kräftigen Arme waren für seine schicke, neue Livree fast schon zu umfangreich. Sein Umriß war im Türrahmen zu erkennen. Er beäugte Mr. Snape. Sein Mund öffnete sich zu einem Grinsen, das eine unheilige Freude andeutete, sich auf eine Prügelei einlassen zu dürfen.

»Miß Aurelia? Hatten Sie irgendeinen Wunsch?«

Snape wich zurück und ließ ihren Arm fallen, als wäre er ein brennendes Holzscheit.

»Ja, James«, sagte Aurelia und rieb sich ihren geschundenen Arm. »Ich habe das Gefühl, Mr. Snape benötigt Hilfe. Sonst findet er den Ausgang vielleicht nicht.«

»Richtig, Miß.« James ballte zwei riesige, fleischige Hände zu Fäusten. Snape stolperte rückwärts und verdrehte die Augen, als der grinsende junge Mann auf ihn zukam.

»O nein, ganz und gar nicht. Das ist ein bedauernswertes Mißverständnis. Das tut mir sehr leid, Miß, Miß Sinclair, daß ich Sie beunruhigt habe. Ich, ich bin in Windeseile aus dem Haus.«

Snape lief in großem Bogen um James herum und schoß aus dem Zimmer. Die kurz zuvor erlebte Drohgebärde des Mannes verschwand so schnell wie die flatternden Rockschöße.

»Mein Gott, was für ein schäbiger, feiger Angeber!« schrie Aurelia laut.

»Ich laufe ihm sofort nach, Miß«, sagte James hoffnungsvoll, »und ich paß auch gut auf, daß er nicht verlorengeht.«

»Das ist nicht notwendig. Ich denke, Mr. Snape

sehen wir nie wieder.« Aurelia atmete einmal tief durch. »Was du aber tun kannst, ist, mir ein ganz großes Glas Sherry zu holen.«

»Natürlich, Miß.« James wirkte niedergeschlagen, als er aus dem Salon trottete. Aurelia ließ sich ermattet auf das französische Sofa fallen. Die Begegnung hatte sie doch mehr mitgenommen, als sie geglaubt hatte. Nie zuvor in ihrem Leben war sie auf so primitive Weise beleidigt worden. Ganz zu schweigen davon, daß sie noch nie körperlichen Schaden von jemandem erlitten hatte, der sich als Gentleman ausgab. Wie nur war es einer Ratte wie Augustus Snape jemals gelungen, sich Zutritt zu vornehmen Kreisen zu verschaffen?

Ihr Blick wanderte hinauf über den Kamin, zu dem Porträt der schlanken Schönheit mit dem scharf konturierten Gesicht. »Ja, ja, Mama, wenn man jetzt bedenkt, daß du immer zu mir gesagt hast, daß ich nicht die Art von Frau wäre, die Herzen bricht.«

Aurelia konnte sich ein leichtes Kichern nicht verkneifen, als sie die Hand hob und ihren mit großen, schweren Edelsteinen besetzten Ring anstarrte. »In Zukunft muß ich mich davor hüten, meinen grenzenlosen Charme so ungeniert zur Schau zu tragen.« Ein Schauder durchfuhr sie, als sie sich an Snapes haßerfüllte Miene erinnerte, an den unheimlichen Blick in seinen funkelnden Augen, als er ihr Rache androhte. Was konnte sie nur unternehmen, wenn er sie weiterhin zu belästigen trachtete?

Eine Sekunde lang erwog sie, Justin kommen zu lassen und ihn über Snapes unverschämtes Verhalten zu informieren. Aber sie hatte Angst, Lord Spencer würde sich dazu genötigt sehen, Mr. Snape eine Behandlung angedeihen zu lassen, die übertrieben hart und schmerzhaft sein könnte. Und dann gäbe es einen Skandal ohne Ende. Aber ein Gentleman wie Mr. Ramsey hingegen ... Sie schloß die Augen. Nur zu leicht konnte sie sich Mr. Ramsey vorstellen, wie er mit kühler, aber wirksamer Sachlichkeit Snape abfertigte. Der Schurke würde sich dann unter Ramseys starr blickenden Augen wie ein armseliger Wurm hin und her winden und würde im Bannstrahl der messerscharfen Verachtung Mr. Ramseys eingehen wie eine Primel.

Ganz verwirrt ob ihrer bilderreichen Fantasie, schlug Aurelia schlagartig die Augen auf. Warum hatte sie nur auf einmal so lebhaft an Everard Ramsey gedacht? Justin gegenüber war das weder fair noch schmeichelhaft. Aber diesen Vergleich hatte sie nicht grundlos gemacht. Denn obwohl sie Justin wie keinen anderen Mann verehrte, so sah sie sich doch genötigt, die Richtigkeit ihrer Beobachtungen zuzugeben.

Es war klar, daß es Mr. Snapes Fehler war, daß sie auf solch abstruse Gedanken kam. Sie würde niemandem ein Sterbenswörtchen davon erzählen, was sich heute, hier in diesem Raum, zugetragen hatte. Der Mann war ein Feigling, der große Töne spuckte und nichts als leere Drohungen ausstieß, hinter denen nichts steckte und die man nicht ernst nehmen durfte. Wie es sich auch immer verhielt, dieser Mann würde ohnehin mit großer Wahrscheinlichkeit sein Pachtrecht auf Wetherbee Hall bald verlieren, wenn es so schlecht um ihn bestellt war, wie es gerüchteweise hieß. Und dann blieb ihm nichts anderes übrig, als nach London zurückzugehen, wo er herkam. Sie hatte keine Lust, an diese fürchterliche Gestalt auch nur noch einen Gedanken zu verschwenden.

3

Everard Ramsey lief in Strümpfen über den dicken Brüsseler Teppich und näherte sich dem mit Mahagoniholz eingerahmten Drehspiegel. Im weichen Lichtschein der Wachskerzen, die seitlich neben dem Drehspiegel standen, spiegelte sich sein wohlgeformter Körper. Seine eher als schwächlich zu bezeichnende Muskulatur verdeckten eine schwarze, engsitzende Reithose aus Florentiner Atlas und ein makellos weißes Rüschenhemd nur unzureichend. Er beugte sich nach vorn und band sich die etwa dreißig Zentimeter lange Krawatte vorsichtig um den Kragen. Seine geschickten Finger hielten vorübergehend inne, als er eine kleine Pause machte, die Stirn runzelte und die purpurrote Stelle auf seiner Stirn begutachtete. Sie war die letzte Erinnerung an die riesige Beule, die er sich vor einer Woche bei dem Kutschenunfall zugezogen hatte. Er schnitt eine Grimasse und hoffte, wenn diese letzte Spur seines blauen Fleckes verschwunden wäre, dann würde ihn Justin vielleicht nicht mehr mit Witzen darüber belästigen, daß er doch versuchen solle, ein neues Zeitalter für Kutschen zu begründen, die statt zwei ab sofort drei Räder hatten.

Sein bereits kahl werdender, eleganter und kleingewachsener Kammerdiener, Beddoes, fegte in dem großen, mit Eichenholz verkleideten Schlafzimmer herum und hob die Kniehose und das Hemd, beide schweißgetränkt, auf, die Everard an diesem Nachmittag bereits einige Stunden zuvor abgelegt hatte, nachdem er versucht hatte, dem Sohn eines ortsansässigen Baronets die hohe Kunst des Fechtens beizubringen.

Beddoes langte behutsam nach dem stumpfen Florett, dessen stählerne Klinge sich hell leuchtend von der karmesinroten Damast-Bettdecke abhob.

»Hatten Sie heute Spaß mit Master Winchell, Sir?« fragte er, als er die leichte Waffe wieder in ihren mit Seide ausgelegten Kasten legte.

»Jaja«, erwiderte Everard und hob sein Kinn. Er hatte gerade den kritischen Augenblick erreicht, in dem er den Kniff in die gestärkte Leinenkrawatte machen mußte. Ein Gerücht besagte, daß Beau Brummel oft zig Halsbinden wegwarf, ehe eine so saß, wie er es haben wollte. Everard hielt von solcher Zeitverschwendung gar nichts, wo doch der optimale Sitz schon beim ersten Versuch erreicht werden konnte, wenn man sich nur ein wenig konzentrierte.

»Jetzt paßt es«, entfuhr es ihm, als die letzte Falte der *trône d'amour* sich in urtümlicher Festigkeit von seiner Hemdbrust absetzte. »Ja, das Gefecht mit Master Winchell verlief ausgezeichnet«, antwortete er. »Was dem Burschen an Technik noch fehlt, macht er mit seiner Begeisterung wieder wett. Jedenfalls war es weitaus unterhaltsamer, als wieder einen Tag mit Lord Spencer am Fluß zu verbringen, wo ich ihm dabei zuschauen darf, wie er die Wildenten in Aufruhr versetzt.«

Er fragte sich, ob sich Justin wieder damit die Zeit vertrieben oder ob er Miß Sinclair einen Besuch abgestattet hatte, wie Everard vorgeschlagen hatte. Obwohl er ihn immer damit piesackte, war Justin seit dem Morgen, an dem er den Heiratsantrag ausgesprochen hatte, nur noch zweimal auf Sinclair Manor gewesen. Nicht, daß es ihn etwas anging, doch er hatte stets so ein Bild vor Augen – Aurelia stand an ihrem Fenster, tagein, tagaus, ihre grünen Augen blickten trübe auf die Stallungen und den leeren Hof hinunter. Verdammt noch mal, Vernunftehe hin oder her, es war einfach ein Witz, wie sehr Justin das Mädchen vernachlässigte.

»Da stimme ich Ihnen voll zu, Sir.«

»Wie bitte?« Everard war ganz verwirrt und fragte sich, ob er seine Gedanken vielleicht laut geäußert hatte, doch Beddoes' nächste Worte beruhigten ihn wieder.

»Was die Jagd angeht, Sir. Sie sind viel zu kultiviert für einen solchen Sport. Das ist nur etwas für Bauern.«

»O nein, so würde ich das nicht sehen. Ich denke, die Jagd langweilt mich vor allem deswegen, weil ich ein berüchtigt schlechter Schütze bin.« Er hob seine Arme, so daß Beddoes ihm dabei helfen konnte, eine gestreifte Marcella-Weste und eine Jacke aus feinem Stoff anzuziehen. »Da bin ich ganz anders als Arthur. Der konnte mehr Vögel erledigen als sonst einer in England.«

»Das hat Ihr verstorbener Bruder zumindest immer sehr gern behauptet, Sir.« Beddoes rümpfte verächtlich die Nase und machte einen Schritt zurück, um die Rockaufschläge glattzustreichen. »Sitzt perfekt, Sir. Welch ein Jammer, daß Sie diese Jacke auf einer Abendgesellschaft verknittern, auf der nur ein paar Bauerntölpel und Landpomeranzen erscheinen.«

Everards Mundwinkel zogen sich amüsiert in die Höhe. »Was für ein schlimmer, alter Snob du bist, Beddoes. Rein zufällig handelt es sich um eine ganz besondere Abendgesellschaft, die von meiner Tante anläßlich der Verlobung meines besten Freundes mit einer überaus reizenden Dame gegeben wird. Und wenn ihr auch so manche Qualitäten für eine vollkommene feine Lebensart fehlen, so garantiere ich dafür, daß sie einen Tisch deckt, der alles in den Schatten stellt, was es in dieser Stadt je gegeben hat.«

Beddoes' Brauen kräuselten sich, seine Himmelfahrtsnase bestätigte, daß ihn das nicht im geringsten beeindrucken konnte. »Und wann, Sir, wenn ich mir die Freiheit nehmen darf zu fragen, werden wir in der Lage sein, in die Stadt zurückzukehren?«

Everard richtete seinen Blick unwillkürlich auf den kleinen Sheraton-Schreibtisch, auf dessen lackierter Oberfläche dicke, weiße Briefumschläge verstreut lagen, bei denen es sich um Zahlungsaufforderungen handelte, die ihm aus London bis hierher gefolgt waren.

»So bald nicht, schätze ich. Ich rate dir, dich schon einmal darauf einzustellen, daß wir den ganzen Winter im Exil verbringen.«

»O nein, Sir!«

»Natürlich besteht auch die Möglichkeit, daß du es vorziehst, mich hier unter den Barbaren allein zu lassen und dir woanders eine Stelle zu suchen. Es ist nämlich immer klug, ein sinkendes Schiff zu verlassen, wenn einem das Wasser noch nicht bis zum Hals steht.«

Beddoes sah ihn mit vorwurfsvollem Blick an. »Einen solch herzlosen Witz würdige ich nicht einmal einer Antwort, Sir.«

In diesem Augenblick klopfte es laut an der Schlafzimmertür. Everard zuckte zusammen. »Das ist hundertprozentig Tante Lydia, die wissen möchte, warum zum Teufel ich mich wieder so verspäte. Beddoes, sagst du meiner Tante bitte, daß ich sofort unten bin?«

»Jawohl, Sir«, entgegnete der Diener, der mit seinen steifen Schultern noch immer zu erkennen gab, daß er sich tief verletzt fühlte. Er begab sich zur Tür. Nach einem kurzen, gemurmelten Wortwechsel kam er mit einem großen Paket zurück.

»Es handelte sich nicht um eine Botschaft Ihrer Tante, Sir, vielmehr hat ein Diener Lord Spencers dieses Paket im Auftrag Seiner Lordschaft überbracht.«

Everard betrachtete es angenehm überrascht. »Nun denn, öffne es.«

Doch Beddoes übergab Everard das Paket, so als fürchtete er, es würde explodieren. »Wenn bei Ihnen ohnehin schon alles einerlei ist, Sir, so lasse ich Ihnen gerne den Vortritt, denn ich möchte schon noch ein bißchen ...«

Everard warf den Kopf zurück und lachte aus vollem Hals. Er mußte sich an Beddoes' entsetzten Gesichtsausdruck erinnern, als das letzte Paket von Justin angekommen war. Es handelte sich dabei um einen sehr schönen Morgenmantel, den der Diener entzückt in die Höhe hielt. Doch dann fuhr er kreischend vor der Natter zurück, die aus den seidenen Falten fiel und ungehalten zischte, weil man sie aus ihrem wohlverdienten Schlaf gerissen hatte. Noch immer über Beddoes' Ängstlichkeit kichernd, riß Everard das braune Papier auf, und eine flache, rechteckige Schachtel aus Kirschholz kam zum Vorschein. Er ging mit großer Behutsamkeit vor, als er den Deckel anhob. Bei Justin konnte man nie wissen ...

»Was zum Teufel soll denn das?« rief er aus, als er hinabblickte auf die zwei Steinschloß-Taschenpistolen mit oben angebrachtem Spannstück, deren Griffe mit silbernen Löwen und bläulichem Stahl eingelegt waren. Beddoes, der die Luft angehalten hatte, atmete erleichtert aus. »Hier ist die Mitteilung, die mit dem Paket ankam, Sir.«

Everard legte die Pistolenschachtel auf das Bett und riß dann den Umschlag auf. Er grinste, als er den ersten Teil des Briefes überflog.

... dachte mir, Du könntest diese beiden gebrauchen, um ein bißchen in Übung zu kommen. Dann könnte es bei der nächsten Jagd vielleicht so weit sein, daß außer mir noch andere wilde Tiere in Lebensgefahr sind.

Doch als Everard den Rest der Seite las, war sein Lächeln mit einem Male verschwunden.

Bedauere zutiefst, mitteilen zu müssen, daß ich heute abend nicht an den Feierlichkeiten werde teilnehmen können. Dringende Angelegenheiten auf meinem Gut in Hoxley erfordern meine sofortige, ungeteilte Aufmerksamkeit. Ich bin quasi schon auf dem Sprung, während ich Dir diese Zeilen schreibe. Weiß noch nicht, wann ich zurückkommen werde. Schaue bitte von Zeit zu Zeit mal bei Reely vorbei. Bitte, tu' mir diesen Gefallen.

Dringende Angelegenheiten? Jaja, aber nicht auf Hoxley. Darauf hätte Everard sein Leben verwettet. Hoxley war ein kleines Gut, das sich in den Händen eines überaus fähigen Beamten der Krone befand, der das Herrenhaus gut in Schuß hielt. Die Hauptsache an Hoxley war natürlich, daß es in unmittelbarer Nähe zu dem Landsitz von Lady Sylvie Fitzhurst lag.

»Der Teufel soll dich holen, Justin«. Everard knüllte die Botschaft zusammen und warf sie auf den Kaminrost.

Beddoes hüstelte diskret.

»Lord Spencer gedenkt also, weitere Missetaten zu planen, nicht wahr, Sir?«

»Die Missetat ist bereits vollzogen.«

Everard fragte sich, was Miß Sinclair wohl gesagt haben mochte, als Justin sie von seinen Plänen informierte. Natürlich konnte sie nicht erahnen, was wirklich dahintersteckte, daß er sich außerstande sah, einer Gesellschaft beizuwohnen, die zu Ehren seiner Verlobung gegeben wurde. Sie würde nur erfahren, daß er eben nicht dasein konnte. Everard war sicher, daß diese Tatsache allein ausreichte, sie in tiefe Melancholie zu stürzen.

»Er ist der gedankenloseste junge Narr, den es auf dieser Erde gibt.« In diesem Sinne murmelte er minutenlang schimpfend vor sich hin, ehe er merkte, daß Beddoes darauf wartete, daß er sich endlich wieder beruhigte, um ihm die frisch gewichsten schwarzen Schaftstiefel anzuziehen.

»Rechnen Sie damit, daß es spät wird, Sir?« fragte der Diener, der vorsichtig zurückging, als Everard ihm die Stiefel aus der Hand riß. »Soll ich aufbleiben?«

Everard rammte einen Fuß in das steife Leder. »Nein, Beddoes. Nicht nötig. Ich befürchte, das wird eine verdammt kurze Feier.«

Auf der Schwelle zu dem mit Zedernholz getäfelten Gesellschaftszimmer blieb Everard stehen, das wohlausgestattete Zimmer machte einen geradezu maskulinen Eindruck durch seine kräftige Erscheinungsform.

Die großen, mit Mittelpfosten versehenen Fenster waren bar jeglichen Vorhangschmucks, die Wände waren nackt, außer ein paar wenigen Bildern mit Jagdszenen. Tante Lydia konnte Firlefanz nicht ausstehen.

Er hob sein Lorgnon vor die Augen, um zu studieren, wer sich schon alles in der Nähe des Kamins versammelt hatte, dessen Feuer die frühe Herbstkühle vertreiben sollte. Vergebens suchte er nach dem glänzenden Farbton kastanienbraunen Haares, nach den lachenden, smaragdgrünen Augen. Aurelia war noch nicht angekommen.

Sein Blick musterte ungeduldig die Adeligen der ortsansässigen Gentry, die Lady Foxcliff zu dieser Abendgesellschaft eingeladen hatte: Justins Mutter, Lady Spencer, wie immer ein Musterbeispiel würdevoller Eleganz; ihre älteste, verheiratete Tochter Clarice, die Justin so ähnlich sah, daß man sie als seine Zwillingsschwester hätte ausgeben können; Clarices untersetzter Ehemann, Lord Norton. Etwas weiter vom Kamin entfernt befand sich Landjunker Morley, der gerade über einen Witz wieherte, den der karottenhaarige Winchell Denison vom Stapel gelassen hatte. Der Vikar und seine Frau waren gerade in eine ernsthafte Unterhaltung mit verschiedenen anderen Gästen verstrickt, an deren Namen sich Everard nicht erinnern konnte.

Doch ohne jeden Zweifel kannte Aurelia jeden einzelnen von ihnen. Sie waren ihre Freunde und Nachbarn, unter denen sie aufgewachsen war. Und heute abend sollten sie die Zeugen ihrer abgrundtiefen Erniedrigung werden. Da nahm es nicht wunder, daß sie noch nicht erschienen war. Wahrscheinlich kam gleich eine Nachricht an: ›Miß Sinclair bedauert zutiefst, aber sie ist ganz plötzlich erkrankt.‹ Everard senkte seine Stielbrille und fluchte noch einmal still auf Justin.

»Ha! Sie haben sich also entschlossen, uns die Ehre Ihrer Aufwartung zukommen zu lassen.« Die stürmische, weibliche Stimme, die von einem harten Schlag in die Rippen begleitet wurde, ließ Everard in die Höhe fahren. Er rieb sich die Flanke und drehte sich um, um sich dem finsteren Blick seiner Tante zu stellen. Gekleidet in ein schlichtes, glattes Kleid aus Ecruseide, das ihre stramme Schulterpartie noch zusätzlich betonte, erinnerte Ihre Ladyschaft Everard lebhaft an eine riesige Marmorsäule. Ihr eisgraues Haar, das zu einer überquellenden Masse aus Schillerlocken hochgesteckt war, hüpfte energisch auf und ab, als sie ihren Finger hin und her bewegte, um Everard zu warnen.

»Zum Henker, Sir! Wie kann ein Mann nur so lange brauchen, um sich herzurichten? Mein dritter Mann, Harry – Gott habe ihn selig –, benötigte zum Anziehen oft nicht mehr als fünf Minuten.«

»Und oft sah er auch danach aus.« Mit einer Bewegung, die er sich aus vielen leidvollen Erfahrungen angewöhnt hatte, entfernte Everard schnell die Knöchel seiner rechten Hand aus der Reichweite des Fächers Ihrer Ladyschaft, der immerhin einen Elfenbeingriff aufwies.

»Im Gegensatz zu dir, liebe Tante«, fuhr er sanft fort, »du stellst heute abend mal wieder, wie gewohnt, alle anderen Damen in den Schatten.« Er beugte sich nach vorn und gab ihr einen flüchtigen Kuß auf die stark geschminkte Wange.

»Du schmeichlerischer Bengel.« Da sich ihr die Knöchel als Angriffsfläche nicht boten, versetzte Lady Foxcliff Everard einen heftigen Schlag auf die Schultern, doch er konnte immerhin erkennen, daß ihre kräftige Kieferpartie zumindest leicht errötete.

Seine Tante senkte ihre Stimme, weil sie jetzt vertraulich werden wollte, doch sie sprach immer noch laut genug, daß das ganze Zimmer sie verstehen konnte.

»Was hältst du denn von diesem verrückten Verhalten Justins? Es ist eine Schande, wenn du mich fragst. Wenn ich die Mutter dieses Jungen wäre, dann hätte ich ihm niemals erlaubt, nach Hoxley zu verschwinden.«

»Ich bin sicher, daß er es nicht getan hätte, Tante, wenn er nicht einen, einen besonderen Grund dafür gehabt hätte.« Everards Lippen zogen sich zusammen, als er diese Lüge aussprach, aber schließlich waren er und Justin Freunde.

»Nun denn. Kann kein besonders guter Grund sein! Reely so einfach im Stich zu lassen, unmöglich! Ich möchte überhaupt nicht erwähnen, daß er meine gesamte Tischordnung durcheinandergebracht hat. Jetzt habe ich eine Frau zuviel.« Ihre Ladyschaft starrte auf ihre Gäste. »Wenn ich es nur vorher gewußt hätte, dann hätte ich mir schon etwas einfallen lassen, um eines dieser verflixten Mädchen wieder auszuladen.«

Lady Spencer und Clarice, die die offene Art Ihrer Ladyschaft nur zu gut kannten, redeten weiter, als hätten sie nichts gehört, doch Everard bemerkte amüsiert, daß die Tochter des Vikars vor Entsetzen bleich wurde.

»Ich würde mir über die Anzahl der Gäste nicht den Kopf zerbrechen, Tante Lydia«, sagte er einfühlsam, »denn ich bezweifle doch sehr, daß Miß Sinclair …«

Er hatte nicht mehr die Gelegenheit, seinen Gedanken in Worte zu fassen, denn plötzlich öffnete sich die Tür zum Gesellschaftszimmer und Lady Foxcliffs sauertöpfischer Butler steckte den Kopf in das Zimmer, um einen Gast anzukündigen.

»Miß 'Relia Sinclair und Mrs. Perkins, Ihre Ladyschaft.«

Als Aurelia, begleitet von ihrer älteren Gesellschafterin, in den Raum schritt, bemerkte Everard hinter sich eine Gesprächspause, doch er konnte seine Augen nicht von Aurelia abwenden. Sie trug schon wieder eines jener häßlichen Kleider, die die Nachteile ihrer unvorteilhaften Figur herausstellten. Die taubengraue Seide war mit so vielen Spitzenornamenten und Rosenverzierungen geschmückt, daß er am liebsten mit einer Schere hinter ihr hergelaufen wäre. So wie sie heute abend ausschaute, hätte sie sich auch gleich einen Sack überstülpen können. Es wäre einerlei gewesen.

Ihre grünen Augen tanzten, ihre Wangen erröteten leicht, was ihr gut stand, und in ihrem üppigen Haar steckte eine einzelne Rose aus rosafarbener Seide. Die kastanienbraunen Locken flossen locker über ihre Schultern, ihre Feuersbrunst spielerisch gebannt in jeder einzelnen glänzenden Strähne. Naja, sie sieht wirklich glänzend aus, dachte Everard und legte die Stirn nachdenklich in Falten.

Vielleicht hatte er sich in der Beurteilung von Justins Gefühlen geirrt. Nein, nicht einmal die tapferste Frau wäre in der Lage gewesen, den Kummer über den Treuebruch ihres Geliebten so perfekt zu überspielen.

Als würde sie seinen starren Blick spüren, hob sie

ihre Augen und schaute ihn so direkt und ehrlich an, wie es sonst kein lidflatterndes Fräulein fertiggebracht hätte. Dieser Blick war sowohl erfreulich als auch verwirrend. Kaum noch in der Lage zu denken, fummelte er nach seinem Lorgnon und hielt es vor seine Augen, wie ein Turnierkämpfer, der seinen Schutzschild in Position brachte.

»Guten Abend, Miß Sinclair.«

Sie hob das Kinn leicht an, als sie selbst eine Stielbrille hochhob. Ihre Augen funkelten ihn an wie strahlende, grüne Juwelen. Ihre Lippen öffneten sich zu einem Lächeln spitzbübischer Herausforderung.

»Und Ihnen einen besonders guten Abend, Mr. Ramsey.« Exakt wie er rollte sie die einzelnen Silben langgezogen dahin.

Einen langen Augenblick standen sie so Auge in Auge da, ohne zu zwinkern. Dann konnte Everard seine ernste Miene nicht länger aufrechterhalten. Er senkte sein Lorgnon, denn er war nicht mehr länger in der Lage, sein Lächeln zu unterdrücken.

»Ah, Miß Sinclair, ich sehe, Sie haben meine Angewohnheit übernommen, ein Lorgnon zu verwenden. Es kann sehr nützlich sein, wenn man kleine Gegenstände sucht. Zum Beispiel eine Schere.«

»Wie recht Sie haben, Sir. Doch es hilft auch bei größeren Gegenständen. Zum Beispiel bei Ponykutschen.«

Everard mußte schwer schlucken, doch ehe er sich eine passende Retourkutsche ausdenken konnte, fuhr ihm seine Tante in die Parade und hieß Aurelia überschwenglich willkommen, indem sie sie in ihren Armen förmlich verschlang.

»Jawohl, Reely, auf dich kann man sich wenigstens

immer verlassen. Du weißt eben, was sich in unserer Gesellschaft gehört. Stell dir doch nur vor! Auf seiner eigenen Verlobungsfeier nicht zugegen zu sein. Das sind liederliche Sitten, das muß ich schon sagen.«

Aurelias musikalisches Lachen war zu vernehmen. »O nein, sagen Sie mir bloß nicht, Justin leistet wieder der neuen Mode genüge, sich zu verspäten.«

Als sie diese Worte ausgesprochen hatte, legte sich eine seltsame Stille über die Gäste. Dieser gottverlassene Halunke hat ihr nicht gesagt, daß er fortgeht, dachte sich Everard, als er sah, daß Aurelias Lächeln ins Wanken geriet und daß ihre Brauen eine Furche der Ungewißheit in die Stirn legten, während sie leer durch den Raum blickte.

»Das Feuer der Hölle soll ihn heimsuchen!« bellte Lady Foxcliff, woraufhin der Vikar erschrocken zusammenfuhr. Sie funkelte Lady Spencer an. »Dein gedankenloser Junge hat sich heimlich nach Hoxley verdrückt und Reely kein Sterbenswörtchen davon erzählt.«

»Ich bin mir sicher, daß *mein Sohn* eine Mitteilung hinterlassen hat, die bald eintreffen wird«, entgegnete Lady Spencer in unterkühltem Tonfall. »Einer der Diener war gewiß unverzeihlich nachlässig in der Ausübung seiner Arbeit.«

»Papperlapapp! Du weißt doch ganz genau, daß Justin solche Selbstverständlichkeiten als überflüssig erachtet. Er ist schon immer ein ausgesprochen rücksichtsloser junger Flegel gewesen. Wenn ich in der Angelegenheit etwas zu sagen hätte, würde Reely seinen Heiratsantrag niemals angenommen haben.«

Während sich die beiden Damen auf eine hitzige Debatte über Justins Verhalten einließen, beobachtete er, daß Aurelias Wangen immer blasser wurden, was aussah, als würde ein strenger Frost die blühend frische Farbe aus einer tiefroten Rose nehmen. Ihre Wimpern senkten sich jetzt und verbargen ihre tiefe Enttäuschung. Allem Anschein nach vollkommen unbewußt, griff sie sich an den Kopf und holte die Blume aus ihrem Haar.

Nervös rieb sie die seidenen Blütenblätter zwischen ihren Fingern. Aurelia bemerkte nun allmählich, daß die Mehrheit der Männer den Blick von ihr abgewandt hatte. Die Frau des Vikars versuchte das mißbilligende Glucksen ihrer genüßlichen Schadenfreude hinter ihrem Fächer zu verbergen. Aurelia zuckte die Achseln, versuchte zu lächeln und suchte nach dem passenden Witz, der ihr aber nicht einfallen wollte.

Justin war in dieser Woche zweimal zu ihr geritten und hatte sie besucht. Zweimal! wollte sie laut schreien. Er war etwa eine halbe Stunde geblieben, hatte viel gelacht und Witze gemacht, so als würde er es tatsächlich genießen, mit ihr zusammenzusein. Es war wie in alten Zeiten gewesen, als sie als sorglose Kinder umhertollten. Seine seltsame Vorgehensweise, als er ihr die Ehe anbot, war vergessen. Ihre Hoffnung, bei ihm wieder an Ansehen zu gewinnen, war aufs neue entflammt.

Die Kleider für diesen Abend hatte sie so sorgfältig ausgewählt, denn sie wollte, daß er stolz darauf war, sie als seine zukünftige Frau beanspruchen zu dürfen, weshalb sie es gewagt hatte, ihre Zöpfe aufzutrennen und das Haar frei herunterfallen zu lassen, weshalb sie es sogar gewagt hatte, sich einzubilden, sie wäre – oh, natürlich nur ein kleines bißchen – hübsch. Vielleicht würde sogar der anspruchsvolle Mr. Ramsey seine schlechte Meinung von ihr revidieren. Mit diesem dreisten Gedanken hatte sie in sich hineingeschmunzelt, als sie das Lorgnon in ihre Damentasche steckte und sich den kleinen Witz ausdachte, um so dem herausfordernden Blick dieses Mannes entgegenzutreten. Was für ein Einfaltspinsel du bist, sagte sie jetzt verächtlich zu sich. Es ist gar nicht notwendig, daß Justin einen Narren aus dir macht. Das bewerkstelligst du ganz allein auf vollendete Art. Stellst dir vor, du wärest hübsch, wo du genau weißt, daß dies nicht der Fall ist. Du verdienst es gar nicht, daß sich Justin etwas aus dir macht.

Sie wünschte sich, den Kopf heben zu können und aus ganzem Herzen zu lachen, um das kommentierende Getuschel der umstehenden Leute beenden zu können, die über die ›arme Reely‹ wisperten und ihre Gefühle des Mitleids ausdrückten. Doch ihr Mund war ganz trocken, und sie hatte schreckliche Angst, sie könnte sich des letzten Rests an Selbstwertgefühl berauben, wenn sie jetzt in Tränen ausbrach.

In diesem Augenblick mischte sich eine reservierte, männliche Stimme in Lady Spencers temperamentvolles Plädoyer für ihren Sohn ein, mit dem sie sich gegen Lady Foxcliffs Anschuldigungen zur Wehr setzen wollte.

»Justins Abwesenheit muß in Wahrheit mir zur Last gelegt werden.« Lady Foxcliff und Lady Spencer stellten ihr Gezänk auf der Stelle ein und starrten Everard Ramsey ungläubig an.

Aurelias Augen flogen auf seine unbewegte Miene. Ihr ursprünglicher Argwohn, den sie gegen diesen Mann gehegt hatte, kam mit einemmal wieder zum Vorschein.

»Ja«, fuhr er fort, ohne auch nur einmal mit der Wimper zu zucken, »ich habe Justin von Piraten kidnappen lassen, um ihn aus dem Weg zu räumen.«

Lady Spencer fühlte sich zutiefst gekränkt, doch unter den übrigen Gästen war zu spüren, daß man den Witz verstanden hatte. Man murmelte sich belustigt spaßige Kommentare zu. Aurelias Kinnlade schoß in die Höhe. Versuchte der Mann da etwa, sie zu veralbern? Dachte er etwa, sie würde das ungestraft hinnehmen?

»Piraten, Mr. Ramsey?« fragte sie. »Hier in Norfolk?«

»Um ehrlich zu sein, ich mußte sie aus dem Mittelmeergebiet importieren, Miß Sinclair. Ein verdammt kostspieliges Unternehmen. Mußte sogar meine Uhr verpfänden, um es ausführen zu können.«

Lady Foxcliff konnte sich nicht mehr beherrschen und brach in schallendes Gelächter aus. Ramsey hatte diese unglaubliche Geschichte mit solch beiläufiger Gleichgültigkeit vorgetragen, daß selbst Lady Spencer nicht umhin konnte, ihre schmalen Lippen widerwillig zu verziehen.

»Sehen Sie, Miß Sinclair, ich wußte, ich hätte nicht den Funken einer Hoffnung gehabt, dazu fähig zu sein, heute abend bei dieser Gesellschaft Ihr Tischpartner zu sein, wenn ich nicht einen solch absonderlichen Spaß eingeschoben hätte. Kann ich davon ausgehen, daß meine Bemühungen belohnt werden?« Ramsey bot ihr seinen Arm an und schaute sie mit fragender Miene an.

Aurelia musterte ihn einen Augenblick lang und fragte sich, welcher Schabernack hinter dieser ritterlichen Geste steckte. Sein freundliches Lächeln war absolut nichtssagend. Aber seine Augen ... Ein unerwartetes Funkeln von Wärme erschien in seinen tiefen blauen Augen. Das war kein Mitleid, das war ein unheimliches Mitgefühl an ihrem Kummer, das bei ihr die Wirkung hatte, daß ihr eine Gänsehaut über den Rücken lief.

Zögernd senkte sie verwirrt den Blick. Wie auch immer die Motive dieses Mannes geartet waren, sie war ihm sehr dankbar dafür, daß er eingegriffen hatte. Sein Witz hatte die Spannung in ihr und im Raum abgebaut und half ihr, sich wieder unter Kontrolle zu bekommen.

»Ich sehe keine Möglichkeit, mich Ihrem Vorschlag zu verschließen«, sagte sie. »Ich bin schon immer der Auffassung gewesen, Genialität sollte belohnt werden.«

Mit aller Würde, die sie aufbringen konnte, hakte sie sich bei ihm unter. Seine Hand legte sich auf ihre Finger, die sanft auf den Ärmel seiner Jacke gebettet waren.

Wie seltsam, dachte sie. Seltsam, daß ein Gentleman, der auf solch reservierte Weise vornehm war, eine Hand hatte, die sich so warm und stark anfühlte.

Als Effie auf einem der Stühle im Gesellschaftszimmer einnickte, während sie auf die Kutsche wartete, die gleich vorgefahren werden sollte, schlug die Uhr auf dem Kaminsims fünfzehn Minuten nach Mitternacht. Aurelia fuhr beim ersten Schlag in die Höhe und war überrascht, daß der Abend so schnell vorübergegangen war. Normalerweise fand sie diese Abendgesellschaften immer unendlich langweilig und nervtötend. Was war nur diesesmal so anders?

»... und ich verstehe wirklich nicht, warum du Justin heiraten willst, Reely.« Clarice rümpfte ihre freche Nase. »Er ist die schlimmste Bestie auf der Welt. Aber ich bin *so* froh darüber, daß du meine Schwägerin sein wirst.«

»Clarice, die Kutsche ...« Ihr Mann stand auf der Schwelle zum Gesellschaftszimmer und stampfte ungeduldig mit dem Fuß auf den Boden.

»Ich bin sofort draußen.« Clarice verabschiedete sich von Aurelia mit einer herzlichen Umarmung, wobei sie ihr ins Ohr flüsterte: »Und ich habe noch nicht einmal die Gelegenheit gehabt, dir die aufregendste Neuigkeit zu erzählen. Ich bin *enceinte*.«

Als Aurelia ihr freudig zu der Schwangerschaft gratulierte, lachte Clarice lauthals auf. »Stell dir nur vor, bald bin ich so dick und rund wie ...«

Das Mädchen brach verwirrt und mitten im Satz ab und schämte sich ihres Fauxpas. Obwohl Aurelia sich nicht ganz wohl in ihrer Haut fühlte, lächelte sie Clarice verständnisvoll an. Justins Schwester war noch nie besonders berühmt gewesen für gewählte Ausdrucksformen und Taktgefühl.

Nach diesem Fehltritt folgte Lady Norton nur zu gern der Aufforderung ihres Mannes, die Gesellschaft zu verlassen. Allerdings nahm sie sich noch die Zeit, Aurelia zu versichern, daß nur sie die Taufpatin des Babys sein dürfe und sie niemanden anderen dafür haben wolle. Aurelias stille Zusage konnte Clarice kaum noch wahrnehmen, denn der ungeduldige Lord Norton schleppte seine Frau fast aus dem Zimmer.

Tief seufzend, strich sich Aurelia unsicher die Falten ihres grauen Seidenkleides glatt, die sich über ihrem Bauch gebildet hatten, dann wandte sie sich den restlichen Gästen zu. Sir Marcus und Lady Denison hatten größte Schwierigkeiten, ihren ältesten Sprößling von Everard Ramsey loszueisen, mit dem er fasziniert über die Fechtkunst debattierte.

Aurelia wunderte sich über Ramseys legeres Verhalten, das überhaupt nicht seiner gewohnten Geziertheit entsprach. Seine Körperhaltung legte eine anmutige Lässigkeit an den Tag, während er am Kamin lehnte. Im tanzenden Licht- und Schattenspiel der lodernden Flammen wirkte seine sonst so arrogante Miene überaus mild und weich.

Sie hätte Stein und Bein darauf geschworen, daß er sich niemals dazu herabgelassen hätte, seine Zeit einem ungeschlachten Buben vom Lande zu widmen und geduldig zuzuhören, wie der Bursche über Treffer, Hiebe und Paraden plapperte. Auch daß der elegante Schönling aus der Stadt es sich nicht nehmen ließ, sie bei Tisch zu unterhalten, hätte sie nie für möglich gehalten. Dabei kam sie kaum aus dem Lachen heraus, weil er ständig Anekdoten aus der Welt der vornehmen Modeschöpfer erzählte, bis sie beinahe ihren Kummer wegen Justins Abwesenheit vergessen hatte.

Ich glaube, ich habe mich in deinem Freund getäuscht, Justin, dachte Aurelia. Es dauert nicht mehr lange, dann mag ich ihn wahrscheinlich sogar.

Als hätte Everard ihre Worte gehört, wanderten seine Augen in ihre Richtung. Aurelia sank schnell auf eine mit Kirschmotiven übersäte Chaiselongue und tat, als ob es von lebenswichtiger Notwendigkeit wäre, ihr Taschentuch in ihre Damentasche zu stecken.

Lady Foxcliff schoß in das Gesellschaftszimmer. Hatte sie soeben Clarice und Lord Norton eine gute

Nacht gewünscht, so machte sie sich jetzt daran, die Denisons einzufangen. Geradezu gewaltsam entriß sie Winchell der Aufmerksamkeit Everards, indem sie sagte: »O ja, es ist wirklich ein Genuß, euch alle hier versammelt zu haben, aber es hat keinen Zweck, diesen Abend ins Unendliche auszudehnen, nicht wahr?«

Der junge Mann hatte kaum Zeit, sich zu verabschieden, als Ihre Ladyschaft ihn auch schon hinter seinen Eltern aus dem Zimmer bugsierte.

»Du liebe Güte«, sagte Aurelia, »ich hoffe, Morrison hat die Pferde schon eingespannt, sonst sitze ich gleich draußen auf dem Fahrweg.«

Everard zog seine Uhr heraus und sah nach, wie spät es war. »Wenn Ihr Kutscher sein Fahrzeug nicht innerhalb der nächsten fünf Minuten um die Ecke lenkt, dann muß ich den strikten Anweisungen Tante Lydias Folge leisten und Sie persönlich vor die Tür tragen.«

Aurelia schloß sich seinem Lachen an, doch sie hörte auf damit, als er durch das Zimmer kam und sich neben sie setzte. Der Raum wurde auf eigenartige Weise still, nur das Knistern des Feuers und das sanfte Schnarchen Effies vom anderen Ende des Zimmers waren zu hören. Aurelia drehte den schweren Rubin um, der an ihrer Hand lastete, und sie wußte nicht, warum sie immer so schüchtern wurde, wenn es überhaupt nicht angebracht war.

»Sie scheinen auf Winchell Denison einen tiefen Eindruck gemacht zu haben«, sagte sie, in dem Bestreben, die Stille zu durchbrechen. »Ich glaube, ich habe ihn nie in etwas anderem als Lederhosen und Gehrock gesehen. Heute abend trug er in der Tat eine Krawatte.«

»Guter Gott! War das also der Grund für seinen Aufzug. Ich fürchtete, ich hätte ihn versehentlich am Hals getroffen, als wir heute nachmittag miteinander fochten, und seine Mama hätte ihn mit Binden eingewikkelt.«

Sie kicherte. »Aber es war wirklich sehr nett von Ihnen, Winchell den ganzen Nachmittag in der Fechtkunst zu unterweisen, wenn ich bedenke, daß Sie sicherlich lieber etwas anderes getan hätten.«

Sie spürte, daß er nur mit den Achseln zuckte. Diese Bewegung fühlte sie, weil seine Schulter an ihrer rieb. Aurelia kämpfte gegen ihre Schamesröte an und setzte sich ein bißchen von ihm weg.

»Ein wenig Training mit dem Florett macht auch mir viel Spaß. O ja, es scheint eine aussterbende Kunstform der Selbstverteidigung zu sein, eine der letzten Spuren von Eleganz, bevor das Schwarzpulver mit seinem Schmutz und Lärm seine Herrschaft antrat.«

Seine Stimme nahm jetzt eine verträumte Note an. »Ich habe mir oft gewünscht, ich könnte mit einem richtigen Schwert umgehen, mit so einem richtigen, langen, schweren Stahlschwert, wie es früher die Ritter benutzten ...«

Plötzlich schwieg er. Als Aurelia den Kopf hob und ihn anzusehen wagte, war sie überrascht, festzustellen, daß Ramsey ein wenig verlegen wirkte, während seine Wangen leicht erröteten. Er murmelte etwas davon, daß er sein Gerede für absolut langweilig halte.

»Aber Mr. Ramsey, das finde ich überhaupt nicht. Machen Sie weiter.« Er hatte sie in ihrer kurzen Bekanntschaft so oft in Verlegenheit gebracht, daß sie jetzt der Gelegenheit nicht widerstehen konnte, sich ein bißchen zu revanchieren. »Sie haben mir gerade berichtet, daß Sie gerne ein Ritter wären. Zweifelsohne ein Ritter, der ein schneeweißes Schlachtroß reitet und verzagte Hoffräuleins errettet.«

»Garantiert nicht«, entgegnete er impulsiv. »Ich zeige überhaupt keine Geduld bei jungen Damen, die feuerspeiende Drachen in die Gesellschaft einzuführen trachten.«

»In dieser Beziehung brauchen Sie bei mir keine Angst zu haben. Ich ziehe es vor, die meinen zu erschlagen.«

»Ja, wirklich? Eine überaus gefährliche Angelegenheit. Man läuft dabei Gefahr, sich sehr schmerzhafte Verbrennungen zuzuziehen.« Jetzt hatte er wieder jenen durchdringenden Blick in den Augen, den Aurelia so beunruhigend fand. Sie kannte diesen Mann kaum, sie wußte nicht so recht, was sie von ihm halten sollte, denn die Gefühle über ihn waren bestenfalls gemischt, und dennoch verstand er es, jene Hürden mit Leichtigkeit zu überspringen, die sie um sich herum mit gespielter guter Laune aufgebaut hatte. Ja, er wanderte leichten Fußes über die geheimen Pfade ihrer Gedankenwelt, in die sie niemandem einzutreten gestattete.

»Lieber Gott, was hält denn meine Kutsche so lange auf?« Sie langte nervös nach ihrer Damentasche und wollte sich erheben, wollte ausreißen vor jenen scharfen, blauen Augen, die zu tief sehen konnten, doch Everards kräftige Finger umschlossen ihr Handgelenk.

»Aurelia.«

Aufgeregt bemüßigte sie sich, eine Haltung vorwurfsvollen Hochmuts anzunehmen, die ihm deutlich machen sollte, daß er nicht das Recht hatte, sie beim Vornamen anzusprechen.

»Miß Sinclair«, fuhr er fort. Er sprach langsam, so als strengte er sich an, jedes einzelne Wort genau abzuwägen. »Es geht um Justin. Manchmal kann er ein gedankenverlorener Zeitgenosse sein. Sie sollten sich hinsetzen und ihm einen gesalzenen Brief schreiben, in dem Sie ihm mitteilen, was Sie von seinem gemeinen Verhalten denken. Danach fühlen Sie sich gleich viel besser. Es ist nicht gut, wenn Sie einfach nur lächeln und es hinnehmen, wie es ist.«

Aurelia ärgerte sich maßlos über die offene Kritik an ihrem Verlobten. Welch eine Unverschämtheit! Daß er ihr sagte, wie sie mit Justin verfahren sollte! Wo sie doch Lord Spencer viel besser kannte als Ramsey! Sie löste ruckartig die Hand aus seiner Umklammerung, doch sie spürte noch immer die unglaubliche Wärme, die Everards Berührung auf ihrer Haut verströmt hatte.

»Justin hat das Recht, zu tun, was ihm beliebt«, sagte sie. »Er hat es nicht nötig, sich deshalb beschuldigen zu lassen.«

Ramsey lehnte sich gegen ein Kissen und verschränkte die Arme über seinem Brustkasten. »Hat er wirklich das Recht, so rücksichtslos über Ihre Gefühle zu trampeln, so als ob Sie nur ein Pflasterstein wären? Sagen Sie einmal, Miß Sinclair, sind Sie auf Justin nie wütend? Verspüren Sie denn immer die Verpflichtung, Ihre Gefühle zu verbergen, selbst vor dem Mann, den Sie lieben?«

Aurelia schnappte nach Luft, ihr Gesicht lief rot an. Sie zog die Arme näher an ihren Busen heran, denn sie fühlte sich plötzlich entblößt, so als hätte Everard die Bänder ihres Hemdes geöffnet. Sie bemühte sich, ihre Verlegenheit zu übertünchen, und begutachtete die

Ärmelaufschläge, die aus feiner Spitze waren. Dann sagte sie barsch: »Wie komisch. Ich kann mich gar nicht daran erinnern, meine Gefühle heute so offen zur Schau getragen zu haben.«

»Das tun Sie nie. Ich habe aber die Inschrift in Ihrem Buch gelesen, als es aus Ihrem Arbeitskorb fiel.«

»Ist das Wort *Intimsphäre* ein Fremdwort für Sie, Mr. Ramsey? Ich bin noch nie in meinem Leben für Bücherverbrennungen eingetreten, aber in Zukunft werde ich in dieser Beziehung etwas liberaler verfahren.«

Dieser Vorwurf berührte Ramsey nicht im geringsten. Er strich sich nachdenklich über das Kinn. »Ich habe nicht vor, Ratschläge zu erteilen, wo keine angebracht sind, aber Sie interessieren mich, Miß Sinclair. Vom ersten Augenblick an hatte ich ein Interesse an Ihnen. Aber wenn Sie erst einmal zulassen, daß Justin Sie nachlässiger behandelt als sein Pferd, dann sehe auch ich mich gezwungen, davon auszugehen, daß Sie genau die Frau sind, die er braucht.«

»Nun, ich kann überhaupt nicht beschreiben, wieviel mir Ihre Meinung bedeutet, Sir.« Aurelia blickte finster drein und rammte ihre Finger in die Taille. »So ein liebes, empfindsames, *anständiges* Frauenzimmer, ist das nicht genau Ihre Meinung?«

»Nein«, erwiderte er. »So eine nette, intelligente Frau, die sich aus irgendeinem seltsamen Grund bemüht, ihre Schönheit hinter einem seidenen Ungeheuer zu verstecken, das einem Rosengarten ähnelt, der Amok läuft.«

»Zu Ihrer Information, Sir, dies ist das schönste Kleid, das ich besitze. Und außerdem – Rosen sind meine Lieblingsblumen.« Sie schoß schnell wie ein Pfeil auf und vergaß all ihre Dankbarkeit dafür, daß er sie aus einer mißlichen Situation befreit hatte. Sie war wieder erfüllt von der tiefen Abneigung, die sie ursprünglich gegenüber diesem Mann empfunden hatte. »Ich fürchte, mein Erscheinungsbild wird niemals Ihren *übertriebenen Ansprüchen* gerecht werden, Mr. Ramsey.« Sie senkte ihre Stimme, als Effie auf ihrem Stuhl umherrutschte, jedoch nicht aufwachte. »Da es in letzter Zeit kaum noch funktionierende Zauberstäbe gibt, muß ich damit rechnen, nie zu einer vornehmen, modischen Schönheit zu werden.«

Auch er war inzwischen aufgestanden, doch er nahm eine lockere, lässige Haltung ein. »Das könnten Sie aber durchaus sein, wenn es das ist, was Sie sich wünschen. Sie brauchen nur den richtigen Mann. Lassen Sie sich von mir führen, und dann wird Justin nicht mehr der einzige Mann sein, den Sie mit Ihrem Charme blenden. Ja, er würde sogar aufpassen müssen, daß ich Sie nicht aus seinen Armen reiße.«

Einen Moment lang war Aurelia von dieser Vorstellung wie betäubt, denn sie stellte sich Ramseys Worte bildlich vor. Wie oft hatte sie davon geträumt, auf Justins Armen in einen Ballsaal getragen zu werden, ein hauchdünnes Kleid, um das sie alle Damen beneideten, über einem geschmeidigen Körper zu tragen und Justin dabei zu genießen, wie er die eifersüchtigen Blicke der Männer erwiderte, damit sie gar nicht erst wagten, sich zu nahe an sie heranzutrauen.

Doch schnell hatte sie ihren kühlen Verstand wieder beisammen und erinnerte sich eindringlich an die Stimme ihrer Mutter, deren Worte in ihrem Kopf echoten. Lady Sinclair hatte entsetzt die Hände in die Luft geworfen, als sie zuschaute, wie Aurelia für die Party geschnürt wurde, in der sie in die Gesellschaft eingeführt wurde. Die Korsettschnüre konnten einfach nicht eng genug geschnürt werden. *Gott allein weiß, daß ich alles versucht habe, Aurelia, aber du wirst nie eine Schönheit. Du schlägst einfach zu sehr nach der Seite der Familie deines Vaters. Die waren auch alle hoffnungslos zu dick. Wir können nur hoffen, daß du nicht auch noch so tölpelhaft wie die wirst.*

»Wir können nur hoffen«, sagte Everard, »daß nicht zu viele Männer ihr Leben dafür lassen müssen, daß sie sich wegen Ihnen duellieren.«

Aurelia schüttelte kurz ihren Kopf, vertrieb so die schmerzhafte Erinnerung an ihre Mutter und auch den süßen Schleier ihrer Träume.

»Sie müssen sich eine andere Frisur zulegen«, fuhr Everard fort. »Und ebenfalls ein paar neue Kleider, die eleganter und enger sitzen.«

»Ja, unbedingt«, sagte Aurelia verbittert. »Falls irgend jemand die Schattenseiten meiner Figur noch nicht entdeckt hat, dann müssen wir sie natürlich noch ganz besonders hervorheben und akzentuieren.«

Ramsey machte einen Schritt nach hinten und begutachtete ihre Figur mit fachmännischem, prüfendem Blick. Aurelias Wangen brannten wie Feuer. Wenn er jetzt sein Lorgnon herausholt, dachte Aurelia, dann zerbreche ich es auf seiner Nase.

Doch Everard schien sich mit seiner kurzen Inspektion zufriedenzugeben. »Nein, so hoffnungslos, wie Sie denken, ist der Fall nicht. Voraussetzung wäre allerdings, daß Sie ein paar Pfund abspecken.«

Aurelia dachte bei sich, wenn sie nicht so wütend wäre, würde sie weinen. Welche unhöfliche Beleidigung würde er sich als nächstes einfallen lassen? Am schlimmsten war, daß er nicht einmal leichtfertig oder witzig redete.

»Sie müssen sich in der Tat langweilen, Mr. Ramsey. Haben Sie ein solches Verlangen, Pygmalion zu spielen?«

»Wenn Sie meine Offerte so beschreiben wollen, Miß Sinclair.«

»Das will ich überhaupt nicht. Ich bin keine Statue!«

»Wer zum Teufel hat das denn behauptet?« bellte Lady Foxcliff von der Türschwelle aus, so daß Aurelia fast einen Herzschlag erlitt. Sie schritt in das Zimmer und warf einen finsteren Blick von Everard auf Aurelia. »Was hat denn dieser mein Neffe zu dir gesagt, daß dein Gesicht aussieht wie ein Streuselkuchen?«

»Nichts. Nur Unfug.« Aurelia machte auf dem Absatz kehrt und lief hinüber zu dem Stuhl, auf dem Effie saß. Sie schüttelte sie recht barsch.

»Aurelia«, murmelte Mrs. Perkins verschlafen. »Ist die Kutsche schon da?«

»Wenn sie noch nicht da ist, dann laufen wir nach Hause.« Ohne auf Effies Reaktion auf diese Drohung zu achten, zog Aurelia sie hoch. Sie gab der verwirrten Mrs. Perkins kaum genug Zeit, sich ihren Mantel überzuziehen, und drängte sie schon hinaus zur wartenden Kutsche.

Nachdem Effie bereits in dem dunklen Interieur Platz genommen hatte, spürte Aurelia Everards Hand auf ihrem Ellbogen. Er wollte ihr in die Kutsche helfen.

»Es tut mir leid, daß ich Sie verärgert habe, Miß Sinclair. Aber ich nehme keines von den Worten zurück, die ich gesagt habe. Mein Angebot steht nach wie vor. Sie könnten so schön sein wie …«

Aurelia riß sich von ihm los und fiel beinahe hin, als

sie in die Kutsche krabbelte. Sie ließ sich auf die Polsterbank fallen und warf den Kopf nach vorn, um einen letzten haßerfüllten Blick auf Everard Ramsey zu werfen. Der Mond tauchte sein hübsches Gesicht in helles Licht. Seine Augen leuchteten mit derselben strahlenden Intensität wie der Nordpolarstern. Sie wußte einfach nicht, ob sein verrückter Vorschlag ernst gemeint war oder ob er sie mit einem unverschämten Witz nur ärgern wollte.

»Mr. Ramsey, ich schlage Ihnen im Ernst vor, es ist das Beste, wenn Sie Ihren Kopf in einem Eimer kalten Wassers erst einmal richtig abkühlen. Es liegt auf der Hand, daß Sie zuviel Champagner getrunken haben.«

Ohne seine Antwort abzuwarten, nahm sie die Kutschentür aus seiner Hand und knallte sie vor seinen Augen laut zu. Everard ging zurück, als die Kutsche sich langsam rollend den Kiesweg hinunter entfernte.

»Nun, Ramsey«, sagte er reumütig seufzend zu sich selbst. »Das hast du mit dem Fingerspitzengefühl eines, sagen wir mal, Justin Spencer hingekriegt.« Vielleicht hatte Aurelia recht. Möglicherweise *war* er nicht ganz bei Trost. Was war nur in ihn gefahren, warum hatte er ihr solche Angebote gemacht, warum nur mischte er sich da in etwas ein, was ihn gar nichts anging?

Er knurrte, als ihm seine Tante im nächsten Augenblick einen Schlag auf den Rücken versetzte.

»Nun, Sir. Ich habe Reely noch nie in einem solchen Zustand erlebt. Und ich kenne das Kind, seit es in der Wiege lag. Was war das für ein Humbug, den du ihr zugeflüstert hast? Darüber, daß sie schön wäre.«

»Ich habe ihr ein Angebot gemacht, das ihr nicht so recht schmecken wollte.«

»Ein Angebot, du Gauner! Du weißt doch ganz genau, daß sie mit diesem Taugenichts verlobt ist, diesem Justin Spencer. Das ist aber auch ein Jammer!«

»Nicht diese Art Angebot, Tante.« Im Erdboden hätte er versinken wollen, nachdem er so dummes Zeug gesagt hatte. Was war er doch für ein Stümper, ein Narr! Everard trat mit der Spitze seines Stiefels in den Kies, hörte aber gleich wieder damit auf. Beddoes würde vor Entsetzen in Ohnmacht fallen, wenn er die Schaftstiefel zerkratzen würde. Als Lady Foxcliff nicht aufhören wollte, ihn zu tyrannisieren, erklärte er widerwillig: »Ich habe ihr meine Hilfe angeboten, ihr Aussehen zu verändern. Aurelia könnte aussehen wie ein erstklassiger Diamant, wenn sie es nur wollte.«

Lady Foxcliff kochte vor Wut. »Du hast nicht mehr alle Tassen im Schrank, Freundchen. Reely ist ein gutes, vernünftiges Mädchen. Meiner Meinung nach ist das wichtiger als Schönheit! Ich habe doch selbst ein Gesicht, mit dem ich eher in den Stall als ins Schlafzimmer passe. Aber mir ist es immer blendend gegangen, danke schön. Und ich habe drei Männer beerdigt.«

Obwohl Everard lachen mußte, wurde er sofort wieder sachlich. »Jaja, das mag schon sein. Bei Aurelia verhält es sich allerdings anders, Tante Lydia. Sie hat eine solch geringe Selbstachtung.«

»Das liegt an ihrer Mutter. Clarabelle Sinclair war ein Ekel, und arrogant war sie! Aber du hilfst Aurelia nicht im geringsten, wenn du ihr verrückte Sachen einredest. Aus einem Ackergaul kannst du kein Rennpferd machen.«

Everard verspürte eine gewisse Ungeduld in sich. Allmählich fing er an, all diese Kommentare über Aurelias Schlichtheit zu vergleichen mit den ständigen

Lobeshymnen, die Vater stets auf Tugenden Arthurs sang. Und genau dies irritierte ihn doch sehr. »Ich sage dir eines, Tante, Aurelia könnte jede Frau in England in den Schatten stellen. Ich würde tausend Pfund darauf setzen, daß ich sie …«

»Angenommen!« rief die alte Dame und schlug sich auf die Oberschenkel.

»Daß ich sie lehren könnte, zu … Wie bitte, was hast du gesagt?« fragte Everard verdutzt.

»Ich sagte ›angenommen‹. Ich nehme deine Wette an.«

»Tante Lydia!« kicherte Everard. »Das war doch nur so eine Redewendung.«

»Was, mein Herr? Wollen Sie etwa versuchen, sich aus der Wette herauszuschleichen? Wo du doch einen solch makellosen Ruf als leichtsinniger Spieler hast!«

Everard beäugte sie argwöhnisch. »Wenn du schon wieder versuchen willst, mir Geld zu geben, Tante Lydia, so warne ich dich vor. Ich werde es nicht annehmen.«

»Da hör mal einer an!« polterte Ihre Ladyschaft los. »Du wirst es mir zahlen müssen. Diese Wette gewinnst du nie, mein Junge. Vor allem wenn ich an den Blick denke, den Reely für dich übrig hatte, als sie die Tür zugeknallt hat. Kam mir so vor, als stellte sie sich vor, sie hätte deinen Kopf in der Türöffnung eingeklemmt. Auf deine Schliche fällt sie nicht herein.«

»Oh, Tantchen, sie wird. Wenn ich bei Frauen erst einmal etwas erreichen will, dann wachse ich über mich hinaus.«

»Du eingebildeter Laffe! Nun denn, wir werden sehen. Aber ich glaube, in Reely wirst du deinen Meister finden. Absolut starrsinnig.« Lady Foxcliff knuffte ihm in die Rippen und lief zurück in das georgianische rote Backsteinhaus, während sie noch immer mit der Zunge schnalzte.

Everard schnitt eine Grimasse und rieb sich die Seite. Er lehnte sich an eine der hohen weißen Säulen des Portals und schnaufte tief durch. Obwohl er nicht die Absicht hatte, die Wette seiner Tante anzunehmen, so konnte er diese Herausforderung auch nicht unbeantwortet lassen. Aurelia Sinclair – ein Ackergaul? Er wollte Tante Lydia zeigen, daß sie ein ungeschliffener Diamant war. Und Justin ebenfalls.

Justin. Everard lächelte grimmig, als er an ihn dachte. Ja, so konnte er sich rächen für die Schlange, den Pfeffer und das Weib, das er in sein Bett geschmuggelt hatte. Diesmal wollte er es Justin heimzahlen. Er würde Aurelia nicht nur in eine Schönheit verwandeln, er würde auch dafür sorgen, daß er sich hoffnungslos in sie verliebte.

Everards plötzliches lautes Lachen zerschnitt die ruhige Nachtluft.

4

Ein betretenes Schweigen legte sich über den Frühstückstisch, nur das Geklappere der Gabeln war auf dem Porzellan zu hören. Aurelia blickte hinaus durch das nach der Hausvorderseite gelegene Erkerfenster. Die hellen gelben Chintzvorhänge und die dahinter liegende Schneelandschaft verwirrten ihre Sinne.

Sie blinzelte und richtete ihren Blick auf Everards Teller, der vollgepfropft war mit Preßsack, Schinken und kalter Zunge, dann blickte sie auf Effie, die ein Brötchen aß, das vor Orangenmarmelade und Honigbutter nur so triefte. Die kleine Frau legte eine Pause ein, in der sie einen Tropfen Honig von ihrer Fingerspitze leckte, was sie so aufreizend tat, daß es Aurelia größte Qualen bereitete. Dann mampfte sie weiter. Aurelias Magen jedoch knurrte vernehmbar laut. Das war nicht verwunderlich, denn das letzte Mal, wo sie sich daran erinnern konnte, irgend etwas Richtiges gegessen zu haben, war der Abend, an dem Lady Foxcliffs Verlobungsfeier über die Bühne gegangen war, und das war nun schon einige Monate vorbei.

Sie schob ihr Essigwasser beiseite und fragte sich zum tausendstenmal, warum sie es zugelassen hatte, daß Everard sie zu dieser Verrücktheit überredete. Am Tag nach der Abendgesellschaft hatte sie geglaubt, Everard wäre nach Sinclair Manor geritten, um sich bei ihr für seine Ungeheuerlichkeiten in aller Form zu entschuldigen. Statt dessen schickte er sie durch ein Wechselbad aus Schmeichelei und Schikanen, denn er versuchte, sie von seinem absurden Plan zu überzeugen. Er warf geschickt ein Netz aus, denn er wußte, daß sie leicht zu überreden war. Schließlich nehme es eine gehörige Portion Mut in Anspruch, einige grundlegende Veränderungen in seinem Leben vorzunehmen, meinte er. Und er meinte, daß es natürlich nicht zu machen sei, wenn es ihr egal wäre, ob sich Justin für sie interessiere oder nicht. Dann sei es selbstverständlich überflüssig, sich zu überwinden und …

Verdammter Everard Ramsey! Wie gut der Schuft doch wußte, wie ihr beizukommen war. Aber warum gab er sich solche Mühe? Sie studierte sein Profil, als er den letzten Bissen Schinken kaute. Er war, wie immer, makellos gekleidet. Die schaumigen Falten seiner Krawatte fielen über seine Marinejacke. Das einzige, das nicht zu seinem Äußeren paßte, war eine störrische dunkle Locke, die über seine Stirn hing.

Der Mann war ihr immer noch ein Rätsel. Er war so beherrscht, so übergenau, er wirkte überhaupt nicht wie der leichtsinnige Spieler, als der er galt und der sein Vermögen unüberlegt aus dem Fenster warf, so daß er es nötig hatte, vor seinen Gläubigern zu fliehen und sich in Norfolk zu verstecken. Er benahm sich, als hätte er nicht die geringsten Sorgen, als gäbe es für ihn nichts Wichtigeres, als zu versuchen, aus einem schäbigen Bauernweib vom Lande eine modische Schönheit zu machen.

Langeweile, so malte sie sich aus, konnte einen Mann dazu treiben, seltsame Dinge zu tun. Und doch war in seinen zwinkernden blauen Augen nicht die Spur von Langeweile auszumachen, als er sie jetzt anschaute.

Everard schob das Glas wieder zu ihr hin und munterte sie mit einem hänselnden Lächeln wieder auf. »Iß dein Frühstück, Aurelia. Sei ein liebes Mädchen.«

Sie blickte zuerst mürrisch hinunter auf ihren Teller mit Reis, dann blickte sie ihn an. »Ich weigere mich, noch einen Löffel von diesem schrecklichen Zeug zu essen. Das ist der reine Wahnsinn. Ich verstehe überhaupt nicht, daß ich es zulasse, daß du mich so peinigst.«

»Weil du gelegentlich dazu neigst, dich zu vergessen und unvernünftig zu sein.« Er klopfte ihr leicht auf den Arm.

»Berühre mich nicht noch einmal auf diese herablassende Art und Weise«, sagte sie, wobei sie den sauren

Geschmack des Essigs auf der Zunge spürte. »Ich beiße dir in die Hand, ich schwöre es. So hungrig bin ich nämlich.«

»Pah!« Everard lehnte sich zurück und wischte sich mit einem zufriedenen Lächeln die Lippen ab, indem er die Serviette an seinen Mund führte. »Deine Diät ist haargenau das Richtige. Reis und Essig. Das hat auch Lord Byron gegessen, und bei ihm hat es Wunder gewirkt.«

»Lord Byron ist ein Narr. Ich werde nie wieder *Childe Harold* lesen.«

Jetzt meldete sich Effie zu Wort. »Da gebe ich Ihnen uneingeschränkt recht. Es ist ja in Ordnung, wenn Schriftsteller so verrückte Sachen machen. Von ihnen erwartet man, daß sie so exzentrisch sind, aber Aurelia ist eine Dame von hohem Stand.«

Sie erhob sich, stürzte zum Sideboard und schenkte dort eine dampfend heiße Tasse Schokolade ein. Sie balancierte die zerbrechliche Tasse auf der Untertasse, wozu sie nur eine Hand gebrauchte, und reichte die dunkle, cremige Wohltat Aurelia hin. »Hier, meine Liebe, bevor Sie mir noch ganz auseinanderfallen. Läuten Sie nach Giddings und lassen Sie dieses schreckliche Essigzeugs wegräumen.«

Aurelia holte tief Luft. Das reiche Aroma der Schokolade blähte ihre Nasenflügel merklich auf. Ihr lief das Wasser im Munde zusammen, als sie nach der Tasse langte, doch ehe sie sie zu ihren Lippen führen konnte, schnappte ihr Everard die Porzellantasse weg.

»Davon gibt es keinen Schluck«, sagte er mit ernster Miene und stellte die Schokolade wieder auf die Anrichte. Aurelia stöhnte und bohrte ihre Fingernägel in die weiße Leinentischdecke.

»Also wirklich, Sir!« spuckte Effie. Sie stellte sich in Boxerstellung vor Everard. Ihr bebendes Kinn reichte gerade an den mit Spitzen besetzten unteren Rand seiner gestärkten Krawatte. Ramseys jetzt engstehende Augen funkelten sie mit der amüsierten Geduld an, die wohl ein großer Falke mit dunklen Schwingen aufbrachte, der von einem kleinen, braunen Zaunkönig angezwitschert wurde.

»Dieser Zustand kann nicht mehr länger Bestand haben. Aurelias lieber Papa hätte das niemals gestattet. Ich kann mich noch ganz genau entsinnen, daß er sich immer Sorgen machte, Aurelia könnte nicht genug essen. Er hatte immer solche Angst, sie könnte auch so schwindsüchtig sein wie eine ganze Anzahl der Schwestern ihrer Mama.«

»Ich halte es für überaus unwahrscheinlich, daß Aurelia von der Schwindsucht heimgesucht werden wird«, sagte Everard.

»Nein, zuvor verhungere ich noch.« Aurelia stocherte mit der Gabel in den auf ihrem Teller liegenden Reisklumpen herum und schnitt eine vielsagende Grimasse, als sie die nach nichts schmeckenden Körner betrachtete. »Und was habe ich davon? Ich bin noch immer die Vogelscheuche, die ich vorher war.«

»Das liegt daran, daß du dich immer noch anziehst, als wärst du die Warenauslage im Schaufenster eines Mantelmachers. Aber wenn die neuen Kleider ankommen, die ich in London bestellt habe …«

»Mr. Ramsey!« Effies Wutausbruch ließ ihn mitten im Satz innehalten. »Diesmal haben Sie die Spielregeln des Anstandes zu sehr verletzt.«

»Ich fürchte, ich sehe mich gezwungen, ihr zuzustimmen, Everard.« Aurelia spürte die Schamröte schon in ihre Wangen steigen. »Daß du mir Kleider kaufst, so als wäre ich deine – deine …«

»Meine Mätresse?« ergänzte er und runzelte spöttisch die Stirn. »Ich versichere dir, daß es um meine Finanzen so schlecht bestellt ist, daß ich nicht einmal in der Lage bin, einer Dame eine Hutnadel zu erstehen, auch wenn ich es wollte.«

Aurelia vermeinte in seiner Stimme einen Anflug von Verbitterung auszumachen, aber dieses Gefühl verflüchtigte sich, als er fortfuhr: »Nein, meine Damen, seien Sie versichert, alle Einkäufe wurden mit vollendeter Diskretion von meiner Schwester Philippa ausgeführt. Die Rechnungsstellung erfolgt an dieses Haus.«

Aurelia senkte die Augen und zappelte verlegen herum. »Du hättest mich aber vorher fragen können. Schließlich habe ich meine eigene Damenschneiderin.«

»Ah, ja, diese halbblinde Frau aus dem Dorf, die sich aus Versehen mit zuviel Spitze und zu vielen Falbeln eingedeckt hat.«

Aurelias Hand sauste sofort zu den Rüschen ihres lindengrünen Hauskleides, dessen Krausen sie am Kinn kratzten, denn es war hochgeschlossen. Sie suchte verzweifelt nach einer verletzenden Antwort auf Everards Kritik, doch ihre Suche war einfach hoffnungslos, denn sie wußte, daß er recht hatte. Ihre Garderobe war in der Tat ein Jammertal, vor allem wenn man bedachte, daß Justin bei einem seiner spärlichen Besuche hatte verlauten lassen, daß er beschlossen hatte, die Hochzeit in London stattfinden zu lassen. Obschon Justin sie inständig gebeten hatte, das Datum jenes Tages, an dem er der *glücklichste Mann aller Männer* werden würde, festzusetzen, hatte er dann doch den Hochzeitstag selbst bestimmt. Am Ende des Winters sollte er über die Bühne gehen, oder nein, es war besser, wenn man sagte, zu Beginn des Frühjahrs. Dann würde er Aurelia holen, und sie würden in der vornehmen St.-George's-Kathedrale auf dem Hanover Square den Bund der Ehe eingehen. Schon allein der Gedanke daran verursachte Aurelia größte Magenschmerzen.

»Entschuldigen Sie, Aurelia.« Sie fühlte, daß Effie sie am Ärmel zupfte. Als sie aufblickte, sah sie, daß Mrs. Perkins aufrecht wie ein Schürhaken vor ihr stand und die weißen Lippen zu einem dünnen Strich geschürzt hatte. »Ich möchte Sie herzlich um den Gefallen bitten, mit mir kurz unter vier Augen zu sprechen, meine Liebe.«

Aurelia seufzte. Sie hatte keinen Geist mehr für Effies ewige Vorwürfe, aber sie dachte sich, es wäre wohl weniger peinlich, ihrem Wunsch nachzufolgen, als ihr weiterhin zu erlauben, sich in Everards Gegenwart zu ereifern. Sie streifte sich die Serviette vom Schoß und schleuderte sie neben ihren Teller. »Wenn du die Güte hast, uns für einen Augenblick zu entschuldigen, Everard«, sagte sie.

Er erwiderte ihre Bitte mit einem übertriebenen Bückling, wobei seine kühlen, blauen Augen nicht die kleinste Gefühlsregung verrieten, als er ihr nachschaute, während sie hinter Effie das Zimmer verließ.

Kaum noch fähig, sich zu beherrschen, drehte sich die kleine Frau um und stellte sich vor Aurelia, sobald sie die Türschwelle überschritten hatten, ohne sich die Zeit zu nehmen, die Tür zum Frühstückszimmer gänzlich zu schließen.

»Dieser Wahnsinn muß ein Ende finden, Aurelia. Das gehört sich einfach nicht! Es ist eine Schande, daß Mr. Ramsey sich anmaßen darf, Sie so gut wie jeden Tag zu besuchen, während Lord Spencer sich noch auf Hoxley aufhält. Ich soll doch Ihre Anstandsdame sein. Der Teufel soll mich holen, wenn ich noch weiter ...«

»Nur mit der Ruhe, Effie«, unterbrach sie Aurelia beschwichtigend. »Ich bin fast nie allein mit Everard zusammen. Und zudem ist er Justins engster Freund.«

»Das hat damit überhaupt nichts zu tun«, stöhnte Effie. »Was gibt es denn für einen Aufruhr, wenn jemand hört, daß Sie ihn duzen und *Everard* nennen!«

Durch den schmalen Türspalt konnte sie Everard dabei beobachten, wie er ihr Glas wieder mit Essig auffüllte. »Ich schwöre, daß ich ihn geradezu beschimpfen werde, noch bevor dieser Winter vorüber ist.«

Beunruhigt drückte Effie Aurelias Hand. »Sie sind ein solch unschuldiges Mädchen, meine Liebe. Sie können sich gar nicht vorstellen, was sich die Leute alles einreden können. Wenn ein alleinstehender, so gutaussehender Mann dermaßen oft an der Seite einer unverheirateten Frau gesehen wird, noch dazu so früh am Tag, zur Frühstückszeit!«

Aurelia wurde allmählich zornig. »Wenn du damit sagen willst, daß Everard sich jemals dazu herablassen würde, sein Ehrgefühl zu vergessen, dann ...«

»Nein, nein.« Effie beeilte sich zu sagen, es nicht so gemeint zu haben. »Ich selbst mag Mr. Everard sehr gerne. Der liebe Junge! Er ist genau so, wie ein Gentleman zu sein hat. Ich merke ja auch, daß er wirklich nichts anderes im Kopf hat, als freundlich zu sein. Nein, es besteht nicht die geringste Gefahr, daß ein so heikler Mann *Sie* attraktiv finden würde.«

»Nein, wirklich nicht, hm?« Aurelia gab eine Kostprobe ihres ausdruckslosesten Lächelns. »Warum machst du dann so viel Aufhebens davon?«

»Wegen der Leute. Die Frau des Vikars hat mich schon ganz freundlich darüber informiert, was man sich im Dorf erzählt.« Effies Spinnenhände fuhren entsetzt an die Wangen. »Oh, meine Liebe, und was ist nur los, wenn Lord Spencer von diesem Klatsch erfährt? Wie schrecklich wäre es, wenn er Mr. Ramsey hier antrifft und ...«

»Du liest einfach zu viele Liebesromane, Effie. Da Justin ohnehin nie das Bedürfnis verspürt, sich nach Aldgate zu begeben, wird er aller Wahrscheinlichkeit nach nie etwas davon erfahren. Und wenn es der Fall sein sollte« – Aurelia warf stolz das Kinn in die Höhe –, »so gehe ich davon aus, daß er klug genug sein wird, dem Geschwätz dieser engstirnigen Kreaturen keinerlei Bedeutung beizumessen. Diese Individuen wollen doch nur aus einer belanglosen, unschuldigen Freundschaft etwas Schmutziges, Anrüchiges machen.«

Mit diesen Worten drehte sie sich auf dem Absatz um und stürmte in das Frühstückszimmer, ohne abzuwarten, ob Effie ihr folgen würde. Sie ließ sich auf ihren Stuhl plumpsen und attackierte den Reis mit ihrer Gabel. Sie konnte spüren, daß Everard sie mit einem fragenden Runzeln auf der Stirn anschaute, doch sie weigerte sich, seinem Blick zu begegnen, bis er gefühlvoll ihre Hand berührte.

»Aurelia, wenn ich dich bezüglich deiner Garderobe verletzt haben sollte, so möchte ich mich dafür in aller Form entschuldigen. Ich dachte, du hättest mir einen Blankoscheck ausgestellt, so daß ich tun kann, was nun einmal unumgänglich ist.«

»Ja, ja, das habe ich auch getan.« Sie zog ihre Hand zurück, als hätte er Hände aus Feuer. Doch die Wärme seiner Berührung strömte in ihre Wangen. Die Pest sollte die Frau des Vikars heimsuchen! Die mit ihrem abstoßenden Getratsche! Und die Pest sollte auch gleich Effie holen, da sie es gewagt hatte, ihrem verwerflichen Gerede zuzuhören! Bis zu diesem Augenblick war Aurelia nicht aufgefallen, wie gut sie sich mittlerweile mit Everard verstand.

Effies Anschuldigungen bedrohten irgendwie das gute Einvernehmen, das sich zwischen ihnen beiden entwickelt hatte. Aurelia wurde auf einmal deutlich, welch unbestreitbare Männlichkeit Everard unter seinen Rüschenhemden und seinen elegant geschnittenen Westen besaß.

Sie hob die Schultern und setzte sich aufrecht hin. Diese närrischen Gedanken konnten ihre ganze Freundschaft zerstören, wenn sie sie weiterhin verfolgte. Nein, das ließ sie nicht zu!

»Achte gar nicht auf mich«, sagte sie mit gespielter Fröhlichkeit. »Der saure Essig ist mir heute morgen auf den Magen geschlagen. Und ich bin schon ganz verwirrt, denn ich weiß ja nicht, was für Horrorgeschichten du heute noch für mich auf Lager hast. Und du hast doch bitte nicht wieder vor, mit mir einen Gewaltmarsch durch den Schnee zu machen, oder?«

»Ich würde dich nur zu gern daran erinnert wissen, Miß Sinclair, daß ich jeden Meter des Weges, den du Gewaltmarsch nennst, mitgelaufen bin.«

»Ja, das stimmt, aber diese Kältegrade haben eine andere Wirkung bei jemandem, der, wie du, Eiswasser in seinen Adern hat.«

Everard schreckte mit der Hand zurück, von der sie

zurückgefahren war, und auch sein Gesichtsausdruck wirkte verschreckt. »Ich bin nicht so kälteunempfindlich, wie du denkst«, murmelte er. Irgendein dunkler Gedanke schien ihm gerade durch den Kopf zu gehen. Dann schien er sich einen Ruck zu geben und sagte etwas befreiter: »Heute nachmittag machen wir unsere Leibesertüchtigung im Warmen. Es ist höchste Zeit, daß du gut Walzer zu tanzen lernst.«

Aurelia spürte, daß sich ihre Muskeln anspannten. Das letztemal hatte sie auf jener Gesellschaft mit Augustus Snape getanzt, als sie es nicht mehr länger ausgehalten hatte, brav das Mauerblümchen zu spielen. Und wenn man jetzt bedachte, was ihr das eingebracht hatte! Wenigstens war der Mann jetzt wieder aus Norfolk verschwunden und nach London zurückgekehrt. Aber die Stolperei über Mr. Snapes Füße war eine ganz andere Sache. Sie hatte nicht die geringste Lust, Everard zu zeigen, wie unbeholfen sie war.

»Ich sehe nicht, wie sich das machen ließe«, sagte sie. »Außer, du summst den Rhythmus, während wir tanzen.«

»Mrs. Perkins wird für uns spielen.«

Aurelia ließ ihren Blick über den ganzen Tisch zu Effies leerem Stuhl wandern. »Das wage ich zu bezweifeln.«

»Weil sie heute morgen ein bißchen über mich verärgert war?« fragte Everard. »Ich denke, ich kann sie überreden, uns diesen Dienst zu erweisen.« Seine Lippen verzogen sich, doch Aurelia konnte nicht erraten, ob aus Belustigung oder aus Verärgerung.

»Ob Sie es glauben oder nicht, Miß Sinclair, es gibt gelegentlich Frauen, die für meine Reize empfänglich sind.«

»Das glaube ich dir aufs Wort«, schoß sie zurück. »Das ist etwa so wie mit den Frauen, die äußerst anfällig sind für Grippe. Naja, jedenfalls ist Effies Gesundheit besser, als du meinst.«

In Wahrheit setzte Aurelia sehr auf Elfredas bekannte Sturheit, um nicht diese unangenehme und peinliche Sache durchziehen zu müssen. Doch später, als sie zurückkam, nachdem sie mit dem Koch den Speiseplan durchgesprochen hatte, war Aurelia ganz entsetzt, als sie Mrs. Perkins und Everard dabei beobachtete, wie sie im Musikzimmer die Möbel zurechtrückten.

»Oh, gut, da sind Sie ja, Aurelia.« Effie klatschte in die Hände und strahlte Aurelia an, so als erinnerte sie sich nicht an ein einziges Wort ihres Streites noch an irgendeine dunkle Warnung, die sie noch vor einer Stunde ausgesprochen hatte. »Jetzt können wir beginnen.«

Aurelia gefiel es gar nicht, wie Effie zum Klavier hinüberlief, ja geradezu jagte, und ihren schwarzen Seidenrock auf der Sitzbank ausbreitete. Everard warf einen verstohlenen Blick auf Aurelia, fuhr dann mit seinen Fingernägeln über das Revers und sah dabei so blasiert triumphierend aus, daß Aurelia den innigen Wunsch verspürte, ihm den Arbeitskorb an den Kopf zu schleudern.

Er beugte sich über Effie und half ihr dabei, den richtigen Takt zu finden. »Das ist wirklich unglaublich freundlich von Ihnen, Mrs. Perkins«, sagte er einfühlsam leise. »Und gerade uns widerfährt eine solche Wonne. Es kommt nicht oft vor, daß wir das Privileg genießen dürfen, Ihre musikalischen Talente zu bewundern.«

Als Effie auf diese Worte auch noch affektiert lächelte, meinte Aurelia, sie würde ersticken. Aber warum war sie so erstaunt, wo sie doch wußte, wie einfach es war, sich wohl zu fühlen, wenn man in diesen heimtückischen, tiefblauen und dunkelrandigen Augen zappelte?

Verzweifelt unternahm Aurelia einen letzten Versuch, sich aus der bevorstehenden Pflicht herauszuwinden. »Effie spielt wirklich wunderbar«, sagte sie. »Was für ein Jammer, daß der Walzer in Aldgate noch nicht getanzt wird und daß sie deshalb nicht weiß, wie er gespielt wird.«

»Pah! Ich bin modebewußter als manch *andere* Dame.« Effie fing an, den Dreivierteltakt des Walzers mit einer Vertrautheit herunterzuspielen, wie es nur jemand können konnte, der jahrelange Übung darin hatte.

Aurelia fuhr zurück, als Everard mit großen, entschlossenen Schritten auf sie zukam. Verschämt blickte sie hinunter auf seine glänzenden Schaftstiefel. Nun denn, es war sein Fehler. Der Mann verdiente jeden einzelnen Tritt, der auf ihn zukam.

»Gib mir deine Hand, Aurelia«, befahl Everard.

Zitternd erlaubte sie ihm, ihre Finger in seinen warmen Griff zu nehmen. Sie plazierte ihre andere Hand so, daß sie leicht auf seiner Schulter lag. Aurelia blieb verkrampft etwa einen Meter von Everard entfernt stehen.

»Entspanne dich, Aurelia«, sagte er. »Du siehst aus, als würde ich dir jeden Augenblick einen Zahn ziehen wollen.«

Ihre gekeuchte Antwort blieb ihr im Hals stecken, als er mit starkem Arm ihre Taille umfaßte und sie so nahe an sich heranzog, daß sie fürchtete, er könnte ihr Herzklopfen hören. Ein Gefühl der Hitze stieg in ihre Wangen, als sie bang auf Effie blickte, ein wenig in der Hoffnung, ihre Anstandsdame würde einschreiten. Doch Mrs. Perkins nickte ihr nur ermutigend zu, ehe sie begann, leidenschaftlich über die Tastatur des Klaviers zu preschen und sich völlig der Musik hinzugeben.

Aurelia war kaum in der Lage, Everards Anweisungen zu folgen, die er ihr bezüglich der Schrittfolge gab. Außer ihrem Vater war sie noch nie einem Manne so nahe gekommen. Fetzen aus dem Gespräch mit Effie gingen ihr durch den Kopf. *Ein alleinstehender, so gutaussehender Mann ... nicht die geringste Gefahr, daß Mr. Ramsey Sie attraktiv finden würde ... wenn Lord Spencer davon erfährt ...*

Als Everard den Versuch unternahm, sie im Kreise herumzuwirbeln, stolperte sie und knallte gegen seinen harten Brustkasten.

»Bist du in Ordnung?« fragte er und faßte sie fester um die Taille.

Sie nickte und wollte sich ein bißchen lösen. »Ich wußte, das hat keinen Sinn. Ich habe einfach keinerlei Taktgefühl.«

Er schüttelte unwirsch mit dem Kopf. »Unsinn. Du hast es noch nicht einmal versucht. Jetzt fang noch einmal von vorn an und zähle diesmal. Eins, zwei, drei. Eins, zwei, drei.«

Aurelia seufzte und machte den schwachen Versuch, seine schnellen, barschen Befehle zu verarbeiten. »Drehen, Aurelia, und bitte, lächeln! Weißt du, es ist Sitte, daß man sich während des Tanzens mit seinem Partner angeregt unterhält.«

»Ich kann nicht zählen und zur gleichen Zeit auch noch klug daherreden.«

»Und es wird als überaus komisch empfunden, wenn du dich nur mit der Weste deines Tanzpartners unterhältst.«

Jetzt riß ihr der Geduldsfaden, und sie fuhr blitzschnell mit dem Kopf nach oben, doch sie merkte, daß dies ein großer Fehler war. Die feinen, markanten Züge von Everards Gesicht waren nur wenige Zentimeter von ihrem entfernt, sein sinnlicher Mund lächelte jenes halb spöttische Lächeln, das so charakteristisch für ihn war.

»Hör endlich auf, dich so steif zu machen. Da könnte man ja denken, du hättest noch nie mit einem Mann getanzt.«

»Ich versichere dir, ich bin schon auf mehr gutaussehende, äm, ich meine, bessere Schuhe getreten.«

Everards tiefes Kichern klang polternd in ihren Ohren. Sie glaubte, sie würde spüren, wie sein Atem durch die gedrehten Locken strömte, die über ihre Stirn hingen. Aurelia senkte den Kopf, verpaßte einen Schritt und trat voll auf seinen Rist.

Obwohl sie hörte, wie er plötzlich Luft einsaugte, vernahm sie kein Wort der Kritik ob ihrer Unbeholfenheit. Trotzdem brannten ihre Wangen wie Feuer.

Hoffnungslos, dachte sie, während ihre Wimpern die Tränen zur Seite drückten, die sich schon in ihren Augen ansammelten. Vollkommen hoffnungslos, doch Everard wollte sie einfach nicht mehr loslassen. Doch dann zwang sie ihn einzusehen, daß sie nichts anderes war als ein galoppierender Dummkopf.

Entschlossen, ihm zu beweisen, wie tolpatschig sie sein konnte, stellte Aurelia jedes Bemühen ein, auf ihre Schritte zu achten, und überantwortete sich willenlos dem feurigen Walzer. Das Tempo von Effies enthusiastischen Schlägen auf den Klaviertasten verursachte irgendwo in Aurelias wütendem Gefühlsrausch einen dem Rhythmus entsprechenden Akkord.

Aurelia mutete es seltsam an, daß sie nicht, wie erwartet, Hals über Kopf stolperte, sondern vielmehr in perfekter Harmonie mit jedem Schwung der blitzsauberen Schritte Everards dahinglitt.

»Schon viel besser«, sagte er, seine Lippen nahe an ihrem Ohr.

Als sie an dem Klavier vorüberglitten, hörte Aurelia, wie Effie rief: »Mein Gott, Reely, wie schnell Sie kapiert haben. Ich verkünde hiermit, daß ich Sie noch nie so gut habe tanzen sehen.«

Mich? Tanzen? Dieser verwirrende Gedanke ließ Aurelia nicht mehr in Ruhe. Aber es stimmte, sie tanzte. Sie konnte mit jeder Faser ihres Körpers spüren, daß sie die richtigen Bewegungen machte. Everards Berührungen wirkten jetzt herausfordernd leicht, seine Finger fuhren sanft über ihre Taille, jetzt riß er sie nicht mehr herum, sondern tanzte gefühlvoll durch das ganze Musikzimmer Walzer mit ihr.

Walzer? Nein, das war ein Schweben auf der Luft, das war wie das Wirbeln eines zerbrechlichen Herbstblattes in den Fängen eines stürmischen Windes. Durch Aurelias Körper wogte eine Welle freudiger Erregung. Noch nie hatte sie sich so leicht auf den Füßen gefühlt, so anmutig, so geschmeidig. Als Everard sie ein paarmal herumwirbelte, drehten sich auch ihre Sinne so frei und glücklich im Kreis, daß es ihr mehr in den Kopf stieg, als wenn sie Champagner getrunken hätte. Das Klavier, der Kamin, die Flügelfenster, alles wirbelte um sie herum, bis ihre Welt nur noch einen Mittelpunkt hatte, nämlich die tiefblauen Augen Everards. Selbst wenn er jetzt anfangen würde, die Kontrolle über seine Schritte zu verlieren, würde sie ihm nicht gestatten aufzuhören, bis auch er dann tatsächlich beinahe die Balance verlor.

Everard mußte keuchen und lachen zugleich und wollte sich nach hinten auf das kleine Sofa plumpsen lassen, doch Aurelia packte ihn an beiden Händen und zog unablässig an ihnen.

»Nein, jetzt kann ich nicht aufhören«, stöhnte sie. »Jetzt kriege ich gerade das richtige Gefühl dafür. Effie, spiel weiter.«

Everard ließ es mit sich geschehen, daß Aurelia ihn wieder in die Mitte des Musikzimmers zog. »Okay«, rief er mit vorgetäuschtem Widerwillen. »Aber diesmal bitte ein wenig langsamer. Und bitte ein Gefühl des Anstandes bewahren. Ich käme mir vor wie ein Narr, wenn ich mir beim Tanzen den Knöchel verstauchen würde.«

Sie gluckste wie ein Schulmädchen und schlüpfte wieder in seine Umarmung. Sie benötigte einen Augenblick, um sich zu beruhigen und den Takt erneut aufzunehmen. Doch nach ein paar Schritten befand sie sich von neuem in wundervollem Gleichschritt mit ihm, und sie hatte das Gefühl, sie hätte ihr ganzes Leben nichts anderes gemacht, als mit Everard Ramsey Walzer zu tanzen.

Fast schüchtern spitzte sie zu ihm hinauf. »Ich, ich kann es kaum fassen. Du kannst dir wahrscheinlich nicht vorstellen, wie unbeholfen … Meine Mutter ist immer schier daran verzweifelt, ich meine, ich habe niemals …« Sie wußte nicht mehr weiter, ihr fehlten einfach die Worte, um das Wunder zu beschreiben, das sie soeben verspürte.

Aber es war nicht nötig. Das warme Licht in seinen Augen sagte ihr, daß er Bescheid wußte, obwohl er nur lächelte und sagte: »Vielleicht hattest du nur nie den richtigen Partner.«

»Vielleicht«, sagte sie langsam. »Oder vielleicht hast du doch einen kleinen Zauberstab.«

Als er lachte, fiel ihr plötzlich auf, wie sehr sie Everard Ramsey *mochte,* wenn er sich so gab, denn dann entspannten sich die zynischen Linien in seinem Gesicht, und sein Lächeln ließ ihn weitaus freundlicher erscheinen. Dann trug er nicht jene gleichgültige Maske, dann war er kein eleganter Fatzke, der sich hinter seinem Lorgnon verkroch. So war er schlicht und einfach ein Mann, der sie anschaute, als ob ...

Aurelia stockte der Atem. Als ob es nichts ausmachen würde, ob sie schön war. Denn sie war schon damit zufrieden, daß er ihr das Gefühl gab, schön zu sein.

Nur ganz schwach bekam Aurelia Effies begeisterten Applaus mit. Die Frau rief laut: »Ach, Sie tanzen wunderschön Walzer, meine Liebe. Das ist ein Weltwunder. Mr. Ramsey, Sie sollten Tanzstunden geben.«

»Ja«, lachte Aurelia glücklich. »Stell dir nur vor, wie überrascht Justin sein wird.«

Sie merkte, daß sich der Arm, der ihre Hüfte umspannte, verkrampfte. Everard nötigte sie, abrupt stehenzubleiben. Ein ungewohnter Ausdruck huschte über sein Gesicht. Es war ein Ausdruck, den Aurelia nur von Menschen kannte, die schlummerten und träumten und plötzlich unsanft aufgeweckt wurden.

Bevor sie fragen konnte, was denn los sei, ließ Everard sie los und wendete seinen Blick ab. Er starrte in das Kaminfeuer. Als er Aurelia wieder anblickte, hatte er seine gewohnt kalte Miene auf.

»Soll ich jetzt einen Kotillon spielen, Mr. Ramsey?« wollte Effie begierig wissen. »Damit hatte Aurelia auch immer so ihre Probleme.«

»Nein«, sagte er. »Ich glaube, ich habe für heute genug Bewegung gehabt. Vielleicht ein andermal.«

»Einverstanden«, stammelte Aurelia, drehte an ihrem Verlobungsring herum und fragte sich mit schlechtem Gewissen, was sie nur verbrochen hatte. Sie stellte sich jetzt vor, wie sie Ramsey vorgekommen sein mußte. Wie ein biederes, tölpelhaftes, unansehnliches Weib, das herumhüpfte, den Kopf durch die Luft schleuderte und sich wie eine Märchenprinzessin vorkam. Sie mußte wie eine Närrin gewirkt haben. Sie wurde rot im Gesicht, als sie steif sagte: »Mr. Ramsey, ich danke Ihnen für diese Unterweisung, und ich danke Ihnen dafür, daß Sie so viel Zeit für mich geopfert haben.«

Er wollte ihre Hand erfassen, doch dann ließ er davon ab. »Nicht der Rede wert, meine Liebe«, sagte er gedehnt. »Was soll man denn sonst in dieser Wildnis tun?«

Seine Worte trafen sie wie ein Peitschenhieb. Sie fühlte sich verletzt und verwirrt, zog sich zum Kamin zurück und rieb sich den Arm, denn ihr war kalt, weil sich die Flügelfenster geöffnet hatten und den eisigen Winterwind hereinließen. Sie hörte gar nicht, wie er sich leise von Effie verabschiedete. Noch hörte sie, wie er sanft die Tür ins Schloß fallen ließ, als er nach draußen ging.

5

Aurelia bahnte sich mühsam einen Weg durch die zahlreichen Koffer und Hutschachteln und widerstand dem inneren Drang, eine der Hutschachteln, die ein mit lilafarbenem Band geschmücktes grünes Seidenhäubchen enthielt, mürrisch zur Seite zu kicken. Sie verkraftete es einfach nicht, unablässig von dem in ihrem Schlafzimmer herumstehenden Gepäck an ihre bevorstehende Abreise nach London erinnert zu werden. Allmählich kam sie sich wie eine Uhr vor, deren Feder zu fest aufgezogen war.

Effies entzückte Kommentare, als sie das elegante Häubchen auspackte, trugen nur noch mehr dazu bei, Aurelia zu verdrießen. Trotzig nahm sie ihren ältesten, breitrandigen Strohhut in die Hand, der mit ein paar verwelkt aussehenden Stoffblumen geschmückt war, und stülpte ihn sich fest auf den Kopf.

Effie schien das gar nicht zu bemerken, so gefangen war sie von den Päckchen aus London. »Oh, hat Mr. Ramseys Schwester nicht einen vorzüglichen Geschmack!« rief sie laut. »Ich möchte ihm unbedingt mitteilen, daß ich das mit den neuen Kleidern ganz falsch gesehen habe. Es war wirklich eine ausgezeichnete Idee. Was glauben Sie denn, warum er Sie gestern nicht besucht hat?«

»Ich habe nicht die leiseste Ahnung.« Aurelia gab ihr diese Antwort, obgleich sie sich auch fragte, warum er nicht gekommen war. Doch zugeben wollte sie das unter keinen Umständen. Seit jenem lange vergangenen Winternachmittag, an dem er sie den Walzer gelehrt hatte, war er so zurückhaltend gewesen. Wenn sie ihn zufällig im Dorf oder im Herrenhaus von Lady

Foxcliff traf, schien er sie mit zynischen Blicken durch sein Lorgnon auf Distanz halten zu wollen. Seinen Mund verzog er dabei so aufreizend, daß sich Aurelia maßlos darüber ärgerte. Und obendrein machte er den Eindruck, als wäre er total gelangweilt, sobald er sie sah. Das Eis seines kühlen Auftretens zu durchbrechen war für sie eine Herausforderung geworden. Sie versuchte, ihn zum Lachen zu bringen, doch immer wenn ihr dies gelang, schien er sich maßlos über sie zu ärgern.

Aurelia schob einen Kulturbeutel zur Seite, ließ sich schwerfällig auf die Daunensteppdecke fallen, die über ihr Bett gebreitet war, und versuchte, alle Gedanken zu vertreiben, die mit Everard zu tun hatten, doch das war ungemein schwierig, da Effie nicht davon ablassen wollte, über diesen Mann zu sprechen.

»Vielleicht wird Mr. Ramsey Sie heute besuchen, meine Liebe«, zwitscherte Mrs. Perkins, als sie begann, die spitzenbesetzten Lagen des Petticoats wieder zusammenzulegen, den sie gerade begutachtet hatte. »Er weiß, wie aufgeregt Sie wegen Ihrer baldigen Reise nach London sind.«

Aufgeregt? Aurelia schnitt eine Grimasse. Sie wurde schon zu Stein, wenn sie nur daran dachte, Justin im Rudel seiner modisch-eleganten Freunde gegenübertreten zu müssen. Sie zog ihre Schulterpartie in der Hoffnung hoch, dadurch den Eindruck von absoluter Gleichgültigkeit erwecken zu können. Einer Gleichgültigkeit, die sowohl ihre schlimme Zukunft betraf als auch Everards unerklärliche Reserviertheit.

»Ich wage zu behaupten, daß Mr. Ramsey sich einen

anderen, viel amüsanteren Zeitvertreib gesucht hat, als weiterhin zu versuchen, mich in die Nähe des Hungertodes zu treiben. Jedenfalls solltest du dich doch darüber freuen.« Sie blickte Effie finster an. »Du hast dich doch immer darüber beschwert, er würde mich zu häufig besuchen.«

»Jaja, das schon, aber ich wollte nie, daß er gänzlich ausbleibt.« Effie blickte sie mit vorwurfsvoller, überraschter Miene an. »Also wirklich, Aurelia. Wie Sie einen Menschen anfahren können. Sie sind in letzter Zeit unausstehlich. So kenne ich Sie gar nicht.«

Aurelia saugte tief Luft ein, denn sie wußte, daß Effies Kritik berechtigt war. In den letzten paar Tagen hatte sie sich nicht wohl gefühlt in ihrer Haut. Einerseits wäre sie am liebsten ständig in Tränen ausgebrochen, andererseits verspürte sie das Verlangen, etwas zu zerschlagen. »Es, es tut mir leid, daß ich so schnippisch war, Effie«, sagte sie. »Ich nehme an, daß ich so schlecht gelaunt bin, weil ich solch wahnsinnigen Hunger habe.«

»Aber die Diät hat Wunder gewirkt. Dieses alte graue Kleid hängt an Ihnen wie ein Sack. Das ist in der Tat erfreulich. Ich dachte, Sie wollten es der Küchenmagd geben.«

»Sally wollte es nicht haben.« Aurelia strich verschämt die Falten ihres bequemen, alten Sergekleides glatt.

»Sie haben noch gar keines Ihrer wunderschönen neuen Stücke anprobiert.« Effie hielt ein entzückendes, matt primelfarbiges Hauskleid mit hochsitzender Taille in die Höhe. »Bitte, Aurelia, versuchen Sie doch wenigstens einmal dieses eine.«

Weil Aurelia sich wegen ihrer schlechten Laune

doch ein wenig verlegen fühlte, stand sie auf und nahm das Kleid aus Effies Händen. Sie hielt das hauchdünne Schmuckstück vor ihr schlichtes graues Kleid und lief dann staksig hinüber zum einzigen Spiegel in ihrem Schlafzimmer, um sich in dem golden eingerahmten Oval, wenn auch widerwillig, zu betrachten. Sie konnte an sich keinerlei Veränderungen feststellen. Sie war immer noch die unattraktive Frau, von der Justin im vergangenen Sommer so vergnügt Abschied genommen hatte. Vielleicht war sie ein bißchen blasser, das war aber auch schon alles. Und das fröhliche Pink des Kleides schien die dunklen Schatten unter ihren Augen nur zu betonen.

Der atemberaubend tiefe Ausschnitt und die auffallenden Saumstickereien würden ihr nicht erlauben, das zurückgezogene Mauerblümchen zu spielen, wie es ihr in der Vergangenheit stets gelungen war. Sie versuchte sich vorzustellen, wie Justin reagieren würde, wenn er sie in diesem Kleid sehen würde. Aber es war schwierig, sich seine Miene bildlich vorzustellen. Sie glaubte nicht, daß sie damit auf ihn wirken könnte. Statt neckischer, nach ihr dürstender hellgrauer Augen sah sie seinen kühlen, kalten Blick, der sie unter seinen spöttisch hochgezogenen braunen Brauen peinigend traf. Dieses Bild verfolgte sie.

»Wenn du den richtigen Aufpasser hast, kannst du im kommenden Frühjahr die ganze vornehme Welt auf den Kopf stellen, kannst du so schön sein, wie du es dir wünschst«, hatte Everard gesagt. Hatte er das jemals selbst geglaubt? Doch das spielte jetzt kaum mehr eine Rolle, denn es war offensichtlich, daß er diese Hoffnung mittlerweile auch schon hatte fahrenlassen. Aurelia konnte seine fortgesetzte Abwesenheit nicht anders interpretieren. Er hatte sie aufgegeben. Nun, sie hatte immer gewußt, daß sie ein hoffnungsloser Fall war. Warum schmerzte sie es dann jetzt so sehr, daß Everard augenscheinlich dieselbe Auffassung hatte? Aurelia ließ das rosafarbene Kleid wieder in den Koffer fallen.

»Für diesen Unsinn habe ich keine Zeit mehr, Effie«, sagte sie. »Ich muß noch vor dem Tee eine Pächterin besuchen.«

»Aber ich dachte, Sie würden sich umziehen. Sie können doch unter all diesen schönen, neuen Kleidern auswählen.« Effie verdrehte beängstigend die Augen. »Sie haben doch nicht etwa vor, Ihren Besuch in diesem häßlichen alten, grauen Sack abzustatten.«

»Die alte Mrs. McGinty wird sich nicht dafür interessieren, wie ich aussehe, wenn ich ihr nur einen Korb ihrer Lieblingsmarmelade bringe.«

Noch ehe Effie protestieren konnte, schnappte sich Aurelia ihren schmutzig-braunen Merinomantel und eilte aus dem Zimmer. Sie wollte die eleganten neuen Kleider nicht mehr länger sehen, denn sie erinnerten sie nur an ihre Unvollkommenheit und ihr Gefühl, eine Versagerin zu sein.

Mrs. McGintys mit Schilf gedeckte Kate lag anheimelnd am äußersten Rand des Sinclair-Gutes, nur einige Meter entfernt von einem jener klaren Seen, die die Landschaft Norfolks wie mit Punkten überziehen. In großer Entfernung durchpflügten Frachtboote mit braunen Segeln die silberne Oberfläche und muteten dabei an wie verspielte, mutige Vögel, die den weißen Schaumkronen der Wellen, welche sie aus dem Gleichgewicht zu werfen drohten, die Stirn boten.

Der letzte Schnee war geschmolzen und hatte am Rande des Sees riesige Pfützen kaffeefarbenen Schlammes hinterlassen. Doch Aurelia hätte diesen Spaziergang auch unter anderen Umständen genossen.

Fürwahr erinnerte sie sich an das letzte Mal, als sie diesen Weg gegangen war. Damals zog sie Everard an der Hand und zwang sie, mit seinem forschen Tempo Schritt zu halten. Lachend drohte er, er würde ein Loch in das Eis schlagen und ihr einen Aal für das Abendessen fangen, wenn sie nicht aufhörte, sich ständig darüber zu beschweren, daß sie hungrig sei.

Sie verkroch sich so tief in ihrem Mantel, wie sie eben konnte, und zog den Rand ihres arg lädierten Strohhutes so tief in die Stirn, daß sie sich einigermaßen gegen den schneidenden Märzwind schützen konnte. Sie ging davon aus, daß sie in Zukunft alle ihre Spaziergänge allein zu bewerkstelligen haben würde. Wanderungen am Seeufer waren keine Ablenkung, der Justin irgend etwas abgewann.

Trotz des Matsches waren die Wege recht gut passierbar. Es gab nicht den kleinsten Grund, warum es Justin nicht möglich gewesen wäre, nach Aldgate zu kommen und sie selber nach London zu bringen. Statt dessen wartete er, bis Lady Foxcliff sie zu ihm brachte. Nicht den geringsten Grund gab es, außer natürlich den Millionen von Begründungen, die sich Justin in seinen seltenen Briefen ausspann. Der Ton seiner Schreiben erinnerte Aurelia oft an einen jungen Mann, der zu vermeiden versuchte, seine Schwester zu einem Ball zu begleiten.

Seine Schwester. Plötzlich schwang Everard Ramseys melodische Stimme durch ihre Gedanken. *Falls Ju-*

stin dich für seine Schwester hält, dann ist es deine Schuld, daß du nie versuchst, ihn davon zu überzeugen, daß du es nicht bist. Aber das werden wir alles ändern.

Warum hatte sie ihm überhaupt zugehört? Sie war viel zu alt, um noch an Märchen zu glauben.

Matt klopfte Aurelia an die Tür der Kate und hoffte, den Besuch rasch hinter sich bringen zu können, doch wie gewöhnlich war es schwierig, der geschwätzigen Mrs. McGinty zu entrinnen. Die alte Frau litt wieder schwer unter einem neuerlichen Rheumaanfall, aber das hatte sie nicht davon abgehalten, zu backen und Aurelia ein großes Stück Ingwerkuchen in die Hand zu drücken, als sie sich schließlich verabschiedete. Sobald sie außer Sichtweite der weißgetünchten Mauern des Häuschens war, starrte Aurelia hinunter auf dieses unwiderstehliche Stück von einem Kuchen, das die Form eines unsymmetrischen kleinen Mannes hatte und noch warm vom Ofen war. Sie nahm sich vor, Effie den Kuchen zu geben. Sie sollte ihn zum Tee genießen. Doch die schwache Sonne stand schon sehr tief am Himmel und warf lange, nachmittägliche Schatten über den Strand des vom Schilf überwucherten Sees. Mit an Sicherheit grenzender Wahrscheinlichkeit hatte sich Effie inzwischen schon mit Keksen vollgestopft.

Das würzige Aroma des Ingwerkuchens drang in ihre Nasenflügel und kämpfte mit dem lehmigen Geruch der vom Schlammwasser ausgespülten Erde um die Vorherrschaft in ihrer Nase. Aurelias Finger führten den Kuchen Zentimeter um Zentimeter an ihren Mund. Das verschlagene Johannisbeergrinsen des Ingwermannes schien sie verspotten zu wollen, so als wollte er sie neckisch fragen: »Was würde Everard wohl sagen, wenn er dich dabei erwischen würde?«

Als ob es eine Rolle spielen würde, welch vernichtende Bemerkung er fallenlassen würde, dachte Aurelia verbittert. Es war doch im Grunde jedem egal, wie dick sie war. Da waren Justin und vor allem Everard Ramsey keine Ausnahmen. In einer Reaktion des Trotzes biß sie dem Ingwermann ein Stück seines Beines ab.

Sie kaute ganz langsam und genoß jeden einzelnen Bissen in dem Gefühl grenzenloser Genugtuung. Doch ehe sie einen weiteren Biß ausführen konnte, wurde sie abgelenkt von einem Stakkahn, der sich dem Ufer näherte. In dem Schatten ihres Hutrandes konnte sie erkennen, daß der große Mann sein kleines Fahrzeug fachmännisch manövrierte. Er gehörte mit Sicherheit nicht zu den Katenbewohnern. Selbst aus dieser großen Entfernung machte sie den eleganten Schnitt seiner Hose aus und das blütenweiße Hemd, dessen Ärmel bis zu den Ellbogen hochgekrempelt waren, wodurch die sehnigen Muskeln seiner Unterarme zu sehen waren. Wie ein kühner Piratenchef, der gerade seine Mannschaft inspizierte, spannte er seine kräftigen Beine an, während ihm mitternachtsschwarze Haarsträhnen in die Stirn fielen, als er seine Augen mit einer Hand abschirmte, um besser sehen zu können. Er blinzelte in ihre Richtung.

Aurelias Wimpern schlugen aufgeregt auf und ab. Sie traute ihren Augen nicht. Nein, das konnte doch nicht wahr sein!

»Dieser Teufel«, schrie sie entsetzt. Welch gottverdammtes Mißgeschick war nur dafür verantwortlich, daß Everard an diesen gottverlassenen Fleck gekommen war und sie bei dieser ketzerischen Tat erwischte? Sie ließ den Ingwerkuchen flugs hinter dem Rücken verschwinden und vergaß dabei ganz, daß sie gerade erst Stein und Bein geschworen hatte, daß es ihr vollkommen einerlei war, was Everard Ramsey davon halten würde. Sie machte ein paar Schritte zurück und versuchte sich hinter einer Reihe von Weidenbäumen zu verstecken, aber es war schon zu spät. Ramsey hob den Arm und rief ihren Namen.

Sie stand bewegungslos da, während er das Boot ans Ufer stakte, und überlegte krampfhaft, wie sie sich des Ingwerkuchenmannes entledigen konnte. Sie dachte daran, ihn in den See zu schmeißen. Nein, das würde Everard auf jeden Fall merken. Schließlich steckte sie die Kuchenfigur in ihre Tasche. Aurelia rückte ihren Hut zurecht, damit man die Schamröte nicht sehen konnte, die ihr in die Wangen stieg, weil sie sich schuldig fühlte. Dann beobachtete sie, wie Everard mit ungewohnt athletischer Anmut an Land sprang. Normalerweise waren seine Bewegungen eher träge. Er machte sein Gefährt an dem niedrigen Ast einer jungen Birke fest, wobei er das Seil mit einem Geschick festknotete, das nur von langjähriger Erfahrung herrühren konnte. Er nahm einen Gehrock vom Sitz des Stakkahnes und warf ihn lässig über seinen Arm. Wie immer, schien er völlig unempfindlich gegen die Macht der Elemente zu sein.

Aurelia bemühte sich, ihn nicht anzustarren, als er zu ihr hinschritt. Es war jetzt das erste Mal, daß Everard nicht wie aus dem Ei gepellt aussah. Trotz seiner sportlichen Betätigung verunstaltete nicht der kleinste Fleck seine Whipcord-Kniehose, befand sich nicht die kleinste Falte in seiner schlichten, lederfarbenen Weste. Aber er trug keine Krawatte. Der oberste Knopf seines Hemdes war offen, wodurch sein Brustkasten in der Form eines V zur Geltung kam. Aurelia ertappte sich dabei, wie sie fasziniert auf die dunklen Haare starrte, die sich auf der braungebrannten Haut kräuselten, weshalb sie mehr denn je errötete.

»Guten Tag, Miß Sinclair.« Er verbeugte sich so tief, als würde er sie im vornehmen Speisezimmer des Herrenhauses begrüßen.

Sie legte die Finger instinktiv dort auf den Mantel, wo sich der Ingwerkuchen in der Tasche befand. »Oh, Everard. Was für eine Überraschung, dich hier zu treffen. Das habe ich nicht erwartet. Ich hätte nie gedacht, daß du …«

»Daß ich ein Boot an Land bringen kann, ohne ins Wasser zu fallen?« ergänzte er ihren Satz, nachdem sie angefangen hatte, nach den richtigen Worten zu suchen.

»Nein, ich glaube, ich bin so überrascht, weil ich nicht gedacht hätte, daß du so etwas überhaupt machst.«

Etwas hochmütig runzelte Everard die Stirn. »Meine liebe Miß Sinclair, selbst *ich* finde bisweilen Gefallen an manchen euerer ländlichen Zerstreuungen.«

Aurelia sank der Mut. Heute spielte er also wieder den Dandy, wo sie sich doch so sehr nach einem Anzeichen seines warmen, ermutigenden Lächelns sehnte. Unglücklich verfolgte sie, wie er seine Ärmel nach unten rollte, sein Hemd kunstvoll zuknöpfte und dann seine breiten Schultern in den Gehrock zwängte.

»Ich muß mich für mein Aussehen entschuldigen«, sagte er langsam. »Ich bin selbst über diese zufällige Begegnung erstaunt. Man erwartet nicht unbedingt, daß eine *Dame* solcher Eleganz durch diese Wildnis hier schlendert.« Er warf einen verächtlichen Blick auf ihren Schlapphut und auf den Saum ihres grauen Kleides, der zentimetertief im Matsch hing.

Aurelia wickelte sich noch tiefer in ihren Mantel ein. »Oh, Mr. Ramsey, ich bedauere sehr, daß ich nicht den modischen Gepflogenheiten der vornehmen Gesellschaft entspreche. Ich habe ganz vergessen, daß es momentan der letzte Schrei ist, in Seide und Diamanten aufzutreten, wenn man durch den knöcheltiefen Schlamm seines Gutes watet.«

»Das scheint nicht das einzige zu sein, das du vergessen hast.« Noch ehe sie ihn durchschauen konnte, faßte sie Everard am Handgelenk und entfernte ihre Hand von der Tasche. Im nächsten Augenblick hatte er den Ingwerkuchen auch schon in der Hand.

Aurelia unterdrückte ein Stöhnen. Sie hätte wissen müssen, daß diesen Argusaugen nichts entgehen würde. »Ach, das.« Sie wand sich unter seinem vorwurfsvollen Blick wie ein armseliger Wurm. »Mrs. McGinty hat mir diesen Kuchen gegeben. Ich wollte ihn Effie geben.«

»Wirklich?« Everard zog sein Lorgnon heraus. Hatte der Mann dieses Ding denn immer und überall bei sich? Mit feierlichem Spott untersuchte er dann den Ingwerkuchenmann. »Oh, der arme Bursche scheint schon einen Fuß verloren zu haben. Du hast nicht zufällig eine Maus in deiner Tasche, Miß Sinclair?«

Aurelia biß sich auf die Unterlippe und funkelte ihn an. Sie kam sich vor wie ein kleines Mädchen, das Kekse aus der Vorratskammer stibitzt hatte. »Nein«, sagte sie mit belegter Stimme. »Und wenn ich eine hätte, so hätte ich schon dafür gesorgt, daß sie dich gebissen hätte.«

Sie versuchte, ihm den Ingwerkuchen aus der Hand

zu nehmen, doch er warf ihn weit hinaus in den See, wo er in den kleinen Wellen mit einem weichen Klatschen verschwand. Als er sie wieder anschaute, funkelte in seinen Augen ein wütender Blick.

»Was zum Teufel hattest du denn mit diesem Ding vor?«

»Nun, soweit ich mich erinnern kann, nennt man diesen Zeitvertreib *essen.*«

»Verdammt noch mal, Aurelia. In nicht einmal zwei Wochen fährst du nach London.«

»Ich bin wie du in der Lage, einen Kalender zu lesen, Sir«, fauchte sie ihn an. »Und weiß auch, daß es vollkommen egal ist, wie lange es noch dauert.«

»Das ist nicht egal, wenn du solche Tricks anwendest, sobald ich mich einmal umdrehe.«

»Sobald du dich einmal umdrehst! Das geht nun schon einen *Monat* so!« Aurelia hätte sich die Zunge abbeißen können, als sie diese Worte ausgesprochen hatte. Sie hatte nicht die Absicht gehabt, bei Ramsey den Eindruck zu erwecken, sie hätte seine täglichen Besuche vermißt. Sie spürte, daß er sie mit einem überraschten Stirnrunzeln betrachtete, und wendete sich von ihm ab. »Du kannst deine Niederlage zugeben, Everard. Jedermann sieht, daß du die Aufgabe, die du dir gestellt hast, aufgegeben hast ...«

Er faßte sie an den Schultern und wirbelte sie herum. »Sobald ich aufgebe, Aurelia, bist du die erste, die es erfährt. Und ich muß zugeben, daß ich jetzt verdammt nahe daran bin, es zu tun.« Trotz seiner tadelnden Worte war in seiner Stimme der zarte Tonfall von Verärgerung zu entdecken. »Bleib stehen«, befahl er ihr, als sie versuchte, sich von ihm loszumachen. Liebevoll strich er ihr die kastanienbraunen Locken aus dem Gesicht, die der Wind auf ihre Wangen geblasen hatte, und seine Finger spielten mit ihren feinen Strähnen. Dann rückte er den alten Hut zurecht und verknotete die Seidenbänder mit einem festen Ruck, so daß der Hut wenigstens einigermaßen saß.

»So ist es besser, wenn auch nicht viel besser. Warum hast du keines deiner neuen Kleider aus London angezogen?«

Die Wangen Aurelias erröteten von neuem, was jedoch nicht mit dem frischen Wetter in Zusammenhang stand. »Keines dieser schönen Kleider paßt zu mir. Ich komme mir vor wie die verzweifelte Krähe in Äsops Fabel, die versucht, sich die Federn des Pfaus auszuleihen.«

»Du siehst nur dann einer Krähe etwas ähnlich, wenn du mit diesen alten Fetzen herumläufst. Wenn ich dich das nächste Mal sehe, rate ich dir, daß du anständig angezogen bist. Ansonsten ziehe ich dich höchstpersönlich an. Das schwöre ich dir.«

Er nahm seiner Drohung den Stachel, indem er sie sanft am Kinn faßte. »Und jetzt«, sagte er einfühlsam, »sagst du mir, wie du auf die Schnapsidee kommst, ich hätte dich aufgegeben.«

Aurelia mußte schlucken und fühlte sich plötzlich hundeelend. »Du, du bist in letzter Zeit so extrem kritisch geworden. Ich hatte das Gefühl, daß du bemüht warst, mir aus dem Wege zu gehen.«

»Während du mich für einen recht eitlen Nichtsnutz hältst, Aurelia, der zuviel Wert auf sein Äußeres legt, so bin auch ich ein Mensch, der sich gelegentlich um seine Geschäfte zu kümmern hat.«

Sie blickte auf den Kahn. »In der Tat, es ist schon erstaunlich, wie viele Gentlemen dringende Geschäfte auf den Seen hier zu erledigen haben, wenn sich die ersten Frühlingsboten einstellen.«

Diese Worte hatte sie eigentlich mehr spaßig und neckisch gemeint, doch sie war überrascht, wie giftig sie klangen. Das bestürzte sie ein wenig. Justin war schon monatelang nicht mehr bei ihr gewesen, aber ihm hatte sie so gut wie nie ein vorwurfsvolles Wort geschrieben. Warum regte sie sich dann bei Everard so sehr auf, der lediglich ihr Freund war? Seine folgenden Worte sorgten dafür, daß sie sich ihrer Äußerung noch mehr schämte.

»Ich rudere des öfteren von Tante Lydias Haus aus flußabwärts, bis hierher, über den flachen See. Das tue ich, wenn ich allein sein will, wenn ich Zeit brauche, um mir Gedanken über verschiedene Probleme zu machen.«

»Probleme?« Zum erstenmal entdeckte sie jetzt in seinen Augenwinkeln Spuren von Müdigkeit. »Ich, ich habe das nicht gewußt, Everard.« Schüchtern drückte sie seine Hand. »Warum sprichst du mit mir nicht darüber? Vielleicht könnte ich helfen.«

Langsam zog Everard seine Finger aus ihrer Umklammerung. »Das glaube ich nicht, meine Liebe.«

»Das finde ich nicht fair. Du kennst meine tiefsten, dunkelsten Geheimnisse.«

Doch Everard schüttelte nur mit dem Kopf und ignorierte den einschmeichelnden Tonfall, den sie in ihre Stimme gelegt hatte. Er lief hinunter zum Ufer und trat mit einer Stiefelspitze gegen die grünen Spitzen des Schilfgrases. »Wie schade, daß der Frühling erst angefangen hat. Dann hätte ich dir nämlich ein paar Seerosen gepflückt.«

»Ich hasse Seerosen. Sie riechen wie Brandy.« Aurelia schlenderte ihm hinterher, entschlossen, ihm nicht zu gestatten, das Gesprächsthema zu wechseln. »Hat das etwas mit der *Albatros* zu tun?«

Everard zog die Stirn in tiefe Falten. »Wie ist es möglich, daß du davon weißt?«

»Lady Foxcliff hat es einmal zufällig erwähnt.«

Everard preßte die Lippen zusammen, obwohl er dann mit gespielter Heiterkeit sagte: »Wie unangenehm. Ich war davon ausgegangen, daß alle Mitglieder meiner Familie übereingekommen wären, meine wahnwitzigen Unternehmungen geheimzuhalten.«

»Deine Tante äußerte sich überhaupt nicht kritisch«, beeilte sich Aurelia hinzuzufügen. »Sie war voll der Bewunderung über den Mut und die Weitsicht deiner Investition.«

»Nun, wie es aussieht, ist meine mutige und weitsichtige Investition jetzt nur noch wertloses Strandgut vor der Küste Brasiliens. Vor wenigen Tagen erreichte mich ein Schreiben meines Rechtsanwaltes.«

»Oh, Everard, das tut mir schrecklich leid.« Aurelia kamen ihre Worte schrecklich fehl am Platze vor. Sie streckte eine Hand aus und wollte ihn am Ärmel berühren, doch dann ließ sie ihren Arm schlaff nach unten baumeln.

Everard starrte hinaus auf den See. Seine aufmerksamen, launischen Augen verfolgten die Turbulenzen des rauhen Wassers. »Der pure Wahnsinn«, murmelte er, so als hätte er fast vergessen, daß sie noch da war. »Genau, wie mein Vater immer gesagt hat. Naja, bei Schiffen habe ich immer voll danebengelangt.« Sie folgte seinem Blick dorthin, wo die Silhouette eines Segels um eine baumgesäumte Krümmung herum in großem Tempo aus dem Blickfeld verschwand. »Ich träumte schon als Junge immer davon, zur See zu fahren. Ich wollte in den Spuren Lord Nelsons wandeln.«

Er lachte leise, aber spöttisch über sich selbst, ehe er sich dazu bringen konnte, Aurelia wieder in die Augen zu schauen. »Könntest du dir das vorstellen, Aurelia? Ich, ein Seemann?«

»Ja, das könnte ich«, sagte sie im Brustton der Überzeugung. In der Tat hatte sie plötzlich gar keine Schwierigkeiten, sich Everard auf dem Deck eines Schiffes vorzustellen. Er trug eine dunkle, enge Kniehose, die seine kräftigen Oberschenkel betonte, und ein an den Ärmelaufschlägen mit Spitze besetztes Hemd und schlug Horden von Franzosen in die Flucht, die über die Planken angriffen. Nur eine Pistole hatte er nicht. Everard kämpfte nur mit dem Schwert.

»Du hast aber eine blühende Fantasie, Aurelia.« Sie zuckte zusammen und vernahm in Everards Stimme einen Anflug von Belustigung. Wieder hatte sie dieses eigenartige Gefühl, er hätte die Fähigkeit, ihre Gedanken zu lesen.

Er fuhr fort: »Ich fürchte, das Kommando an Bord eines Schiffes werde ich nie übernehmen, höchstens das Kommando an einem Spieltisch. Und bei letzterem bin ich auch nicht sehr erfolgreich.«

»Blödsinn! Das bildest du dir nur ein, weil dein Vater ständig von deinem Bruder Arthur schwärmt ...« Sie hörte auf zu reden, als sie den entsetzten Blick in Everards Augen sah, der ihr eindeutig verriet, daß sie sich hier auf verbotenem Terrain bewegte.

»Tante Lydia redet einfach zuviel. Ich hätte nie für möglich gehalten, daß aus euch beiden solche Plaudertaschen geworden sind.«

Aurelia spürte, daß sie dieses Thema besser verlassen hätte, doch sie brachte es nicht fertig. Sie konnte nicht verhindern, daß ihr die nächsten Worte über die Zunge gingen. »Deine Tante hat nur davon gesprochen, weil sie sich Sorgen um dich macht. Ihr mißfällt es, daß du dich andauernd mit deinem Vater streitest. Ich kann nur zu gut nachempfinden, daß du deinen Bruder überhaupt nicht gemocht hast …«

»Das stimmt doch gar nicht. Ich habe ihn wirklich sehr geschätzt, bis er so unbesonnen war zu sterben, denn dann mußte ich in seine Fußstapfen treten.«

Aurelia nahm all ihren Mut zusammen, um die nächsten Worte über die Lippen zu bringen. »Würde es nicht all deine Schwierigkeiten lösen, wenn, wenn du einfach nach Hause gehen und den Streit beilegen würdest? Stell dir doch bloß vor, was du deiner Mutter und deinem Vater bedeuten mußt. Du bist ihr einziger noch lebender Sohn, ihr Erbe …«

Als Everard barsch zu lachen begann, stoppte sie ihren gutgemeinten Versuch, ihn zur Vernunft zu bringen. »Wieviel ich ihnen bedeute? Meine liebe Miß Sinclair, weißt du eigentlich, was am Tage nach der Bestattung meines Bruders passierte? Ein Lord aus der Nachbarschaft kam vorbei, um seine Anteilnahme auszusprechen.« Ein verbittertes Lächeln berührte Everards Lippen. »Der arme Narr dachte, er könnte meine Eltern damit trösten, daß er darauf hinwies, sie hätten doch immerhin das Glück, noch einen Sohn ihr eigen nennen zu können, der den Namen ihrer Familie am Leben erhalten würde.

Meine Mutter und mein Vater schauten mich an. Ich glaube, in diesem Augenblick ist es ihnen zum erstenmal aufgefallen, daß ich der Sohn war, der allein noch lebte. Meine Mutter brach in Tränen aus, und mein Vater schenkte sich einen Humpen Whisky ein.«

Aurelia spürte einen Kloß im Hals. Trotz seines sardonischen Lächelns konnte sie in seinen Augen eine Verletzlichkeit erkennen, die sie nur zu gut kannte, weil sie sie selbst so oft erlebt hatte. Vom See her erscholl der schrille Schrei einer Krickente. Der melancholische Ruf durchzuckte Aurelia mit dem schmerzhaften Gefühl der Einsamkeit, das sie im selben Maße bei dem Mann feststellte, der da, groß und kräftig wie ein Turm, vor ihr stand. Sie wurde übermannt von dem Verlangen, ihn zu ... Sie machte einen Schritt nach hinten, war total verwirrt, wußte nicht, wonach sie verlangte. Ungebetene Tränen schossen in ihre Augen, eine davon kullerte über ihre Wange.

»Diese Geschichte sollte dich unterhalten, Aurelia«, sagte Everard, der ihre Träne mit einer zarten Bewegung seiner Fingerspitze aufhielt. »Damit du nicht so verdrießlich ausschaust. Investiere dein Mitgefühl nicht in mich, meine Liebe. Ich bin ein wertloses Muster, genau wie mein Vater gesagt hat.«

Aurelia hatte einen Kloß im Hals, den sie erst hinunterschlucken mußte. Dann wisperte sie energisch: »Nein! Ich bin davon überzeugt, daß du alles schaffst, was du dir in den Kopf setzt.«

Die gestrenge Linie seines Mundes taute auf, so daß ein zweifelndes, doch dankbares Lächeln zum Vorschein kam. »Danke«, sagte er. »Falls ich mich mal um eine Stelle bewerben sollte, dann bitte ich dich um ein Empfehlungsschreiben. Ich habe mir schon einmal allen Ernstes überlegt, ob ich einen Beruf daraus machen sollte, unglückliche, junge Frauen zu becircen, die eine Neigung für Ingwerkuchen haben.«

Aurelia kicherte unsicher. »Für diese spezielle Tätigkeit könnte ich dich wärmstens empfehlen«, schniefte sie. »Wenn ich nicht wüßte, daß du mich in London verhexen wirst, dann wäre ich wohl kaum in der Lage, mich dort so lächerlich zu machen.«

In Everards Gesichtsausdruck war Verwirrung zu erkennen. In seiner ganzen Schönheit wirkte er auf einmal verlegen, dann sagte er stockend: »Aurelia, ich habe die große Befürchtung, daß du falsche Hoffnungen hegst. Ich beabsichtige nicht, nach London zu fahren.«

»Was?« Verzweifelt suchte sie sein jetzt feierliches Gesicht ab, sie suchte nach einer eindeutigen Bewegung auf seinen Lippen, nach einem Augenzwinkern, das ihr sagte, daß er sie nur hochnehmen wollte. Plötzlich spürte sie, wie weit es gekommen war, sie spürte, wie sehr sie Everard brauchte. »O nein, aber ich dachte, du hättest gesagt, du hast mich noch nicht aufgegeben. Du wirst doch nicht etwa so grausam sein, mich im Stich zu lassen?« Sie versuchte, diese Worte so klingen zu lassen, als wären sie ein Spaß, doch ihre Stimme zitterte, und ihre Finger konnten nicht anders, als ihn am Arm zu fassen.

Er legte seine Hand auf ihre. »Aurelia, du wirst mich nicht brauchen. Justin wird kommen und dich holen.«

Sie zuckte zusammen, als Everard ein paar Worte in seinen Bart murmelte. Sie verstand zwar nur die Hälfte davon, aber sie wußte, daß er von Justins Familie sprach.

Fast aus Gewohnheit schwang sie sich zum Verteidiger ihres Verlobten auf. »Naja, er hat jetzt viel zu tun, jetzt, wo das Parlament seine Sitzungen abhält.«

»Das Parlament. Wenn Justin jemals das House of

Lords von innen gesehen hat, dann nur, um …« Everard brach mitten im Satz ab und wirkte total verunsichert. »Jaja, das stimmt. Ich habe ganz vergessen, wie stark Justin an, an Politik interessiert ist.«

Diese Äußerung klang so lächerlich, daß beide laut lachen mußten, als sie sich in die Augen sahen. Aurelia konnte sich als erste wieder fangen, wischte sich die feuchten Augen trocken und zuckte kurz mit den Achseln.

»Es ist ziemlich gemein von dir, mich dazu zu zwingen, diese Schwächen in Justins Charakter zuzugeben. Aber ich weiß sehr genau, daß er sich den Winter über nur amüsiert und mir kaum einen Gedanken gewidmet hat. Aber du hast mir versprochen, daß du alles ändern würdest. Wie soll ich es fertigbringen, ohne dich nach London zu gehen? Ich mache mich zum Gespött der Leute, wenn ich mich auf diesen modischen Gesellschaften zeige. Justin wird sich meiner schämen.«

»Du hast doch Justins Mama. Die kann dir helfen.«

»Nein, Clarices Niederkunft wird um diese Zeit erwartet. Ich muß mit Lady Foxcliff reisen und bis zur Hochzeit in ihrer Wohnung in der Stadt aushalten. Effie wird mich auch nicht begleiten, denn von der Luft in London bekommt sie immer Kopfschmerzen.«

»Naja, Tante Lydia erscheint des öfteren ein wenig grob, und ich befürchte, daß sie als Anstandsdame zu lax verfahren wird, aber du bist ja eine vernünftige Frau. Und sie kennt sich in der Gesellschaft Londons wirklich außergewöhnlich gut aus.«

»Ich brauche dich«, ließ Aurelia nicht locker. Als sie dies sagte, hatte sie ihre Stimme nicht mehr unter Kontrolle.

Ein Ausdruck des Schocks war in seinen Augen ganz deutlich abzulesen.

»Es, es tut mir leid«, sagte sie mit schwacher Stimme. »Ich hätte nicht ...«

»Nein, du brauchst dich nicht zu entschuldigen«, murmelte er. »Es ist nur so, daß ... Ich glaube, so etwas hat noch nie jemand zu mir gesagt.« Sie merkte, wie seine Augen sich verfinsterten, wie sich die blauen Augen zusammenzogen, so als tobte ein wilder Kampf in seinen Gedanken, ein Kampf, der gelöst zu sein schien, als er den Kopf wieder hob, um sie erneut anzublicken.

Dieses ihm eigene, nichtssagende Lächeln huschte zum wiederholten Male über seine Lippen. »Dein Wunsch ist mir Befehl, meine Dame. Wenn du mich in der Tat *brauchst*, wenn du nach London reist, dann werde ich dasein.«

»Everard!« schrie sie. In ihrer Stimme klangen Freude und Erleichterung. Ohne etwas dagegen unternehmen zu können, warf sie die Arme um seinen Hals und gab ihm einen flüchtigen Kuß auf die Backe. Dann machte sie einen Schritt zurück. Sie war baß erstaunt ob ihrer Kühnheit, doch sie bereute sie keine Sekunde.

»O je, es ist schon spät«, sagte sie außer Atem. »Ich gehe jetzt lieber nach Hause, ehe Effie noch denkt, ich wäre in den See gefallen und ertrunken.«

Sie ließ ihm kaum Zeit, sich zu verabschieden, drehte sich um und begab sich auf den Weg, der sie nach Hause führen sollte. Everard starrte ihr nach, bis er die kastanienbraunen Locken, die unter dem Rand ihres absurden Strohhutes hervorwehten, nicht mehr sehen konnte. Dann stolperte er auf seinen Kahn zu.

Er spürte, daß seine Bewegungen nicht die Grazie an den Tag legten, die er normalerweise als zu seinem Erscheinungsbild gehörend empfand.

Sollte ihn doch der Teufel holen! Was hatte er nur angestellt? Hatte er ihr etwa versprochen, mit ihr nach London zu reisen? Seine Finger suchten aufgeregt nach dem zerkrümpelten Brief, den er schon tagelang in seiner Westentasche mit sich herumgetragen hatte.

Albatros *zum letzten Male gesichtet, als sie in einem schlimmen Unwetter steckte … Diese Nachricht hatte eine schlechte Auswirkung auf Ihre Kreditwürdigkeit … Königlicher Haftbefehl ist bereits ausgeschrieben worden … Rate Ihnen hiermit strengstens an, sich nur außerhalb von London aufzuhalten.*

Das verzierte, schwarze Gekritzel verschwamm vor seinen Augen, als Everard diese Zeilen noch einmal gelesen hatte. Er sah in seinen Gedanken eigentlich nur noch die so eindringlich von Aurelia ausgesprochenen Worte: »Ich brauche dich.«

Genüßlich riß er den Brief in tausend kleine Fetzen und warf sie langsam in die silbergrauen Wellen des Sees. Nein, er hatte sich jetzt dazu verpflichtet, diesem widerborstigen Schmetterling dabei zu helfen, sich aus seinem Kokon zu befreien. Egal, welche Gefahren ihm deswegen bevorstanden, jetzt war es zu spät, um umzukehren.

Everard legte sacht seine Hand an sein Gesicht und spürte noch immer ihren blumenweichen Hauch auf seiner Haut, den Hauch ihres Mundes. Es war ihm, als wäre ihm dieses Gefühl eingebrannt worden. Ja. Er schnitt eine Grimasse. Es war viel zu spät.

6

Everard durchschritt das kleine Gesellschaftszimmer, das sich im vorderen Trakt des schicken Londoner Stadthauses seiner Tante befand, welches sie von einem ihrer zahlreichen Männer geerbt hatte. An der Wand hängende Kerzenleuchter illuminierten die lakkierten Paneele aus indischem Holz. In die tiefer liegenden Kassetten waren goldene Blumenmotive eingeschnitzt.

Ihre Ladyschaft war bekannt für ihren selbstkreierten Witz, diesen Raum ihr Raucherzimmer zu nennen, denn der Kamin zog nie richtig, egal, wie oft er gefegt wurde.

Everard jedoch war nicht nach Witzen zumute. Er begab sich zur Tür des Gesellschaftszimmers, guckte nach draußen auf die marmorne Wendeltreppe, die sich nach oben in den ersten Stock wand, strich sich ganz ungeduldig die Ärmel seines superfeinen Gehrockes glatt und lief dann wieder aufgeregt vor dem Kamin auf und ab.

»Warum zum Teufel ist Justin nicht hier?« knurrte er. »Jetzt hat er sie schon den ganzen Winter über vernachlässigt. Da könnte er doch wenigstens einmal rechtzeitig dasein. Er muß sie doch begleiten, wenn sie das erstemal in einer Großstadt ausgeht.«

»Papperlapapp! Aurelia ist selbst noch nicht fertig«, sagte Lady Foxcliff. Sie rutschte auf ihrem indischen Holzstuhl in eine neue Position und arrangierte ihre malvenfarbenen, steifen Röcke neu, die auf dem bemalten Seidenkissen zu liegen kamen. Mit der schweren Diamanthalskette, die wunderschön funkelte und gut zu dem Schmuck in ihrem eisengrauen Haar paßte, wirkte sie wie eine mächtige Kaiserin, die soeben eine Cour abhielt. Dieser Eindruck verstärkte sich sogar noch, als sie Everard mit königlichem Mißfallen anstarrte.

»Hör doch auf damit, Neffe. Setz dich hin, bevor du ein Loch in den Teppich läufst. Mein erster Mann, Sir Thomas, hat ihn den weiten Weg aus China mitgebracht, lange bevor der Prinzregent den Spleen für orientalischen Firlefanz aufbrachte. Ich kann nicht unbedingt behaupten, daß er mir sehr gefallen hat, aber er war seiner Zeit immer ein gutes Stück voraus, der gute Thomas.«

Everard biß sich auf die Lippen. In seiner momentanen Gemütsverfassung war er geneigt, sowohl den verstorbenen Sir Thomas als auch den orientalischen Teppich zur Hölle zu wünschen.

Seine Hand arbeitete sich in Richtung Krawatte vor, und er ertappte sich dabei, wie er versuchte, einen Finger in sein Halstuch zu stecken. Diese abscheuliche Tat beging er aber dann doch nicht, das verbat er sich. Er verschränkte seine Arme auf dem Rücken und begann für sich zu fluchen.

So eine dumme Idee! Das hatte er bei jeder Radumdrehung zu sich gesagt, als er in einer Mietskutsche von seiner Wohnung in London zum Stadthaus seiner Tante fuhr. Hinter jeder Ecke vermutete er einen dunklen Schatten, der ihm gefährlich werden konnte, vermutete er den kräftigen Arm eines Gerichtsdieners, der nach ihm schnappte und ihn in das Schuldnergefängnis schleppte. Er mußte verrückt sein, seine Ehre und seine Existenz in diesem Maße aufs Spiel zu setzen, ehe er die Chance hatte, seine Verluste aus der *Albatros*-Geschichte wieder wettzumachen.

Ja, total verrückt, er war ein hoffnungsloser Fall. Und diese Verrücktheit hatte die Gestalt verschleierter grüner Augen, die Freude und Redlichkeit ausstrahlten und ihm regelrecht die Sprache verschlugen. Aurelia! Wie sie ihm vertraute, wie sie sich auf ihn verließ. Er konnte sie einfach nicht enttäuschen, selbst wenn dies bedeutete, daß er am Rande des Abgrundes wandeln mußte.

Das war der einzige Grund, so versicherte er sich, weshalb er das große Risiko auf sich genommen hatte, nach London zu fahren. Doch schon als er diesen Gedanken zu Ende gedacht hatte, wußte er, daß er sich nur selbst belog. Er hatte seine Freiheit aufs Spiel gesetzt, nur weil er nicht in der Lage war, sich von dieser Frau fernzuhalten. Die Erkenntnis, gegen die er den ganzen Winter über angekämpft hatte, trat wieder an die Oberfläche, klarer denn je. Er hatte einen großen Reiz auf die Verlobte seines engsten Freundes ausgeübt. Wie sollte er nur Justin fest in die Augen schauen können, wenn er ihm gegenübertrat?

Everard schlug mit der Faust auf die Kamineinfassung, die aus Mahagoni war, und war erfüllt von Selbstverachtung. Daß er eine Katastrophe heraufbeschwor, wußte er von dem Tag an, als er sie Walzer zu tanzen lehrte, wobei er sie so nah an sich spüren durfte, so warm, so erregt. Und sie hatte in ihrer unendlichen Unschuld nicht die leiseste Ahnung, was sie ihm antat. Er hätte so geistreich sein müssen, ihre Einladung nach London abzulehnen. Sobald er in ihrer Nähe war, wuchs die Gefahr der Versuchung ins Unermeßliche. Verdammt noch mal, Justin war der Übeltäter, nicht er! Er durfte seine Freundschaft mit Justin und Aurelia nicht aufs Spiel setzen, auf keinen Fall. Also mußte er seine unberechenbaren Gefühlsausbrüche endlich unter Kontrolle bekommen!

»Es ist wohl doch besser, wenn du wieder auf und ab läufst.« Lady Foxcliffs Befehl, der mehr dem Bellen eines Hundes ähnelte, setzte seinem düsteren Gedankenspiel ein jähes Ende. »Es ist besser, wenn du die Teppiche durchscheuerst, als meinen armen, alten Kaminsims zu zertrümmern. Und was du für schreckliche Grimassen ziehst! Man könnte ja denken, bei dir wäre eine Schraube locker.«

Everard fuhr auf dem Absatz herum und sah noch einmal aus dem Herrenzimmer. Er wünschte sich, Justin würde endlich ankommen, damit er es hinter sich hatte. Dann war Aurelia in der Fürsorge Lord Spencers, dann konnte er verfolgen, wie sie von ihm weg in Justins Arme glitt, und dann befand sich keine Spur von Versuchung mehr auf Everards Lebensweg. Danach konnte er sich wieder seinen gewohnten Vergnügungen zuwenden und sich die Nächte kartenspielend im White's um die Ohren schlagen. Vielleicht legte er auch einen kleinen Aufenthalt auf dem Kontinent ein, redete er sich ein und ignorierte hartnäckig das dumpfe, leere Gefühl, das diesen Gedanken begleitete.

»Verdammt«, sagte er wütend. »Wo ist denn Aurelia? Wie bringt ihr Frauen es eigentlich fertig, so viel Zeit dabei zu verplempern, euch ein Kleid anzuziehen?«

»Papperlapapp! Das sagt der Richtige! Jetzt hör endlich auf und setz dich hin, ehe ich mich völlig vergesse.«

Noch bevor Everard protestieren konnte, hatte Lady Foxcliff ihn am Arm gepackt und ihn nach hinten in einen orientalischen Sessel mit kerzengeraden Beinen geschubst. Sie ließ ein Glas Brandy bringen, den Everard gierig hinunterschluckte, wobei er kaum die goldene Flüssigkeit schmeckte. Das feurige Getränk brannte in der Kehle, doch dieses Gefühl war nichts im Vergleich zu den anderen in ihm aufflammenden Gefühlen, die ihn in letzter Zeit beschäftigt hatten, die ihn nachts kein Auge zumachen ließen und die ihn ständig an Aurelia erinnerten. Er setzte das Glas ab und trommelte danach mit den Fingern auf die dunkle, lackierte Holzarmlehne seines Sessels.

Einige Zeit sagte Lady Foxcliff überhaupt nichts, betrachtete ihn jedoch mit scharfem Blick, was ihn nur noch weiter beunruhigte.

»Wenn du etwas zu sagen hast, dann sag es bitte und höre auf, mich anzuschauen, als ob ich meinen Kopf verlegt hätte.«

»Dein Herz oder deinen Kopf?« fragte Lady Foxcliff. Everard funkelte sie an. Was zum Teufel wollte sie damit sagen? Der volle Mund seiner Tante ging über in ein Grinsen, das ihn rasend machte.

»Teufel eins! Du bist ungewöhnlich bärbeißig. Mal knurrst du wie ein Hund, der seinen Knochen verloren hat, mal blickst du drein wie ein dummes, dusseliges Schaf. Wenn ich nicht wüßte, daß es unmöglich ist, würde ich geneigt sein zu glauben, du hättest dich verliebt.«

»Naja, du weißt ja, daß es unmöglich ist. Gut so«, erwiderte Everard kurz angebunden. »Falls ich den Eindruck erwecke, daß ich in letzter Zeit etwas auf dem Herzen habe, dann hat das mit Geldproblemen zu tun, nicht mit Frauen.«

»Moneten noch immer nicht in geordneten Verhältnissen, was? Naja, es wird dir guttun, wenn ich meine Wettschuld bezahle, denn ich bin jetzt bereit, meine Niederlage einzugestehen. Der Wandel, den du bei Aurelia bewirkt hast, ist unglaublich! So etwas habe ich in all den Jahren, die ich lebe, nicht kennengelernt. Was für ein Jammer, daß sie immer noch darauf besteht, sich diesem Widerling Justin auszuliefern. Wenn sie es schafft, ihr geistreiches Wesen mit ihrem neuen Aussehen zu verbinden, dann wird sie eine verheerende Wirkung auf so arme, glücklose Männer wie dich haben.«

Everard schnitt eine Grimasse. Verheerend. Jaja, er befand sich bereits in einem verheerenden Zustand. Laut fuhr es dann aus ihm heraus: »Es existiert keine Wettschuld. Ich habe dir doch schon längst gesagt, daß ich diese Wette aufgelöst habe. Ich hatte nie die Absicht, von dir auch nur einen Penny zu nehmen.«

Unvermittelt stand er wieder auf und lief unruhig durch das Zimmer.

Lady Foxcliff seufzte laut. »Ich glaube, du gibst meinem Teppich jetzt den Rest. Reely hat ihren Beitrag dazu heute nachmittag schon geleistet.«

»Wenn Aurelia nervös ist, dann hat sie allen Grund dazu«, sagte Everard. »Man hätte doch wohl erwarten können, daß Justin sie sofort nach ihrer Ankunft in London besuchen würde, anstatt sie bis kurz vor dem Ball in Lady Carlisles Haus warten zu lassen. Der Teufel allein weiß, was Justin im vergangenen Winter alles angestellt hat.«

»Habe ich da jemanden verleumderisch über meinen Namen reden hören?« Aus dem Gang war eine nach guter Laune klingende, männliche Stimme zu hören. Everard blieb auf der Stelle stehen und sah sich dem breiten Grinsen Justins gegenüber. Etwas verspätet verkündete der Butler die Ankunft Lord Spencers, als dieser in den Raum schritt. Er gab Lady Foxcliff einen herzhaften Kuß auf die Wange und schüttelte Everard so übertrieben fest und lange die Hand, daß der meinte, er würde sie ihm abreißen.

»Gib besser acht, was du über mich sagst, alter Junge. Ich sehe mich dann vielleicht genötigt, dich zum Duell herauszufordern, wo ich doch überhaupt keine Lust verspüre, mich am falschen Ende deines Schwertes wiederzufinden. Ich weiß nämlich, daß *du* dich nie auf Pistolen einlassen würdest.«

Das Lächeln, das anfänglich auf Everards Lippen getreten war, gefror. Wenn Justin nur wüßte, daß er gar nicht weit davon entfernt war, einen Grund zu haben, ihn zum Duell zu fordern.

Justin riß die Augen weit auf. »Das war nur ein Witz, Ev.« Er gab Everard einen festen Klaps auf die Schulter. »Du guckst so grimmig wie ein Sargträger, der den Sarg an das falsche Grab getragen hat. Sag mir bloß nicht, du hättest auch noch deinen Sinn für Humor verwettet. Wenn du den auch noch verloren hast, ojemine!«

»Naja, ich würde nicht sagen, daß ich ihn verloren habe. Zutreffender ist wohl, zu sagen, daß ich ihn verlegt habe. Wie geht es dir?«

»Naja, es geht so.« Justin streckte den Hals und blickte sich suchend im Zimmer um. »Nun, wo ist denn Reely? Habt ihr euch schon um sie gekümmert?«

»Geradezu wundervoll«, sagte Lady Foxcliff knochentrocken, Everard verstohlen anschauend. Er ärgerte sich, daß er dabei rot anlief, obwohl sich seine

Schuldgefühle gleichsam in nichts aufzulösen schienen, nachdem sich Justin so locker nach dem Befinden seiner zukünftigen Ehefrau erkundigt hatte.

»Wenn du um Aurelias Wohlbefinden so besorgt bist«, sagte er, »dann, so glaube ich, hättest du dir auch mal die Mühe machen können, nach Aldgate zu fahren. Es ist so unheimlich schwierig, eine Hochzeit ohne den Bräutigam zu planen.«

»Du großer Gott, du hörst dich an wie meine Mutter. Es besteht doch überhaupt kein Grund zur Eile. Ich könnte doch auch – ich meine, Aurelia sollte zuerst das schöne Wetter genießen dürfen, ehe sie sich so einsperren läßt.« Justin schlenderte zum anderen Ende des Raumes. Er zog die feinen, schimmernden Vorhänge zur Seite und tat so, als interessiere er sich für die Kutschen, die über den Grosvenor Square rumpelten.

Everard biß sich auf die Lippen. »Meine Schwester Phillipa sagt mir, daß sie in der *Post* noch nicht einmal die Verlobungsanzeige gesehen hat.«

»Hm, naja, ich habe noch nicht die Zeit gehabt, das zu arrangieren. Hab' so viel zu tun, du weißt schon. Parlamentssitzungen. Zur Zeit geht es um landwirtschaftliche Probleme, die sich vorwiegend um Norfolk drehen.«

»Seit wann interessiert sich eigentlich Sylvie Fitzhurst für die Debatten über die Weizenpreise? Ich will schwer hoffen, daß du ...«

Everard verstummte, als Lady Foxcliff einen Finger an die Lippen führte und ihn so zum Schweigen mahnte. Sie lächelte über Everard hinweg. »Guten Abend, Reely. Ich bin so froh, daß du noch rechtzeitig gekommen bist, denn sonst hätte Everard noch den Boden durchgelaufen. Er ist schon schlimmer als mein zweiter Ehemann Harry, als er darauf wartete, daß seine Lieblingsstute fohlte.«

Aurelias silberhelles Lachen klang in Everards Ohr. Er fuhr herum und sah sie an und – mußte den Atem anhalten. Ihr Umriß war im Türrahmen zu erkennen, in ihrem zauberhaften, ovalförmigen Gesicht war keine Farbe zu entdecken, nur auf ihren samtweichen Wangen waren rosige Tupfer auszumachen. Ihre weichen, pinkfarbenen Lippen legten ein ängstliches Lächeln an den Tag, während sie nervös diesen häßlichen, protzigen Verlobungsring drehte.

Everard gestattete seinen Augen, langsam von den glänzenden, kastanienbraunen Ringellöckchen, die ihren zarten, weißen Hals liebkosten, hinabzuwandern zu den vollen runden Brüsten und zu den sanft geschwungenen Hüften, die von einem Kleid aus perlenfarbiger Seide betont wurden, das eine hohe Taille aufwies. Unterhalb des Rocksaumes waren reizende Lederslipper zu sehen. Girlanden aus goldenen Blättern und korallenrote Rosen schmückten den unteren Rand des Rockes. Ihre Taille wurde umschlungen von einem engen, goldenen Gürtel.

»Nun, meine Liebe, du wirst heute abend einer ganzen Menge von jungen Männern den Kopf verdrehen«, sagte Lady Foxcliff. »Die Bauernmädel aus London werden in deiner Gegenwart vor Neid erblassen. Ev, du hast keine Chance, du mußt das Geld annehmen. Noch nie hat jemand eine Wette so klar gewonnen.«

Everard warf seiner Tante ein beschwichtigendes Lächeln zu, das nur darauf gemünzt war, sie zum Schweigen zu bringen, doch Aurelia schien der Bemerkung Ihrer Ladyschaft keinerlei Bedeutung beigemessen zu haben. Ihr Blick war unentwegt auf Everard gerichtet. Er spürte, daß sie auf ein Zeichen der Zustimmung wartete, aber er fand nicht die rechten Worte. Sie war bezaubernd, atemberaubend bezaubernd, bezaubernder, als er es jemals für möglich gehalten hatte. Doch diese Ausstrahlung rührte nicht so sehr von ihren eleganten Kleidern her, noch von ihrer neuen Figur, noch von ihrer schönen Frisur. Die wahre Quelle ihres bezaubernden Aussehens lag in ihren ausdrucksvollen Augen, die ihn vom ersten Augenblick an so gefangengenommen hatten. Heute abend funkelten sie wie polierte Smaragde, deren glitzernde Facetten all ihre tiefe Leidenschaft, ihre Ängste, ihre Sehnsüchte und ihre Träume reflektierten ... Das waren die Augen einer Frau, deren Arme zu dem Mann fliegen wollten, den sie liebte.

Everard senkte schützend den Blick, so als müßte er seine Augen vor einer gleißenden Sonne verbergen. Hinter sich hörte er, wie Justin witzelte: »Ich muß schon sagen, Ramsey, du bist ein schlauer Junge. Du hast mir etwas verheimlicht.«

Aurelia zuckte zusammen, dann wurde sie blutrot im Gesicht, so als merke sie erst jetzt, daß Lord Spencer im Raum war. Everard merkte, daß sie sich total verkrampfte, als Justin sich mit dem Ellbogen den Weg an ihm vorbei bahnte. Sein Grinsen war kaum noch zu überbieten, so strahlten seine Zähne.

»Ich würde dir ja verzeihen, Ev, wenn du mich diesem hinreißenden Geschöpf vorstellen würdest.«

Everard verschränkte die Arme, weil er annahm, Justin würde wieder einen seiner Kalauer zum besten geben. Doch ein kurzer Blick auf Justins entzückten Gesichtsausdruck sagte ihm, daß dem nicht so war.

Du großer Gott, der Mann erkannte Aurelia wirklich nicht.

Justin knuffte Everard kurz, aber bestimmt und zischte ihm zu: »Was ist nur los mit dir, Ev, stell mich doch endlich vor.«

Everard rollte die Augen, starrte an die Decke und sagte, so trocken wie er konnte: »Miß Sinclair, erlauben Sie mir, Ihnen einen Gentleman vorstellen zu dürfen, der danach lechzt, Ihre Bekanntschaft zu machen, Ihr Verlobter, Lord Spencer.«

»Guten Tag.« Aurelia machte einen Diener. Der Augenblick war so feierlich für sie, daß sie nicht einmal lächeln konnte. Everard hörte, daß Justin der Atem wegblieb, denn dieser saugte förmlich nach Luft. Er machte zwei wacklige Schritte auf Aurelia zu, blinzelte sie dabei an wie ein alter Großvater, dessen Augenlicht nicht mehr intakt war.

»R-Reely?« Justins Gesicht wurde kreidebleich. Als er nach hinten zu sinken begann, schob Lady Foxcliff noch rechtzeitig einen Stuhl unter ihn.

»Ha!« bellte sie und lachte markerschütternd. »Klingelt nach Jervis und laßt etwas Riechsalz bringen. Oder nimm gleich einen Schluck hiervon.« Sie flößte Justin einen großen Schluck Brandy ein, dann schlug sie ihm kräftig auf den Rücken, als er anfing zu husten.

»Auf diese Vorstellung habe ich jahrelang gewartet, du alter Halunke. Hast du etwa geglaubt, ich würde deinen Streich jemals vergessen, als du dieses Schaf in meinen besten Schlafrock gesteckt hast und es dann in meinem Bett versteckt hast?«

Und Lady Foxcliff konnte sich ob Justins Verlegenheit gar nicht mehr beruhigen. Everard stierte die beiden zornig an, ehe er sich dazu überwinden konnte, an Aurelias Seite zu treten. Ihr Lächeln war versteinert. Everard wußte nicht genau, was Aurelia sich von diesem Augenblick erwartet hatte, doch er war sich sicher, daß sie diese Farce nicht für möglich gehalten hatte. Er wollte einen Arm um ihre steifen Schultern legen, doch er konnte sich noch rechtzeitig beherrschen.

»Verdammt noch mal, Justin«, sagte er. »Sie hat sich gar nicht so sehr verändert. Doch von diesem Wandel wüßtest du, wenn du dir die Mühe gemacht hättest, sie vorher zu besuchen.«

Aurelias Lippen zitterten, doch sie war in der Lage, etwas zu sagen. »Ich glaube, das Problem lag darin, daß Justin nie ein Lorgnon besaß.«

»Lorgnon. Ich glaube, ich brauche eine Brille.« Justin rappelte sich wieder auf. Er blickte Aurelia noch einmal an. »Ich muß träumen. Jemand muß mir eine Ohrfeige geben, damit ich endlich aufwache.«

»Dieser Aufforderung würde ich nur zu gerne Folge leisten«, sagte Everard mit knirschenden Zähnen.

»Das ist doch unglaublich! Wer hätte jemals in seinen kühnsten Träumen erwartet, daß – o Gott!« Justin hielt inne, als Everards Stiefelspitze gegen sein Schienbein krachte. Jetzt endlich merkte auch der tolpatschige Lord Spencer, daß Everard nicht nur so zum Spaß so finster dreinschaute.

»Hm, jaja. Schon in Ordnung.« Justin wankte, rückte seine Krawatte zurecht und schien sich wieder gefangen zu haben. »Meine liebste Reely – Aurelia«, verbesserte er sich sogleich, als er Everards Stiefelspitze erneut spüren mußte. »Du siehst absolut verblüffend aus. Kannst du denn nicht verstehen, daß ich so sprachlos bin?«

Er erfaßte Aurelias Hand, hob sie an seine Lippen und küßte sie wie ein geübter Gentleman. Er blickte ihr eine angemessene Zeit lang in die Augen, wobei er mit seinen grauen Augen ergriffen und aufrichtig guckte. »Meine schöne Märchenprinzessin, verzeihe mir und schenke deinem ungezogenen Kavalier den ersten Walzer, wenn wir heute abend tanzen.«

Aurelias Antwort war kaum zu hören, doch sie nickte leicht. Ein Zittern fuhr durch ihren schmächtigen Körper, als sie, verlegen wie ein Mädchen vom Lande, auf den Teppich hinunter starrte.

Verdammt noch mal, Aurelia, war Everard versucht sie zu schimpfen. Du siehst aus wie eine Königin. Hebe deinen Kopf und zeige dich von deiner besten Seite. Diese Frau wußte noch immer nicht, was sie wert war, wußte noch immer nicht, daß sie Justin im Grunde einen großen Gefallen tat.

Justin nahm sie am Arm und schritt mit ihr aus dem Zimmer. Sie steckten die Köpfe zusammen und flüsterten sich zu, so als wäre niemand sonst im Raum. Aurelia warf Everard keinen Blick mehr zu.

Lady Foxcliff gab ihrem Neffen einen festen Schlag in die Rippen. »Nun, du hast es geschafft, mein Junge. Hast Justin etwas Hübsches aufgetischt. Gratulation.«

Everard gab keine Antwort. Sein Mund war knochentrocken. Er wartete auf das Gefühl des Triumphes, das er in diesem Augenblick eigentlich erwartet hatte. Doch es wollte sich nicht einstellen.

Es war genau so, wie es sich Aurelia erträumt hatte. Der Tanzsaal drehte sich im Kreis. Ein Wirrwarr aus Marmorplatten, Spiegeln, Blumengirlanden und großen, geriffelten korinthischen Pilastern umgab sie. Kristalleuchter funkelten über ihr, doch sie glänzten nicht mehr als die Gesellschaft, die sich versammelt hatte. Die Ladys strahlten in ihren bunten Seidenkleidern wie helle Edelsteine, wenn sie sich mit ihren Männern vermischten, die feierliche, schwarze Smokings trugen. Justin drückte sie fest an sich und lächelte sie mit besitzergreifendem Stolz an. Genau so, wie sie es immer geträumt hatte.

Warum verspürte sie dann nur dieses starke, innere Verlangen, sich von ihm loszureißen und zu Everard zu rennen, um sich wie ein Kind an seine Hand zu klammern? Sie wagte einen verstohlenen Blick nach hinten über ihre Schulter. Er ging neben seiner Tante hinter ihr her. Seine Miene wirkte schon wieder gleichgültig und gelangweilt, doch er entspannte seine Gesichtszüge sofort und schenkte ihr ein aufmunterndes Lächeln, das recht komisch anmutete und mit Melancholie vermischt zu sein schien.

Aurelia machte ihr Rückgrat kerzengerade, als Justin sie ihrer Gastgeberin vorstellte, doch sie mußte sich dabei sehr anstrengen. Lady Carlisle, eine lebhafte Brünette, unterwarf Aurelia einer kritischen Prüfung, ehe sie nur noch um Justin herumscharwenzelte. Aurelia tat so, als würde ihr das gar nichts ausmachen, und lächelte mit ungerührter Miene. Wenn sie nur nicht spüren würde, daß die Augen aller Damen auf ihr ruhten, daß sie hinter ihren aufgespannten Fächern über sie tuschelten. Und die Männer waren noch schlimmer. Sie beäugten sie und versuchten gar nicht, diese Tatsache zu verbergen. O Gott, ein hagerer, blasser Junge verrenkte sich sogar beinahe den Hals, als er vor dem Podest der Musiker stand und auch einen guten Blick erhaschen wollte.

Aurelia gefror das Blut in den Adern, und sie merkte, daß sie ganz blaß im Gesicht wurde. Nein, das konnte nicht wahr sein. Doch ein Irrtum war ausgeschlossen – die farblosen Augen, die straff über seine eckigen Backenknochen gezogene Haut und die dünnen, strähnigen Haare, die an seinem kleinen Schädel klebten. Augustus Snape. Als sich ihre Blicke trafen, spürte sie, daß dem ob des unerwarteten Wiedersehens verdutzten Snape die Kinnlade herunterfiel. Doch er erholte sich schnell von diesem Schock und verbeugte sich übertrieben aufdringlich vor ihr. Obwohl sie eigentlich ganz vergessen hatte, daß es diesen Menschen überhaupt gab, so sagte ihr sein affektiertes Lächeln sofort, daß er sie nicht vergessen hatte. Sie mußte sich wieder an jenen schrecklichen Tag im Besuchszimmer erinnern, als Snape ihr das Handgelenk wundgerieben und umgedreht und ihr wüste Rachegelüste prophezeit hatte. Sie zitterte am ganzen Körper.

»Aurelia? Stimmt etwas nicht?« murmelte ihr Everard ins Ohr. »Du guckst, als wenn du einen Toten gesehen hättest.« Er schien sofort zu wissen, wer sie aus der Fassung gebracht hatte, und richtete sein Lorgnon auf die armselige Gestalt Snapes. »Fürwahr! Du hast einen Toten gesehen!«

Snape schien schon versucht zu sein, ihr seine Aufwartung zu machen, doch als er die versteinerte Miene Everards sah, schien er sich eines Besseren zu besinnen.

Der Mann mischte sich unmerklich wieder unter die zahlreichen Gäste.

Everard rümpfte angewidert die Nase. »Die Carlisles sind ja bekannt dafür, daß sie zu solchen Anlässen jeden dahergelaufenen Hausierer einladen.« Stirnrunzelnd blickte er hinab auf Aurelia. »Ich muß wohl davon ausgehen, daß du diesen abstoßenden Sack Knochen kennst?«

Aurelia nickte und feuchtete ihre Lippen mit der Zunge an. Sie kam sich plötzlich ganz albern vor. Schließlich wußte sie, was für ein Feigling Snape war. Da war es einfach lächerlich und übertrieben, sich einzubilden, dieser Mann könnte noch in irgendeiner Weise böse auf sie sein. Sie zuckte die Achseln und sagte: »Es ist jemand, der früher in Aldgate wohnte. Mit dem habe ich nichts mehr zu tun.«

Sie merkte, daß Everard ihr nicht so recht glauben wollte, doch ehe er der Sache nachgehen konnte, schlug das Orchester eine Walzermelodie an. Aurelias Puls ging immer schneller, bis er im Takt der Musik schlug. Sie erinnerte sich an jenes Gefühl, als sie mit Everard so traumhaft über den Boden des Frühstückszimmers geglitten war. Dieses Gefühl hatte so viel Wärme, so viel Heiterkeit in sich verkörpert.

Justin lief zu Everard, blieb vor ihm stehen und schenkte Aurelia ein herzerweichendes Lächeln. »Ich glaube, das ist unser Tanz, meine Liebe.«

»Oh, natürlich.« Aurelia drehte sich um und wollte sich bei Everard entschuldigen, doch er war bereits gegangen. Ihre Beine kamen ihr schwer wie Blei vor, als Justin sie auf den Tanzboden wirbelte, doch sie hielt den Atem an und wartete darauf, daß der Zauber des Walzers sie überwältigen würde. Schließlich war es Justin, der Mann, den sie liebte, der sie gerade so nahe an seinem großen Körper hielt. Aber irgend etwas stimmte einfach nicht.

Justins Arm hatte sie viel zu fest im Griff. Sie konnte

kaum atmen, geschweige denn sich richtig bewegen. Als sie versuchte, sich auf die Schritte zu konzentrieren, strichen seine Lippen an ihrem Ohr vorbei. Sie flehte inständig, er würde sie nicht ›seine wunderschöne Märchenprinzessin‹ nennen, wie er es schon bei seiner Begrüßung getan hatte. Sie wäre beinahe in hysterisches Lachen ausgebrochen, als er diese Worte gesagt hatte.

Aber sie hatte doch ihr Leben lang darauf gewartet, daß er ihr zärtliche Worte ins Ohr flüsterte. Ja, zärtliche, aber keine lächerlichen. Dann kam sie sich plötzlich wieder sehr ungerecht vor, weil sie so kritisch und unzufrieden war. Als Justin sie quer über den Tanzboden führte, stolperte sie über seine Füße.

Nachdem sie diesen ersten Fehltritt gemacht hatte, schien sie nicht mehr in der Lage zu sein, wieder richtig Tritt zu fassen. Sie hatte mit einem Male wieder alles vergessen, was Everard ihr beigebracht hatte. Wenn Justin sie in die eine Richtung zog, bewegte sie sich garantiert in die entgegengesetzte Richtung. Ihr brannten die Wangen, denn sie war sich sicher, daß alle Anwesenden sofort Bemerkungen darüber machten, wie ungeschickt sie sich anstellte. Es war genau so wie bei den Veranstaltungen in Aldgate, nur noch viel, viel schlimmer. Zu Hause war sie nicht in dem Maße ein Objekt, auf das alle neugierig starrten. Was war nur los mit ihr? An jenem Tage hatte sie doch mit Everard so wundervoll getanzt.

Vielleicht hattest du einfach nie den richtigen Partner.

Die Erinnerung an Everards Worte stürzten sie in tiefe Verwirrung. Justin stöhnte, als sie ihn erneut auf den Rist trat.

»Au«, kreischte er, seine neugefundene Höflichkeit

vorübergehend außer acht lassend. »Verdammt noch mal, Reely, du und Everard, ihr beide macht mich noch völlig gehunfähig.«

Noch ehe Aurelia fragen konnte, was Justin mit dieser komischen Bemerkung über Everard gemeint hatte, wirbelte er herum, so daß sie mit einem anderen Paar zusammenstießen. Aurelia trat auf eine mit goldenem Flitter besetzte Schleppe.

»Entschuldigung.«

»Du, du dumme, unbeholfene ...« Die Frau konnte sich gar nicht mehr beruhigen und redete wütend unzusammenhängendes Zeug daher, das überhaupt nicht im Verhältnis zu dem stand, was passiert war. Die blondhaarige Frau rückte das Dekolleté ihres übertrieben tief ausgeschnittenen Kleides zurecht und zog mit ihren roten Lippen eine häßliche Schnute. Ihre Augen sahen aus wie blasse, blaue Eissplitter und funkelten Aurelia an, als ob ...

Als ob sie mich hassen würde, dachte Aurelia verwundert. Nur, weil ich ihr auf das Kleid getreten habe?

»Entschuldigung, Sylvie«, murmelte Justin. »Äh, ich meine, Lady Sylvie.«

Die Frau warf ihm einen Blick zu, mit dem sie ihn offenbar töten wollte, ehe sie ihre Röcke zur Seite schleuderte, vom Tanzboden stolzierte und ihren überraschten Tanzpartner nötigte, ihr nachzueilen. Aurelia wollte Justin gerade fragen, wer denn diese äußerst cholerische Dame war, als er sie in furchterregendem Bogen umherjagte und geradezu überstürzt damit anfing, ihr Komplimente zu machen wegen ihrer Augen, die er mit Saphiren verglich. Er wurde so poetisch, daß Aurelia es nicht übers Herz brachte, ihn daran zu erinnern, daß ihre Augen grün waren.

Aus dem Schatten eines Pilasters funkelte Lady Sylvie das tanzende Paar an. »Schwerfällige Kuh!«

Augustus Snape beobachtete den Wutausbruch der blonden Schönheit mit spöttischer Belustigung. Er strich sich die widerborstigen Haarsträhnen zurück und begab sich zu Lady Sylvie. »Guten Abend, meine Dame. Was? Heute ganz allein?«

Lady Sylvie beäugte Snape mit offener Abneigung. »Nein. Leider nicht, Sie sind ja da.«

Ungerührt schnippte Snape mit dem Finger eine Emaille-Schnupftabaksdose auf und nahm sich eine deftige Prise, die für seine kleinen Nasenflügel viel zu groß zu sein schien. »Oh, ich möchte mich entschuldigen, wenn ich Sie gestört haben sollte. Sie scheinen sehr beschäftigt zu sein. Wie ich sehe, sind Sie sehr von der zukünftigen Frau Lord Spencers beeindruckt.«

»Sprechen Sie von diesem tolpatschigen Weib dort?« Sylvie warf beleidigt den Kopf nach hinten. »Dieses dürre Ding. Die sieht aus, als hätte sie die Schwindsucht.«

»Aber Sie scheinen ihre Anwesenheit sehr unterhaltsam zu finden. Oder könnte es vielleicht sein, daß Sie bereits die Hoffnung hatten, Lord Spencer würde sie nie aus Aldgate hierherbringen? Oder glaubten Sie gar, er hätte sie vollkommen vergessen?«

Unter den dicken Lagen von perlfarbigem Puder und Rouge liefen die Wangen von Lady Sylvie Fitzhurst so rot an, daß ihr Gesicht überhaupt nicht mehr ansehnlich war. Sie hatte nicht die geringste Lust, gegenüber einer so widerlichen Gestalt wie Snape die Tatsache einzugestehen, daß es genau dies war, was sie zu hoffen gewagt hatte. Die Verlobung war noch nicht einmal offiziell in der Zeitung verkündet worden. Aurelia Sinclairs Anwesenheit auf dem Ball der Carlisles hatte sie eiskalt erwischt. Der Schock saß um so tiefer, weil sie sich die Braut Lord Spencers ganz anders vorgestellt hatte. Sie hatte geglaubt, es würde sich um eine schlampige Frau vom Lande handeln, die Lord Spencer aus irgendeinem Pflichtgefühl heraus heiraten mußte. Und von dem Pfade der Pflicht waren schon ganz andere Männer abgebracht worden.

O Gott, erst letzten Herbst ging Sir Barton Crumm mit seiner Geliebten durch, und jetzt sah sich seine Familie gezwungen, sie als seine Frau anzuerkennen. Damals hatte Sylvie ihren eigenen Plan ausgeheckt, einen Plan, den aber Miß Sinclair zu zerstören schien. Natürlich hatte sie noch andere Männer in Aussicht, die sie gerade ein wenig baumeln ließ, doch wenn es mit Justin nichts wurde, dann hatte sie keinen mehr, der so interessant war wie Justin. Denn durch Justin sah sie die Möglichkeit, Markgräfin zu werden.

Snape kicherte leise. »Das ist schon deprimierend, nicht wahr, meine Liebe? Wo Sie so viel Zeit in Lord Spencer investiert haben und ihm so viele großzügige Aufmerksamkeiten geschenkt haben.«

Sylvie krümmte ihre Finger, bis sich die Fingernägel tief in ihre Handflächen gebohrt hatten. »Warum suchen Sie sich denn nicht Gesellschafter, die besser zu Ihnen passen, Mr. Snape? Ich bin mir sicher, daß es draußen im Hof genug Stalljungen gibt.«

»Oh, oh, wie unfreundlich, ich wollte Ihnen doch nur sagen, daß ich Ihnen wohlwollend gegenüberstehe. Als Lord Spencer seine Verlobung bekanntgab, waren meine Hoffnungen genauso beim Teufel, wie es bei Ihnen der Fall war.«

Sylvie runzelte die Stirn und stieß ein schrilles Lachen aus. »Sie und Miß Sinclair? Das kann ich einfach nicht glauben.«

Snapes Lächeln verschwand schlagartig, seine Miene wurde ernst. Er schob seinen schmalen Brustkasten nach vorn. »Nun denn, *ich* habe einflußreiche Beziehungen zu der Markgräfin von Scallingsforth. Und Miß Sinclair war nicht immer die atemberaubende Frau, die Sie jetzt so grenzenlos eifersüchtig macht. Noch letzten Sommer war sie wesentlich dicker und gekleidet wie eine Haushälterin und nicht wie die Besitzerin eines großen Gutes.«

Sylvie zog die Nase hoch und starrte auf den herumsausenden Kreis von Tanzpaaren, die an ihr vorbei Walzer tanzten. Sie überlegte, daß es viel einfacher gewesen wäre, mit einer dicken, bescheidenen Rivalin auszukommen als mit diesem grazilen Mädchen, das so wunderschöne kastanienbraune Haare hatte, sich aber so steif in Justins Armen verhielt, wenn sie mit ihm tanzte. »Was hat sie denn dann so plötzlich verändert?«

Die Muskeln in Snapes hagerem Gesicht spannten sich an, so daß man meinen mußte, er wäre ernsthaft dabei nachzudenken. »Ich weiß es nicht. Aber selbst Wunder haben meistens irgendeinen Grund, meine Dame. Und ich habe noch eine Rechnung mit Miß Aurelia Sinclair offen.« Jetzt entspannten sich seine Gesichtszüge wieder, und er schaute wieder so lüstern wie immer.

»Sie sehen also, Lady Sylvie, Sie haben einen Bundesgenossen in Ihrem Wunsch, Lord Spencer vor einer Verlobung zu retten, die sich als schlimme Katastrophe erweisen könnte.«

Seit sie Aurelia Sinclair auf diesem Ball gesehen hatte, hatte Sylvie alle Hoffnungen fahrenlassen. Doch jetzt sah sie wieder ein Licht in den dunklen Ruinen ihrer Pläne. Ihr Mund öffnete sich zu einem verschlagenen, falschen Lächeln. »Mein lieber Mr. Snape«, sagte sie und nahm ihn am Arm. »Erzählen Sie mir doch bitte noch ein bißchen mehr.« Sie gingen zu einer abgelegenen Nische, gerade als der Walzer zu Ende ging.

Komisch, dachte sich Aurelia, als die letzten Klänge der Musik noch in ihren Ohren schwangen. Es gab einmal eine Zeit, da hatte sie sich nichts sehnlicher gewünscht, als von Justin in die Arme genommen zu werden. Jetzt verließ sie sie mit einem Gefühl unglaublicher Erleichterung. Alles ereignete sich viel zu schnell. Wenn sie nur Zeit hätte, mit Justin allein zu sein, dann wäre alles wieder in Ordnung, sagte sie zu sich. Doch sie hatte kaum Zeit, einmal richtig Luft zu holen, als sie sich schon von einer ganzen Armee breitschultriger Männer umringt sah, die lautstark um die nächste Quadrille baten. Doch der Mann mit der vollendet gestärkten Krawatte war nicht darunter. Und nach dem hatte sie gesucht. Keine frechen blauen Augen sahen auf sie herab und schenkten ihr jenen vertrauten Blick. Kein spitzbübischer, sinnlicher Mund lächelte sie leicht zitternd an. Everard schien völlig von der Bildfläche verschwunden zu sein. Hatte er den Ball etwa schon verlassen? Dieser Gedanke machte sie unsäglich krank, doch sie zwang sich, ihren nächsten Partner anzulächeln. Er war ein blendend aussehender junger Mann, dessen steifer Hemdkragen seinen Ohrläppchen gefährlich nahe zu kommen drohte.

Obwohl Aurelia mit Mr. Comstock wesentlich besser zurechtkam als mit Justin, so war doch festzustellen, daß sie ihren Tanz mehr präzise denn begeistert ausführte. Waren denn alle Männer in London so darauf erpicht, sich mit ihren Tanzpartnerinnen zu unterhalten?

»Ich muß gestehen, Miß Sinclair«, stammelte ihr Partner, »Sie stechen alle anderen Damen heute abend klar aus. Ich schwöre Ihnen, daß Sie in diesem Jahr das Schmuckstück Londons werden.«

»Das Schmuckstück? Wie soll ich das verstehen, Sir? Das klingt ja beängstigend. Haben Sie denn den Eindruck, die Leute wollen mich aufhängen?«

»Ich, ich bitte um Entschuldigung, wie meinen Sie das?« Mr. Comstocks große braune Augen schauten ganz erstaunt. Aurelia seufzte. Als sie den Rest des Tanzes mit ihm tanzte, belustigte sie die Vorstellung, was Everard auf ihre Frage geantwortet hätte.

So also war es, wenn man eine verehrte Schönheit war – man war wie eine Wachsfigur immer im Schaufenster, jeder wollte dich haben, jeder wollte dich begaffen.

Und man wurde nur wegen seiner schön geschwungenen Figur bewundert, wegen der Kleider, die den Rücken verschönerten. Aurelia zuckte zusammen, denn sie spürte an ihrer Ferse eine Blase. Irgendwie mußte es sich ja rächen, daß sie sonst die Abende immer wie ein Mauerblümchen zugebracht hatte.

Aber, sagte sie zu sich, sie hatte diese Monate des Hungerns nicht über sich ergehen lassen, um gesellschaftliche Erfolge zu feiern. Sie hatte das alles nur deswegen gemacht, weil sie Justins Liebe gewinnen wollte. Sie entschuldigte sich vielmals bei dem stattlichen Baronet, der auf sie zukam, um um den nächsten Tanz, einen Kotillon, zu bitten. Aurelia machte sich auf die Suche nach ihrem Verlobten. Sie entdeckte ihn, als er sich gerade über Lady Carlisle beugte. Er lachte viel zu laut über etwas, was die spröde Schönheit gesagt hatte.

Aurelia legte die Stirn in Falten und begab sich auf die beiden zu, wurde jedoch von einer kühlen, schlanken Hand aufgehalten, die sich auf ihren Arm gelegt hatte.

»Bitte, Miß Sinclair, laufen Sie nicht davon«, säuselte eine weibliche Stimme. »Unsere Bekanntschaft hat einen solch schlechten Anfang genommen.«

Aurelia drehte sich um und sah vor sich die üppige Blonde, auf deren Kleid sie während des Tanzes getreten hatte. Wie hatte Justin sie genannt? Lady Sylvie? Ihre Wut schien verraucht zu sein, denn die Frau lächelte Aurelia so nett an, wie es nur eben ging.

»Ich heiße Lady Fitzhurst. Ich bin eine alte Freundin von Justin.«

»In der Tat?« fragte Aurelia freundlich, während sie nicht umhinkonnte, sich zu fragen, warum diese alte Freundin erst vor wenigen Augenblicken Justin so angeschaut hatte, als hätte sie größte Lust, ihm einen Dolch ins Herz zu stoßen.

So als wüßte Lady Sylvie, was in Aurelias Kopf vor sich ging, lachte sie schallend. »Oh, bitte, entschuldigen Sie meine schlechte Laune von vorhin. So viele Leute! Das geht mir immer ungeheuer auf die Nerven. Ich wäre schon längst wieder gegangen, aber ich hatte den sehnlichen Wunsch, Sie kennenzulernen. Justin hat mir so viel von Ihnen erzählt! Ich hatte aber keine Ahnung, daß Sie so schrecklich krank waren.«

»Krank?« Aurelia zwinkerte erstaunt. Sie konnte sich nicht daran erinnern, in ihrem Leben auch nur einen Tag krank gewesen zu sein.

Lady Sylvies weiche Stimme verströmte Sympathie. »War es eine zehrende Krankheit, meine Liebe?«

»Nein, nein«, sagte Aurelia. Sie wünschte sich jetzt, sie hätte auf ihre Toilette ein wenig mehr Zeit verwendet, bevor sie das Schlafzimmer verließ. Aber sie war viel zu versessen darauf gewesen, nach unten zu eilen und Everards Reaktion zu erleben.

Lady Sylvie hakte sich bei Aurelia ein und zog sie mit sich. »Sie sehen so müde und blaß aus. Dieser Justin! Er ist so sorglos! Ich bin mir sicher, daß es ihm wieder mal wichtiger war, mit Lady Carlisle zu flirten, als sich um Sie zu kümmern.«

Es war nicht abzustreiten, daß Justin Lady Carlisle ein ungebührliches Maß an Aufmerksamkeit entgegenbrachte. Und dabei hatte er noch vor ein paar Minuten ihr irgendwelchen Blödsinn darüber ins Ohr geflüstert, daß er von ihrem Glanz ganz betäubt sei, ja so geblendet, daß er die unbedeutenden Sterne am Firmament gar nicht mehr erkennen könne. Aurelia meinte, eigentlich verärgert sein zu müssen, doch ihre Gefühle hatten sich in einem hoffnungslosen Knäuel der Verwirrung verheddert.

»Ich kenne euch Landpomeranzen ...« Lady Sylvie hüstelte, um sich dann zu verbessern: »Ich will nur sagen, daß die Damen vom *Lande* es nicht gewohnt sind, so spät am Abend noch etwas zu essen. Sie müssen ja sterben vor Hunger.«

Als Lady Sylvie sie in Richtung Speisezimmer bugsierte, wollte Aurelia protestieren, denn sie war überhaupt nicht hungrig, nur ein wenig müde. Doch als sie die Diener mit Perücken in scharlachroten Livreen sah, die herumhuschten und den langen, schmalen Büfettisch deckten, blieben ihr die Worte im Halse stecken. In der Mitte des mit Gold und Marmor ausgekleideten Raumes stand ein geschickt geschmückter Tisch, der aussah wie eine Plantage blühender Sträucher. Zwei Silberdelphine ragten im Zentrum des Grünzeugs in die Höhe und spuckten Wasserfontänen in einen Kristallbrunnen. Um dieses Kunstwerk herum waren Eiscreme, Kuchen, Süßigkeiten und jede denkbare Art von Pralinen angeordnet. So etwas hatte Aurelia noch nie gesehen.

Sie schloß die Augen und spürte, wie sie schwach wurde. Seit jenem Nachmittag, an dem Everard sie mit dem Ingwerkuchen erwischt hatte, war sie besonders eisern gewesen. Sie hatte ihn danach nicht mehr enttäuschen wollen. Aber jetzt war Everard nicht da. Er hätte wenigstens einmal mit mir tanzen können, sagte Aurelia zu sich und war darob auf einmal sehr erbost. Und dabei hatte er ihr hoch und heilig versprochen, ihr bei der Feuerprobe, nichts zu essen, beizustehen.

Reflexartig schlossen sich die Finger ihrer Hand um den Porzellanteller, den Sylvie Fitzhurst ihr reichte. Aurelia starrte hinunter auf die saftigen Makronen und die mit Zuckerguß überzogenen Kuchenstücke.

»Eine kleine Stärkung wird Ihnen guttun, meine Liebe«, surrte Lady Sylvie. »Kann doch unmöglich zulassen, daß Sie in Ohnmacht fallen, noch ehe das Abendessen serviert wird. Noch dazu, wo Sie das erstemal in der Stadt sind. Sie müssen doch bei Kräften sein. Ich bin sicher, daß es noch eine Weile bis zu Ihrem Hochzeitstag hin ist.«

Hochzeitstag? Dieses Wort brachte Aurelia ganz aus

der Fassung. Durch ihre ganzen Vorbereitungen und ihre Vorfreude darauf, endlich Justin wiederzusehen, hatte sie den Hauptgrund ihres Kommens ganz vergessen. Sie war ja nach London gekommen, um zu heiraten. Nervös fing sie an, an einer Makrone herumzuknabbern.

Es überraschte sie kaum, als ihr der Teller aus der Hand gerissen wurde. Sie mußte nur etwas Süßes naschen, da tauchte vor ihr Everard Ramsey wie ein dunkler Racheengel auf. Doch sie störte das kaum, denn diesmal war sie geradezu erleichtert, als seine bohrenden blauen Augen sie streng und vorwurfsvoll anblickten.

»Ich glaube, Sie haben vergessen, daß dies unser Tanz ist, Miß Sinclair«, sagte er kurz angebunden.

Da ihr Mund voller Kokosnuß war, sah sie sich außerstande, eine Antwort zu geben. Aurelia war ganz verlegen. Sylvie mischte sich in die Unterhaltung der beiden ein. »Oh, mein lieber Mr. Ramsey. Ich hatte gar nicht gewußt, daß Sie in der Stadt sind.«

Sie schlug ihre Wimpern heftig und einschmeichelnd auf und ab und verschlang mit ihren Augen seine breiten Schultern und seine schlanken Hüften mit mehr Appetit, als Aurelia für die Makronen entwickelte, die in ihrem Mund trocken wie Staub waren. Sie mußte schwer schlucken, als Lady Sylvie sich noch näher an Everard heranmachte. Sein Blick huschte kurz hinunter in ihren tiefen Ausschnitt. Aurelia wäre beinahe erstickt. War sie anfangs Lady Sylvie noch durchaus gewogen, so empfand sie jetzt für diese Frau nur noch tiefe Abneigung.

Sylvie machte eine Schnute und streckte Everard eine Hand entgegen. Es war klar, daß sie erwartete, er würde ihre Fingerspitzen küssen. »Ich bin geneigt, mit Ihnen böse zu sein, Sir. Warum haben Sie mich nie besucht?«

»Naja«, sagte Everard langgezogen. »Das liegt wohl daran, daß ich noch nie etwas für große Gesellschaften übrig hatte. Soviel ich weiß, kommen aus Ihrem Haus zu jeder Stunde eine ganze Menge Männer.«

Als Lady Sylvie der Schock durch die steifen Glieder fuhr, drehte Everard ihre ausgestreckte Hand um und stellte den konfiszierten Teller mit den süßen Nachspeisen auf ihre Handfläche. Er verneigte sich noch einmal übertrieben leutselig vor der erzürnten Dame, nahm dann Aurelia am Arm und schleppte sie förmlich aus dem Speisesaal.

Aurelia warf noch einen verstohlenen Blick zurück auf Lady Sylvie. Die Frau machte auf sie den Eindruck, als wollte sie Everard den Teller nachwerfen. »Everard«, keuchte Aurelia halb lachend, »das war aber ungebührend rüde.«

»Das gehört zu meinem Image. So etwas erwartet man von mir.«

»Allerdings!« Aurelia wollte sich aus seinem Arm befreien, als sie sich daran erinnerte, daß sie ihm eigentlich böse sein mußte. »Ich kann mich überhaupt nicht daran erinnern, dir einen Tanz versprochen zu haben, was auch gar nicht verwunderlich ist. Ich habe dich den ganzen Abend über kaum zu Gesicht bekommen.«

Everard blieb in dem Bogengang stehen, der zum Ballraum führte. »Und Sie, Miß Sinclair, wissen nur zu gut, warum ich genötigt war, so etwas zu sagen.«

»Ah, ja. Ich war tatsächlich dabei, es mir gutgehen zu lassen. Gott behüte! Sagen Sie mir bitte, Sir, glauben Sie eigentlich, daß ich mich den Rest meines Lebens mit Reis und Essigwasser ernähren werde?«

»Nein, ich erwarte nur von Ihnen, daß Sie sich vernünftig verhalten. Ich habe mir doch nicht den ganzen Winter die Mühe gemacht, Sie auf diesen Abend vorzubereiten, damit Sie sich jetzt gehenlassen und Unmengen von Süßigkeiten verschlingen.«

Aurelias Kinn schoß in die Höhe, und ihr Blick verschmolz mit seinen blauen, funkelnden Augen. »Vielleicht geht es Sie nichts mehr an, was ich hinunterschlinge, Sir. Sie scheinen sich immer nur dann um mich zu sorgen, wenn ...«

Aurelia hörte auf zu reden, als sie bemerkte, daß ihr Streit einiges Aufsehen erregte. Sie errötete. Hinter ihr hustete ein ältlicher Gentleman, der darauf wartete, eine stattliche Dame in den Ballraum zu führen. Aurelia und Everard blockierten den Eingang. Everard wurde dieses Umstandes gewahr, als auch Aurelia diese beschämende Situation erfaßte. Er setzte urplötzlich eine freundliche, wenn auch steife Miene auf, hakte sich bei Aurelia ein und schob sie vorwärts.

Die Musiker stimmten wieder eine Walzermelodie an. Es war derselbe Walzer, den Effie an jenem lange vergangenen Tag auf dem Klavier heruntergeklimpert hatte. Wie unkompliziert ihr Leben doch damals noch war – oder zumindest zu sein schien! Aurelia seufzte tief und spürte, daß ihr Zorn allmählich verrauchte.

Impulsiv zog sie Everard am Ärmel. »Everard.« Sie kämpfte dagegen an, sich von seinem eisigen Blick einschüchtern zu lassen, als er sie anschaute. »Ich, ich möchte mich dafür entschuldigen, daß ich eine solche Xanthippe bin. Ich glaube, daß dieser Tanz jetzt dir gehören muß. Komm, laß uns Walzer tanzen.«

Seine langen, schwarzen Wimpern senkten sich und verdeckten seine Augen. »Nein.«

»Warum nicht?«

»Das würde meinen Ruf ruinieren«, sagte er in einem Tonfall, als wolle er sich selber auf den Arm nehmen. »Auf derartigen Gesellschaften, meine liebe Aurelia, tanzen Dandys nicht mit jungen Damen. Vielmehr lehnen sie sich an einem geeigneten Pfeiler an, verschränken die Arme und setzen eine Miene auf, die von unendlicher Langeweile zeugt.«

Mit diesen Worten lief er zu einem der mit Schnitzereien versehenen Pilaster und demonstrierte ihr, was er meinte. Aurelia lächelte ihn schmeichlerisch an. »Kannst du diesmal nicht vielleicht eine Ausnahme machen?«

»Ich fürchte, nein. Du brauchst mich nicht. Es ist ja nicht so, daß du keine Partner zum Tanzen finden würdest.«

»Nein, ich glaube, darüber kann ich mich nicht beklagen«, sagte Aurelia langsam, obgleich sie in sich spürte, daß sie laut zu schreien anfangen würde, wenn sie noch einmal solch übertriebene Komplimente anzuhören hätte. Jeder Mann in diesem Raum, Justin eingeschlossen, hatte ihr heute abend gesagt, sie würde hinreißend aussehen, jeder einzelne Mann, nur nicht der, dessen Meinung sie am meisten Bedeutung beimaß. Everard hatte nicht ein Sterbenswörtchen über ihr Aussehen verloren. War er von ihr enttäuscht? Hatte sie es nicht fertiggebracht, seinen hohen Anforderungen Genüge zu leisten?

»Aurelia«, unterbrach er ihren Gedankengang. »Es fällt mir ungeheuer schwer, diesen Mob weiterhin verächtlich anzustarren, wenn du vor mir stehst und eine

Miene wie hundert Tage Regenwetter machst. Nun, was ist denn los mit dir?« Seine Stimme wurde mit einem Male ernst.

»Hat Justin irgend etwas gesagt oder getan, was er lieber unterlassen hätte?«

»Oh, nein, ganz im Gegenteil, er hat mir allerhand nette Sachen gesagt. Es ist nur ...« Sie zögerte und biß sich auf die Unterlippe. Ihre Finger spielten nervös am Ausschnitt ihres Kleides herum. »Du hast mir nicht gesagt, ob, ob meine Erscheinung deine Zustimmung findet.«

Everard runzelte die Stirn, und instinktiv fuhr seine Hand zum Lorgnon. Aurelia packte ihn am Handgelenk, stoppte diese routinemäßige Bewegung und zwang ihn, ihr tief in die Augen zu schauen.

Nach einer längeren Pause sagte er: »Du siehst – vorzeigbar aus.«

Die kalten Worte hätten Aurelia zutiefst getroffen, wenn sie nicht in seinen Augen gesehen hätte, daß er es anders gemeint hatte. Er versuchte, über sie hinweg auf einen entfernten Punkt zu gucken, doch sein Blick wanderte über jede Stelle ihres Gesichtes, so als könne er es nicht verhindern, dies zu tun. Seine Augen ruhten auf den Umrissen ihres Antlitzes und waren erfüllt von Bewunderung, von einer Bewunderung, die mit jedem Augenblick intensiver zu werden schien. Schließlich hatte Aurelia das Gefühl, sie würde brennen wie ein Feuer. Ihre Hand rutschte über sein Handgelenk und glitt in den festen Griff seiner starken Finger.

»Ich habe mich noch nicht für all das bedankt, was du für mich getan hast«, sagte sie sanft. »Dafür, daß du mich ...«

»Ich habe doch gar nichts gemacht«, sagte er unvermittelt. Seine Stimme klang mit einem Male heiser. »Ich habe dir nichts gegeben, was du nicht schon vorher besessen hast.«

Ihre Wangen wurden ganz heiß und rot. Keine der Schmeicheleien, die sie den Abend über entgegengenommen hatte, hatte diese Wirkung auf sie gehabt.

»Was für Übeltaten heckt ihr beiden denn schon wieder aus?« Aurelia spürte, wie Justins Arm um ihre Taille fuhr. Fast im selben Augenblick ließ Everard ihre Hand fallen, als wäre sie ein brennendes Stück Kohle.

»Was zum Teufel meinst du denn damit?« fuhr ihn Everard an.

Justin war ganz baff. Er gaffte erst Aurelia, dann Everard an. Dann lenkte er seinen erstaunten Blick wieder auf seine zukünftige Frau. »Warum? Mein Gott, nichts Besonderes. Ihr beide habt nur so überaus streng gewirkt, als ich hierher zu euch gekommen bin. Ich ...« Justin runzelte die Stirn. »Ich habe wirklich das Gefühl, daß ihr überhaupt keinen Spaß mehr versteht.«

Everards Gesicht war ungewöhnlich rot, doch er nahm wieder seine Position an der Säule ein und sagte in seiner gewohnt lässigen Art: »Du weißt doch, Justin, daß ich von diesen öden Gesellschaften überhaupt nichts halte. Warum versuchst du nicht, Miß Sinclair zu unterhalten? Ich habe die leise Ahnung, daß sie gerne tanzen würde.«

»Ein prima Vorschlag. Reely?« Justin warf ihr ein herzerweichendes Lächeln zu. Aurelia gestattete ihm, sie von Everard wegzuführen, doch ihr Herz ahnte Böses. Das letzte, was sie sich wünschte, war ein weiterer Tanz mit Justin. Sehnsüchtig schaute sie zurück auf Everard, der sich bereits angeregt mit Mr. Comstock unterhielt. Der Gentleman spielte sich groß auf und zeigte stolz das Revers seiner neuen Jacke her. Aurelia war schon zu weit entfernt, um die Bemerkung Everards zu verstehen, doch nach seiner Miene zu schließen, war es etwas Spitziges. Die aufgeblasene Brust des jungen Mannes sackte zusammen.

Justin zog an Aurelias Hand, um ihre Aufmerksamkeit wieder auf sich zu lenken, doch sie mied seine Umarmung. »Bitte«, protestierte sie. »Ich schwitze so sehr. Vielleicht könnten wir uns einen Augenblick hinsetzen.«

Justins Augen glänzten in einer Art und Weise, die Aurelia als unangenehm empfand. »Oh, ich glaube, wir könnten etwas Besseres tun«, sagte er. Er führte sie zu einer kleinen Nische, die von einem Vorhang verdeckt war und sich hinter einer der griechischen Skulpturen im Tanzsaal befand, hinter dem Standbild der Venus. Eine große Verandatür stand einen Spalt offen und ließ einen Hauch kühler Luft herein, den Aurelia als angenehm empfand, bis sie feststellte, wie nahe Justin ihr gekommen war.

Jetzt waren sie ganz allein hinter dem Vorhang. Aber das war doch genau die Situation, nach der sie sich immer gesehnt hatte, oder etwa nicht? Er drehte sie langsam um, so daß sie ihn ansehen mußte.

»Ich dachte schon, ich würde dich nie von deinen unzähligen Bewunderern losreißen können. Darauf habe ich den ganzen Abend über gewartet«, sagte er mit rauher Stimme.

»Wirklich?« fragte sie und verbiß sich den Kommentar, der ihr auf der Zunge lag. Und zwar, daß sie es äußerst nett von Lady Carlisle fand, Justin zu unterhalten, während er auf sie wartete. Aber ein solcher Kommentar hätte wohl nur diesen romantischen Augenblick zerstört. Sie war jetzt allein mit einem hübschen Mann, mit dem Mann, den sie liebte, soweit sie sich erinnern konnte. Hinter den dunklen Fensterscheiben erkannte sie die silberne Mondsichel, die durch den Nachthimmel schwebte. Und jetzt war der Augenblick gekommen, da sie den ersten Kuß empfangen sollte.

Aurelia starrte auf Justins bronzefarbenen Teint, als er sich über sie beugte, wartete auf das wilde Pochen ihres Herzens, wartete auf das Rasen ihres Pulses, mit dem sie immer gerechnet hatte.

Als seine Lippen einen Fingerbreit von ihrem Mund entfernt waren, hielt Justin inne. »Naja, Aurelia, es würde schon verdammt helfen, wenn du die Augen schließen würdest.«

»Oh, Entschuldigung«, murmelte sie und kam unverzüglich seinem Wunsch nach. Sie spürte, wie seine warmen Lippen sich an ihren Mund schmiegten. Dieses Gefühl war interessant, dachte sie bei sich, und überhaupt nicht unangenehm.

Justin wich zurück, und Aurelia riskierte einen Blick auf ihn. Er legte unzufrieden die Stirn in Falten und wirkte irgendwie verärgert. Aurelia verspürte den Zwang, sich entschuldigen zu müssen, aber sie wußte nicht so recht, wofür eigentlich. Es war ein echtes Unglück, daß der Augenblick, auf den sie sich so sehr gefreut hatte, gerade zu einem Zeitpunkt kommen mußte, da sie ob der Gefühle, die sie an diesem Abend verwirrt hatten, weder ein noch aus wußte.

Sie legte ihre Arme um Justins Hals und nahm sich vor, in ihren nächsten Kuß wesentlich mehr Feuer zu legen. Seine Lippen waren jetzt härter als zuvor, fordernder. Die körperlichen Ansprüche an die Liebe müssen schrecklich überschätzt werden, dachte sich Aurelia traurig. Alles, was bei dieser Küsserei heraussprang, war, daß einem die Schneidezähne weh taten. Das war wohl etwas, was man erleiden mußte, wie ihre Mutter ihr immer gesagt hatte. Und sie hatte so darauf gehofft, daß ihre Mutter einmal widerlegt werden würde.

Als sie nach einer freundlichen Entschuldigung suchte, um Justin klarzumachen, daß sie etwas frische Luft benötigte, vernahm sie einen dumpfen Fluch in ihren Ohren. Aurelia riß ihren Kopf zur Seite und verließ die leidenschaftlichen Lippen Justins, um zum Nischeneingang zu gucken. Dort stand Everard, dessen Hände verkrampft nach dem Vorhang gegriffen hatten. Seine Gesichtszüge waren versteinert. Man hätte ihn für eine Statue halten können. Nur seine stürmischen Augen sprachen gegen diesen Eindruck.

Aurelia löste sich aus Justins Armen und drückte ihre Hände an ihre heißen Wangen. Dieser schmerzliche Augenblick schien nie enden zu wollen, bis Everards undurchdringliche Maske wieder menschliche Züge annahm. Er wandte sich mit den folgenden Worten an Justin: »Es tut mir leid. Ich schätze, wir hatten beide dieselbe Absicht. Ich meine«, fügte er schnell hinzu, »wir wollten wohl beide ein bißchen frische Luft schnappen.«

Justin grinste ihn aufreizend an. »Ist schon in Ordnung, alter Junge. Mach dir deswegen keine Sorgen.«

Everard nickte kurz. Er drehte sich auf dem Absatz um und schritt aus dem Alkoven, ohne ein Wort zu sagen. Aurelia sank der Mut. Hatte sie Everard mit ihrem Verhalten geschockt? Gewiß war es keine

Sünde, seinen eigenen Verlobten zu küssen. Warum hatte sie dann nur das sonderbare Gefühl, etwas Falsches getan zu haben?

Justin zog Aurelia sogleich wieder in seine Arme zurück. »Äm, wo waren wir gerade stehengeblieben? Ach ja ...« Doch als sich seine Lippen ihrem Mund wieder näherten, vergrub sie ihr Gesicht schnell in seiner Jacke. Sie schloß sofort die Augen und hatte das Gefühl, Everards strenger Blick hätte sich auf ihren Lidern wie ein Mal eingebrannt. »Justin«, sagte sie mit dumpfer Stimme, »könntest du mich bitte zu Lady Foxcliff zurückbringen? Ich habe solch schreckliche Kopfschmerzen.«

Der letzte Blick, den Everard am Vorhang vorbei erhaschen konnte, zeigte ihm, daß sich Aurelia genüßlich an die Schulter Justins kuschelte, sich in einer Weise an den Körper seines Freundes schmiegte, als ob sie immer dorthin gehört hätte. Everard machte auf dem Absatz kehrt und schritt durch den Ballsaal. Er suchte nach dem Zimmer, das er den ganzen Abend über geflissentlich gemieden hatte.

In dem geräumigen Gesellschaftszimmer befanden sich viele Männer, um einen kleinen, grünen, mit Boi überzogenen Tisch versammelt. Als Lord Carlisle ihn bat, sich ihnen doch bitte anzuschließen, biß sich Everard auf die Lippen und setzte sich erst einmal hin. Er saß am Tisch. Zum erstenmal in seinem Leben widerfuhr es ihm nun, daß er zitterte, während er die Karten mischte. Er war beinahe unfähig, die schwarzen Pikkarten zu erkennen, die Karokarten oder die Herzkarten, die ihn angafften. Er hatte keine Ahnung, ob er Asse oder Spielkarten in der Hand hielt, die nur zwei Punkte wert waren. Alles, was er sehen konnte, war

Aurelia, wie sie sich wohl fühlte in Justins Armen, wie sie leidenschaftlich seine Küsse erwiderte. Er durchlebte dieses Gefühl immer wieder. Diese Vorstellung durchbohrte ihn wie ein scharfes, schnelles Schwert. Als die Herzkönigin aus seiner Hand rutschte und sichtbar für seine Kontrahenten auf dem Tisch landete, war ihm klar, wie es um ihn bestellt war. Diese verrückte Beziehung zu Aurelia war nicht mehr von der Hand zu weisen. Diese Beziehung hatte nichts mehr mit Freundschaft zu tun. Nichts mit körperlicher Anziehung. Verdammt noch mal, er war in diese Frau verliebt!

7

Aurelia erwachte, als sie vom Kopfsteinpflaster unterhalb ihres Schlafzimmers das Klacken von eisenbeschlagenen Kutschenrädern und Pferdehufen hörte. Sie stöhnte und drückte ihren Kopf in das dicke Federkopfkissen. Obschon sie nun bereits zwei Wochen in London verbracht hatte, mußte sie sich noch an den ständigen Lärm in den Straßen gewöhnen. Auch an den höllischen Lärm, den die Nachtwächter machten, wenn sie ihre nächtlichen Runden gingen, hatte sie sich noch nicht gewöhnen können.

Aber gar nichts war bestens, dachte Aurelia gereizt. In ihrem Kopf verspürte sie ein heftiges Klopfen, und ihr Mund war voller Watte. Sie führte vorsichtig einen Finger an ihre Lippen. Nein, es war keine Watte. Es war ihre Zunge. Sie schleuderte das Kopfkissen zur Seite und drehte sich mit einem lauten Stöhnen um.

Helles Sonnenlicht schien durch die seidenen Vorhänge und sagte ihr, daß die Stunde schon weit vorgerückt war. Sie zwang sich, ihre steifen, schmerzenden Muskeln aus dem Bett zu heben, und schaute sich mit trübem Blick in ihrem Zimmer um. Das geräumige, schön eingerichtete Zimmer war mit einer bunten Pergamenttapete ausgestattet. Sie war handbemalt und wies das kunstvolle Muster junger Bäume auf, in denen sich winzige Vögel auf den zerbrechlichen Zweigen niedergelassen hatten. Aber diese idyllischen, ländlichen Motive linderten das Pochen hinter ihren Schläfen in keiner Weise.

Sie läutete nach dem Zimmermädchen, zog sich mit großer Mühe einen leinenen Morgenmantel an und schlüpfte in ein Paar Samtpantoffeln. Als sie über den mit Teppichen ausgelegten Boden schlurfte, wagte sie einen verstohlenen Blick in einen mit Bambusrohr eingefaßten Spiegel. Übergroße, dunkle Augenringe zierten ihr blasses Gesicht. Ihre kastanienbraunen Locken hingen schlaff über ihre Schultern. So also sah man nach einem Abend aus, den man in ausschweifender Zügellosigkeit verbracht und an dem man zuviel Champagner getrunken hatte, weil man lustig und sorgenfrei erscheinen wollte. Sie hätte sich als verwaistes Kind ausgeben können, das obdachlos ist, oder als eine Frau, die völlig vom Glück verlassen war und auch noch ihren letzten Freund verloren hatte.

Wenn nicht ihren letzten Freund, dann sicherlich ihren liebsten. Aurelia wandte ihren Blick auf den kleinen, mit geschwungenen Beinen versehenen Toilettentisch, wo ihre Schildpattbürsten unter einem riesigen Berg von Einladungen und Visitenkarten kaum mehr auszumachen waren. Nicht einer der eleganten, goldumrandeten, rechteckigen Briefumschläge aus Velinpapier war von Everard Ramsey geschickt worden.

Aurelia biß sich auf die Lippe, damit sie nicht zu zittern anfing. Wenigstens hatte sie einmal geglaubt, Everard wäre ihr Freund. Aber Freunde verließen einen doch nicht so mir nichts, dir nichts, nur weil … Aurelia konnte sich keinen Grund ausmalen, weshalb er sich so verhielt. Hatte es etwas mit seiner eigenartigen Reaktion zu tun, die er zeigte, als sie Justin auf dem Ball küßte? Everard war sicherlich ein Pedant, was die Etikette anging, aber seine Ansichten waren doch nicht so altmodisch, daß er sich über so etwas hätte aufregen können.

Da war es viel wahrscheinlicher, daß er sich jetzt wieder seinen früheren Vergnügen im Kreise der Stadtdandys widmen konnte, da er nicht mehr *in der Wildnis Norfolks* sein Dasein fristen mußte, wie er sich ausgedrückt hatte. Zweifellos ging er davon aus, daß all ihre Zeit von Justin eingenommen war. Genau so hätte es ja auch sein müssen, dachte sich Aurelia, als sie auf ihren rotfunkelnden Verlobungsring schaute.

Die Tür zum Schlafzimmer ging mit einem lauten Schlag auf. Aurelia schnitt eine Grimasse und fuhr zusammen. Sie spürte, wie dieses laute Geräusch in ihrem Kopf widerhallte und ihr bis in die Haarwurzeln furchtbare Schmerzen verursachte.

»Wallis«, zischte sie das Mädchen an.

»Entschuldigung, Miß Aurelia.« Die pausbäckige junge Frau knallte die Tür wieder laut zu. »Oh, Miß«, rief sie, wobei die Bänder ihrer Morgenhaube durch die Luft wirbelten, »ich mußte mich so beeilen, weil ich Sie wecken sollte. Lord Spencer steht schon unten an der Treppe und erwartet Sie.«

Aurelia starrte das Mädchen mürrisch an, ohne etwas zu sagen. Na und, wollte sie sagen, gänzlich vergessend in ihrer jetzt ach so jämmerlichen Lage, daß es einmal eine Zeit gab, da sie ob solcher Kunde Purzelbäume geschlagen hätte vor Freude.

Wallis verging ihre gute Laune unter Aurelias furchterregendem Blick. »Möchte Miß ihr Glas Essigwasser heute morgen zu sich nehmen?«

»Nein!« sagte Aurelia mit Nachdruck. Ihr drehte es den Magen schon um, als sie nur daran dachte.

Während Wallis das Waschbecken vollaufen ließ und auf Zehenspitzen durch das Zimmer lief und Aurelia die Kleider hinlegte, zog sich Aurelia aufreizend langsam aus. Sie hatte keinen Grund, sich darüber zu beklagen, daß Lord Spencer ihr in den letzten Tagen wenig Aufmerksamkeit geschenkt hätte, sagte sie sich verdrießlich. Er war ständig an ihrer Seite – bei den Abendgesellschaften, im Theater, bei den Spaziergängen in den verschiedenen Parks.

Und obwohl er überaus nett und leidenschaftlich zu ihr war, wäre es auch einmal angenehm gewesen, wenn sie in Ruhe eine Tasse Tee hätte trinken können, ohne wieder Justins Arm um ihre Taille spüren zu müssen. War er denn nicht dazu in der Lage, ihr einfach zu sagen, daß er sie liebte, ohne sie immer so heftig zu umarmen?

Als sie sich das kalte Wasser ins Gesicht spritzte, erinnerte sich Aurelia mit Unbehagen an Worte ihrer Großmutter, die sie einmal zu ihr gesagt hatte. *Sei vorsichtig mit dem, was du dir wünschst, Kind. Es könnte nämlich sein, daß sich diese Wünsche erfüllen.* Sie schüttelte diese Erinnerung ab, als sie sich mit dem Handtuch die kühlen Tropfen von der Haut wischte. Nein, sie war heute morgen nicht ganz auf der Höhe, weil sie gestern einfach zuviel Champagner getrunken hatte. Das hatte mit Justin nichts zu tun. Alle ihre Wünsche schienen sich zu erfüllen, und sie *war* glücklich. Sie betete Justin an, und er schien sich auch voll und ganz ihr zu widmen. Was mehr sollte sie sich wünschen? Sie wollte dieser Frage nicht weiter nachgehen. Stocksteif stand sie da, während Wallis ihr ein Batistkleid aus meeresgrünem Musselin anzog und ihr dann über die Seidenstrümpfe römische Sandalen streifte, die vorne über Kreuz gebunden wurden. Aurelia ließ ihrem Zimmermädchen kaum Zeit, sich noch um die Haare ihrer Herrin zu kümmern, trottete dann aus dem Schlafzimmer und begab sich zu Justin, um ihn zu begrüßen. Doch sie hatte sich nicht so sehr beeilt, weil sie ihn sehen wollte, sondern weil sie die beunruhigenden Gedanken hinter sich lassen wollte, die in der Einsamkeit dieses Zimmers immer auf sie lauerten.

Justin erwartete sie in Lady Foxcliffs orientalischem Gesellschaftszimmer. Er starrte aus dem Erkerfenster. Auf seiner wohlgeformten Stirn lagen unschöne Sorgenfalten, seine Hände hatte er in die Taschen seiner beigefarbenen Reitjacke gerammt.

Als er nicht zu merken schien, daß sie schon da war, sagte sie unvermittelt: »Guten Morgen, Justin.«

Ihre Stimme vernehmend, drehte er sich um. Sofort lösten sich seine grimmigen Gesichtszüge, er wurde lockerer und lächelte. »Ah, Reely. Ich meine natürlich, Aurelia. Guten Morgen, oder vielleicht sollten wir besser schon guten Nachmittag sagen.«

»Wenn du mit mir nicht bis in die frühen Morgenstunden getanzt hättest, dann wäre ich vielleicht schon wach gewesen, als du angekommen bist.«

»Ich habe mich ja nicht beschwert, *ma belle.*« Justin lief zu ihr hinüber, hob erst eine ihrer Hände, dann die andere an seine Lippen. Bildete sie sich das nur ein, oder kamen ihr diese Gesten nur etwas oberflächlich vor?

»Du siehst heute morgen wieder bezaubernd aus«, murmelte er. »Wie vom Tau genäßte Veilchen im Frühling.«

Da sie sich eher wie ein verwelkter Löwenzahn vorkam, hatte seine Bemerkung nur die Wirkung, daß sie sich maßlos darüber ärgerte. Mit finsterem Blick stellte sie fest, daß seine Krawatte schief saß.

»Ich wünschte, ich könnte dieses Kompliment zurückgeben.« Sie zog an der Leinenkrawatte und erwürgte ihn fast, als sie versuchte, sie zurechtzurücken. »Also wirklich, Justin, wie kannst du nur so liederlich gekleidet außer Haus gehen? Everard würde so etwas nie tun.«

»Das hast du mir in der vergangenen Woche schon tausendmal gesagt.«

»Oh, bitte, verzeihe mir. Ich habe nicht bemerkt, daß es dich langweilt, dich mit mir zu unterhalten.« Sie zog ein letztes Mal an seiner Krawatte.

»Nein, das überhaupt nicht, meine Liebe. Übrigens«, er rückte näher an sie heran, »spielt es bei deinen wundervollen Lippen überhaupt keine Rolle, was du sagst.«

Aurelia machte plötzlich einen schnellen Schritt zur Seite, um sich seinen Armen zu entziehen, die sich um sie legen wollten. Dann funkelte sie ihn wütend an. Was war nur in ihn gefahren? Der Justin, an den sie sich erinnern konnte, hätte niemals solch blöde Bemerkungen gemacht. Konnte er nicht in sie verliebt sein und noch genauso reden, wie er es sonst immer auf ganz legere Weise getan hatte?

»Warum bist du schon so bald da?« fragte sie ihn.

»Ich dachte, ich hole dich heute ein bißchen früher ab, zu unserer Spazierfahrt durch den St.-James-Park. Du hast dich so sehr über den starken Verkehr spätnachmittags beschwert, als wir das letztemal unterwegs waren.«

»Ja, wirklich?« fragte Aurelia unschuldig, während sie innerlich zusammenzuckte. Sie erinnerte sich nur zu gut daran, daß sie sich beklagte, daß es kaum eine Stelle gab im Park, wo man in Ruhe hätte spazierengehen können. Man konnte kaum eine Blume erkennen, so viele modisch gekleidete Menschen trampelten über das Gras. Was war nur los mit Justin, fragte sie sich. Nein, was war nur los mit *ihr?* Sie benahm sich wie ein Zankteufel, so als wollte sie einen Streit mit ihm vom Zaun brechen. Sie schämte sich ein wenig ihrer selbst, wandte den Blick von Justin ab und schlenderte hinüber zu einem aus jamaikanischem Mahagoni angefertigten Anstelltischchen. Sie tat so, als begutachte sie die kleine, mit Seidenpapier eingepackte Schachtel, die dort lag. Pralinen. Justin konnte es einfach nicht lassen, ihr jeden Tag Süßigkeiten mitzubringen, obwohl sie ihn schon so oft gebeten hatte, es zu unterlassen. Everard hätte sie niemals so in Versuchung geführt. Sie widerte sich selber an und hatte Mühe, einen Seufzer der Enttäuschung zu unterdrükken. Warum nur sah sie sich fortlaufend gezwungen, die beiden Männer immer wieder zu vergleichen?

»Ich glaube, ich habe mich noch nicht an die Sitten in der Stadt gewöhnt«, sagte sie und wandte sich wieder Justin zu. Sie konnte einen Unterton von Aggressivität nicht vermeiden, als sie hinzufügte: »Wenn man auf dem Lande soviel allein ist, dann entwickelt man den Hang, es zu lieben, allein zu sein.«

Justin erwiderte heiter: »Ja, es scheint, als ob dieser ›Hang‹ ansteckend ist. Ev war nicht eben sehr gesellig in letzter Zeit. Seit er aus Norfolk zurück ist, habe ich ihn kaum zu Gesicht bekommen. Naja, ich glaube, er ist zu sehr mit dieser neuen Spielhölle beschäftigt, äm, ich meine, mit diesem Etablissement, das er entdeckt hat.«

Spielhölle? Die leichtfertig dahingesagten Worte beunruhigten Aurelia aufs tiefste. Ihr war, als hätte ihr jemand einen Pfeil durch das Herz geschossen.

»Verbringt er etwa damit seine Zeit – mit Spielen? Wo er doch ohnehin in solchen Schwierigkeiten steckt. Justin! Du bist sein Freund. Wie kannst du das nur zulassen?«

Justin starrte sie verblüfft an. »Es geht doch mich nichts an, was Ev tun will ...«

»*Er* würde dir helfen, wenn er in deiner Lage wäre. Everard würde es nie zulassen, daß du dich restlos zugrunde richtest.«

Herzhaft lachend, warf Justin den Kopf zurück. »Mein Schatz, es besteht kaum die Gefahr, daß er sich ruiniert, bei dem Batzen Geld, den er bekommen hat.«

Aurelia wollte schon ansetzen, ihn aufs neue zu attackieren, doch statt dessen sagte sie mit wackliger Stimme: »B-Batzen Geld?«

»Ja doch. Es hat mir ganz den Anschein, als ob du nicht auf dem laufenden bist, was das Gerede in der Stadt angeht. Und ich habe gedacht, Lady Foxcliff hätte dir das schon längst erzählt. Evs arme, alte *Albatros* legte vor zwei Tagen schwer angeschlagen im

Hafen an. Das Abenteuer war ein voller Erfolg. Er ist jetzt so reich wie König Midas.«

Aurelia ließ sich kraftlos auf einem Sofa nieder. Die *Albatros* legte vor zwei Tagen im Hafen an? Everard war reich, und, was noch viel wichtiger war, er hatte mit seiner Einschätzung recht behalten. Doch er war nicht zu ihr gekommen, um ihr davon zu berichten. Da geschah so etwas Wichtiges in seinem Leben, und sie mußte rein zufällig davon erfahren. Sie fühlte sich von ihm irgendwie im Stich gelassen, ja fast betrogen. Ihr Freund, dachte sie mit zorniger Verbitterung, *ihr liebster Freund*.

Ihr Auge fiel auf die Schachtel Pralinen. Urplötzlich schnappte sie sie sich und riß den Deckel auf. Du verdammter Schuft, Everard Ramsey. Sie fing an, sich die Pralinen in den Mund zu stopfen, eine nach der anderen, wobei es ihr schwerfiel zu schlucken, denn sie war dem Weinen nahe und verspürte einen dicken Kloß im Hals.

Justin beobachtete sie teils erstaunt, teils belustigt. »Es besteht kein Grund für dich, so hastig zu essen, Reely. Wir können die Pralinen auch mitnehmen.«

Doch als ihr Zimmermädchen den Damenmantel geholt hatte und Justins Page den leichten vierrädrigen Zweispänner vorgefahren hatte, war die Schachtel leer. Justin peitschte seine zwei Grauen in Richtung St.-James-Park. Einfältig schweigend, saß Aurelia neben ihm und fühlte sich ob Everards Verrat hundeelend. Während die großen Räder des Phaetons an den imponierenden Reihen aus Ulmen und blühenden Linden vorbeiratterten, hörte sie Justins unablässigen Kommentaren kaum zu. Du großer Gott, merkte dieser Mann denn nie, wann man sich nach Ruhe sehnte?

»Guck, dort ist der alte Jack«, sagte er, als er den Phaeton zu dem Teich dirigierte, der als der Lange See bekannt war. »Königin Charlotte hat ihn persönlich hier ausgesetzt. Schlimm, eine richtige Belästigung. Er hat schon einige Hunde ertränkt, und ich will gar nicht davon reden, daß er schon einen kleinen Jungen hier ins Wasser gezogen hat.«

Aurelia warf einen flüchtigen Blick auf die schimmernde, blaue Wasseroberfläche und auf den älteren Herren, der am Ufer einen Schwarm Wildenten fütterte.

»Mir kommt er wie ein harmloser, älterer Gentleman vor«, sagte sie.

Justin brüllte vor Lachen. »Du weißt doch ganz genau, daß ich den großen, ziemlich häßlich aussehenden Schwan gemeint habe und nicht den alten Mr. Peterborough.« Noch immer kichernd, führte Justin seine Hand langsam nach unten und drückte ihr Knie. »Ach, Reely, in manchen Beziehungen wirst du dich niemals ändern.«

»Ich fürchte, du auch nicht.« Sie packte seine Hand und schleuderte sie weg. »Hör bitte auf, dich wie ein Laffe zu benehmen, und konzentriere dich aufs Fahren.«

Da vergingen ihm sein Lächeln und seine gute Laune, und er tat, wie sie ihm befohlen hatte, doch sie konnte genau hören, wie er leise fluchte. »Ja, in mancherlei Beziehung hast du dich überhaupt nicht geändert. Du spielst dich auf, als wärst du meine ältere Schwester.«

Aurelia fuhr zusammen, doch sie wußte, daß diese Bemerkung den Nagel auf den Kopf traf. Es stimmte, sie benahm sich höchst unfair. Es war nämlich Everard, der sie so sehr verärgerte, weil er sie so merkwürdig behandelt hatte, seit sie in London angekommen war. Eigentlich war sie davon ausgegangen, daß ihre Freundschaft ihm mehr bedeutete, als er inzwischen zu erkennen gab. Aber Aurelia fühlte sich einfach zu miserabel, um sich bei Justin dafür zu entschuldigen, daß er die Zielscheibe ihrer schlechten Laune zu sein hatte.

Statt dessen sagte sie: »Justin, ich möchte jetzt wieder nach Hause.«

»Nach Hause? Aber wir sind doch erst ...«

»Ich meine *nach Hause* nach Aldgate. Ich habe von London, offen gestanden, die Nase voll.«

Justin schaute jetzt nicht mehr so gebannt auf die vor ihm liegende Alleestraße und warf ihr einen völlig ungläubigen Blick zu. »Von London die Nase voll? Mitten in der schönsten Jahreszeit?«

»Ich, ich gehöre hier nicht her. Das ist nicht meine Welt«, sagte sie, sowohl zu ihrem als auch zu seinem Wohl. Natürlich hatte ihr plötzliches Verlangen, in die Geborgenheit ihres eigenen Zuhauses zu entfliehen, gar nichts mit Everards jüngstem gefühllosem Benehmen zu tun. Doch ihre Erklärung befriedigte Justin genausowenig wie sie selbst. Sie war nicht recht überzeugt. »Hör doch auf mit diesem Quatsch, Reely.« Er blickte finster drein. »Wir können doch jetzt nicht nach Norfolk abhauen. Dort ist es doch zu dieser Jahreszeit todlangweilig.«

»Aber ich habe Clarice versprochen, rechtzeitig zurückzusein, um die Taufpatin ihres Babys zu machen.«

»Die Pest soll Clarice kriegen. Warum bringt sie das Baby denn nicht nach London? Dann könnten wir alle ...«

»Und«, fügte Aurelia halsstarrig hinzu, »ich würde viel lieber in der Kirche von Aldgate getraut werden. Ich hasse all diese piekfeinen Leute hier. Ich glaube, deiner Mutter wäre es sowieso lieber, wenn sie diese lange Reise nicht auf sich nehmen müßte.«

Justin öffnete den Mund, so als wolle er über diesen Punkt zu streiten anfangen. Doch dann biß er sich auf die Lippen und verkniff sich einen kritischen Kommentar.

»Was immer du wünschst, mein Schatz. Schließlich handelt es sich ja um *deine* Hochzeit.«

Auf dem Heimweg sagte er kaum noch etwas. Verärgert mußte Aurelia so feststellen, daß er noch immer die schlechte Angewohnheit hatte, zu schmollen, wenn nicht alles nach seinem Kopf ging. Er lächelte nur noch, wenn sie zufällig auf andere Kutschen stießen, in denen Bekannte von ihm saßen. Obwohl sie zu einer Zeit unterwegs waren, da sich nicht so viele Kutschen auf den Wegen befanden, so waren doch einige anzutreffen, in denen Menschen saßen, die die frische Parkluft genießen wollten und unter denen sich eine große Anzahl von Damen befand. Es heiterte Aurelias Trübsinn kaum auf, auszumachen, daß viele andere Frauen geradezu darauf aus zu sein schienen, mit Justin zu flirten, während sie nicht die geringste Lust dazu verspürte. Lady Sylvie Fitzhurst schien am meisten Gefallen daran zu finden.

Ihre Ladyschaft schlenderte über den weitläufigen Rasen des Parks und drehte ihren Sonnenschirm so auffällig, daß sie von niemandem zu übersehen war. Sie lächelte ihn über alle vier Backen an, als Justin seine hohe Biberfellmütze lupfte, als er an ihr vorüberfuhr. Die hitzige Blonde schwenkte noch lange ihr Taschentuch, als der Phaeton schon längst außer Sichtweite war.

»Hast du gesehen, wie die beiden in der Kutsche saßen?« sagte sie zu ihrem Begleiter und schien sich diebisch zu freuen. »So steif, so unglücklich. Ich bin mir sicher, daß es zwischen Justin und seiner lieben Miß Sinclair schon jetzt nicht mehr stimmt.«

Augustus Snape schlich aus dem Schatten einer knorrigen Ulme hervor. Er zuckte die Achseln. »Sylvie, das war nur eine Reiberei zwischen zwei Menschen, die sich lieben. Das ist an und für sich nichts Besonderes.«

»Pah, ich sage dir, das ist ein gutes Zeichen. Ich habe ihn bald wieder zurückgewonnen. Du wirst es ja sehen.« Lady Sylvie blickte wehmütig zu dem Eisentor, durch das der Phaeton verschwunden war. »Wenn ich es nur geschafft hätte, die beiden zum Halten zu bewegen. Ohne Everard Ramsey in der Nähe, hätte ich die fette Sau längst dazu gebracht, sich den Magen mit St.-James-Sirup vollzuschlagen.«

Verächtlich betrachtete sie Snape mit seinen blassen Augen. »Also wirklich, Sylvie, ich hatte schon gehofft, daß du dir einen besseren Plan ausgedacht hast, Lord Justins Verlobung kaputtzumachen. Du siehst offenbar die einzige Chance, die du hast, darin, Miß Sinclairs Figur zu ruinieren.«

»Nun denn, jetzt ist sie etwa seit zwei Wochen in London.« Sylvie schürzte die Lippen. »Dein glänzender Verstand hat mir noch keinen besseren Plan vorgestellt.«

»Ich warte nur den richtigen Zeitpunkt ab. Doch so allmählich habe ich das Gefühl, daß der Moment bald da ist, da wir zuschlagen können. Morgen abend begleite ich dich in die Vauxhall Gardens.« Sylvie schulterte flugs ihren Sonnenschirm, machte ein verdrießliches Gesicht und ließ ihre Verachtung ob des geäußerten Vorschlages spüren. »Nun sag mir doch bitte mal, wie du darauf kommst, daß ich mich mit dir in Vauxhall zeigen würde!«

»Weil Lord Spencer und Miß Sinclair auch dort weilen werden.«

»Woher in aller Welt willst du denn das wissen?«

»Ich habe da so meine Quellen.«

Sylvie zuckte die Achseln. »Ich sehe deswegen noch lange keinen Grund, warum ich noch einen Abend vergeuden sollte, an dem ich nichts anderes tue, als die beiden zu beobachten ...«

»Das liegt daran, daß du keinerlei Fantasie hast«, schnurrte Snape. Seine schmalen Lippen öffneten sich zu einem geheimnisvollen Lächeln. »In Vauxhall gibt es viele interessante dunkle Wege. Dort kann alles passieren, meine liebe Sylvie. *Absolut alles.*«

Die Kerzen in den silbernen Wandleuchtern waren schon fast abgebrannt, und sie taten sich immer schwerer, die nächtlichen Schatten aus Lady Foxcliffs Bibliothek, in der wuchtige Samtvorhänge hingen, zu vertreiben. Aurelia überlegte sich schon, sich neue Kerzen bringen zu lassen, doch es schien die Mühe nicht wert. Hier, in diesem kleinen Zimmer, von vier Wänden voller Bücher umgeben, mußte sie erst noch ein Buch finden, das in der Lage war, ihre unglücklichen Gedanken zu zerstreuen. Sie ging rastlos die Reihen der muffigen Bände durch und entschied sich schließlich für ein Buch Daniel Defoes, *Robinson Crusoe*.

Sie warf sich auf die weichen Kissen eines zu stark gepolsterten Sofas, zog ihre Slipper aus und schob ihre bestrumpften Füße unter den Saum ihres alten grauen Kleides. Sie erspähte kurz ihr Spiegelbild in dem breiten, goldumrahmten Spiegel über dem Kamin und empfand bei diesem Anblick eine grimmige, ja beinahe teuflische Genugtuung darüber, wie schrecklich sie aussah. Sie hatte Everard versprochen, das Kleid zu verbrennen. Am Saum hatte das häufig geflickte Kleid sogar eine leicht angesengte Stelle, denn sie war schon nahe daran gewesen, ihr Versprechen auch einzulösen. Doch in einem Anfall plötzlich aufgekommener Furcht hatte sie das abgetragene Baumwollgewand im letzten Augenblick noch aus den Flammen des Feuers gerettet. Und wie gut es war, daß sie das getan hatte! Die düstere Farbe entsprach heute abend nicht nur exakt ihrer Stimmung, es machte sie auch für jeden Gentleman, der sie besuchen würde, so unattraktiv, daß er keinen Gefallen an ihr finden würde, besonders wenn dieser Gentleman gewillt war, sie prüfend durch ein Lorgnon anzuschauen.

Es war nicht so, daß sie damit rechnete, daß Everard sie besuchen würde. Anscheinend konnte nur sie sich daran erinnern, was an einem gewissen Nachmittag zu Beginn des Frühjahrs am Seeufer passiert war. Er drückte ihre Hände und murmelte ihr versichernd zu: *Wenn du mich wirklich brauchst, dann werde ich bei dir sein.* Aber das hatte sich alles zugetragen, ehe Mr. Everard Ramsey ein Mann von Wohlstand und Einfluß wurde. Jetzt hatte er natürlich keine Zeit mehr für alte Freunde.

Und was Justin anging, der hatte sich guten Mutes zu einer Abendgesellschaft bei Lady Martingdale verabschiedet. Ihr Geliebter hatte natürlich nicht im entferntesten daran gedacht, sie mitzunehmen. Sie nahm an, daß er noch immer eingeschnappt war wegen der Dinge, die sie zu ihm an diesem Nachmittag gesagt hatte. Nun, Justin hatte nicht eben lange geschmollt. Als sie zufällig auf Lady Carlisle stießen, die ihre temperamentvolle schwarze Stute im Park ausreiten wollte, hielt er die Kutsche an und machte ihr die affigsten Komplimente. Lady Carlisle war viel empfänglicher und geschickter, was die Kunst des Flirtens anging, als Aurelia. Sie hoffte sogar, daß sie es nie in ihrem Leben so weit bringen würde.

Diese Männer, dachte sich Aurelia zornig und blätterte eine Seite des Buches so kräftig um, daß sie das Blatt beinahe aus dem Buch riß. Diese Männer, lauter treulose Geschöpfe, jeder, aber auch jeder einzelne von ihnen! Besonders die mit welligem schwarzem Haar und verräterischen blauen Augen. Sie schniefte. Robinson Crusoe hatte keine Ahnung davon, wie gut er eigentlich dran war. Eine verlassene Insel, auf der es keine Männer gab – das war für sie in ihrer gegenwärtigen Laune eine wundervolle Vorstellung. Sie hätte sogar den zuverlässigen Freitag ins Meer getrieben.

Ein zaghaftes Klopfen an der Tür war zu hören. Einen kurzen Augenblick lang vergaß Aurelia den Segen der Einsamkeit auf einer Insel, und ihr Herz hüpfte vor plötzlich aufkommender neuer Hoffnung in die Höhe. Schließlich konnte man ja erwarten, daß Everard wenigstens einmal seine Tante besuchen kommen würde.

Der Butler Ihrer Ladyschaft trat ein und trug ein kleines Päckchen für Aurelia in der Hand. Aurelia versank noch tiefer in dem Sofa, als sie es entgegennahm. Ihr sank der Mut neuerlich, denn die Form der Schachtel verriet ihr, daß ihr Justin nur wieder frischen Nachschub an Pralinen zukommen ließ.

Als die Bibliothekstür sich hinter dem Diener geschlossen hatte, überflog Aurelia uninteressiert die beiliegende Karte. Sie enthielt Justins kurzen Wunsch, daß der Inhalt der Schachtel Aurelias Aufenthalt in London ›versüßen‹ möge und daß sie sich dann vielleicht dazu durchringen könne, ihren Verstand sprechen zu lassen und in London zu bleiben. Seufzend begann sie, die Bänder, mit denen die Schachtel eingebunden war, zu lösen. Justin hatte also noch nicht die Hoffnung aufgegeben, sie zum Bleiben überreden zu können ...

Ihre Lippen stießen ein überraschtes »Ooh« aus, als der Deckel der Schachtel auf den Boden fiel. Es waren diesmal keine Pralinen. In einem Nest aus feinem Seidenpapier lag eine große, pinkfarbene Rose, deren Blütenblätter und grüner Stiel aus glänzendem Zukkerwerk gefertigt waren. Aurelia starrte auf die exquisite Zuckerbäckerware, die viel zu schön aussah, um so einfach gegessen zu werden. Ein seltsames melancholisches Gefühl durchfuhr sie.

Unabhängig von dem, was sie an Justins mangelnder Beobachtungsgabe zu bemängeln hatte, so mußte sie doch zugeben, daß er sie sehr gut kannte. Unter all den schön verzierten Kleidern und all dem Pomp, den sie zur Schau trug, war sie nichts anderes als eine kleine Landmaus, die sich nach nichts anderem sehnte als ein paar netten Süßigkeiten. War es da nicht allzu verständlich, daß sich Justin schon längst wieder anderen Damen zuwandte? Ach ja, sie hatte ihm vielleicht für kurze Zeit den Kopf verdreht, aber sie war immer noch dasselbe einfache Geschöpf, das sie immer gewesen war und das keinerlei weibliche Reize besaß. Sie konnte die Stimme ihrer Mutter hören, die spröde über Aurelias verrückten Wunsch lachte, anders sein zu können, als sie eben einmal war.

Aurelia bemitleidete sich wieder einmal in vollen Zügen und lehnte sich an die Kissen, während ihr Buch auf den Boden fiel. Es hatte einmal eine Zeit in ihrem Leben gegeben, da hätte sie diese Süßigkeit verschlungen, da hätte sie Trost gesucht in dem süßen Geschmack des Zuckers, der sich so wundervoll auf ihrer Zunge auflöste. Aber zu ihrer eigenen Überraschung verspürte sie in sich auch das Verlangen, die Rose einfach auf die Seite zu stellen und sie nicht mehr zu beachten. Aurelia nahm die Schachtel zwischen ihre Hände und schloß müde die Augen.

Ein verschmitztes Lächeln fuhr über ihre Lippen. Sie mußte die Rose ja erst noch probieren, aber das war dann der Augenblick, in dem sie mit an Sicherheit grenzender Wahrscheinlichkeit damit zu rechnen hatte, daß Everard schnell, wie ein ominöser Racheengel, der von einem Zauberer herbeigerufen wurde, vor ihr auftauchen würde. Sie konnte sich seine Miene genau vorstellen. Die hageren Gesichtszüge zeugten von tiefer Mißbilligung, die Stirn über wütenden, blauen Augen in tiefe Sturmfalten gezogen, sein sinnlicher Mund zu einem schmalen Strich verkümmert, der ihr bedeutete, dies zu unterlassen. Dann würde er zu ihr hinschreiten und ihr die Schachtel aus der Hand …

Die Bodendielen in der Bibliothek knarzten so laut, daß es unmöglich war, daß sie es sich nur einbilden konnte. Aurelia schlug verdattert die Augen auf. Das

Objekt ihrer Fantasiewelt stand, finster blickend, vor ihr, die Hände in die Hüften gestützt. Er trug einen makellosen schwarzen Smoking und eine schaumige, weiße Krawatte. Er sah fast genau so aus, wie ihn sich Aurelia nur wenige Sekunden zuvor in ihrer Einbildung vorgestellt hatte. Sie erhob sich langsam. Vorsichtig erfaßte sie die freiliegenden Handgelenke ihrer Vision. Warmes Fleisch pulsierte unter ihren Fingerspitzen.

Ein Seufzer der Reue entfuhr Aurelia, als sie den Blick erhob und sich Everards wütendem Blick stellte. Fast reflexartig schob sie eine Hand über die Zuckerrose, um sie zu verstecken. Wie konnte er das nur immer wissen? Dieser Mann hatte etwas Übernatürliches an sich.

»Bist, bist du so eine Art Hexenmeister?« fragte sie ihn mit krächzender Stimme.

Seine strenge Miene erweichte nicht, als er ihre dumme Frage bewußt überhörte. »Ich hatte nicht die Absicht, dich in eine peinliche Situation zu bringen. Reeves hat mir gesagt, wo du bist, und ich habe an der Tür angeklopft, bevor ich eingetreten bin. Als du nicht geantwortet hast, habe ich gedacht, du wärst eingeschlafen.«

»O nein, ich habe nicht geschlafen. Ich, ich …«

»Es ist ohne Schwierigkeiten zu sehen, was du getan hast.«

»Ich, ich habe gelesen.« Aurelia kroch auf dem Boden herum, um das Buch zu suchen, doch dann stand sie wild entschlossen auf. Warum sollte sie Everard immer erlauben, sie in die Rolle eines schuldigen Schulmädchens zu drängen?

Ein trotziges Lächeln setzte sich auf ihren Mund.

»Und ich wollte mich gerade an dieser wunderschönen Überraschung laben, die Justin mir geschickt hat. Du weißt doch, wie schrecklich verrückt ich nach Rosen bin. Möchtest du auch ein Stück?«

Sie reichte ihm die Schachtel und fürchtete fast, er würde sie ihr aus der Hand schlagen.

»Nein, danke schön.« Er schenkte der Zuckerrose nur einen kurzen, spöttischen Blick, ehe er zum Kamin ging und sich mit einem Arm an den Sims lehnte. Die Schachtel zitterte in Aurelias Fingern, als sie sie wieder auf ihren Schoß legte.

»Bitte, Everard, setz dich«, sagte sie. »Das ist mir aber wirklich ein unerwartetes Vergnügen. Worin liegt denn der Grund, daß du heute abend die Karten so frühzeitig aus der Hand gelegt hast? Hast du vielleicht einen Joker gezogen, der dich an mich erinnert hat, weil er so närrisch aussah?«

Auf ihren gezwungenen Witz folgte Schweigen, absolute Stille. Aurelia studierte sein steinernes Profil mit Unbehagen. Er schien viel weiter von ihr entfernt zu sein, als es eigentlich in diesem Zimmer möglich war. Hatte sie sich diesen Tag am See nur eingebildet, als sie sich ihm so nahe gewähnt hatte, als sie meinte, an seiner eleganten Fassade vorbeigeschlüpft zu sein und in die Nähe des Herzens dieses verwirrenden und aufreizenden Mannes vorgedrungen zu sein? Ja, sie mußte sich getäuscht haben, denn seine eiskalten Augen ließen ihren Glauben als blanken Hohn erscheinen. Sein Blick wanderte verächtlich von ihren Zehen, die unter ihrem blassen Kleid hervorlugten, zu ihrem unordentlichen, kastanienbraunen Haar, dessen Locken sie sich jetzt aus dem Gesicht zu streichen versuchte.

Nur unter Aufbietung all seiner Energie widerstand

Everard der Versuchung, sich auf Aurelia zu stürzen und sie wie wild zu schütteln. Er hatte gerade zwei höllische Wochen hinter sich gebracht, in denen er versucht hatte zu vergessen, wie sehr er diese Frau liebte. Nacht für Nacht verbrachte er bis in die frühen Morgenstunden an den Spieltischen im White's, wo er in einem Etablissement mit relativ schlechtem Ruf sein Glück versuchte. Was für eine Ironie des Schicksals war es doch, jetzt ständig als Gewinner die Spieltische zu verlassen, *jetzt*, wo das Geld gar keine Rolle mehr spielte, wo er nur noch eine Chance suchte, seine ach so leeren Stunden auszufüllen.

Wie hatte er sich danach gesehnt, Aurelia nur kurz zu sehen, zu sehen, wie ihr Mund zitterte, wenn sie lachte, zu sehen, wie ihre Augen aggressiv funkelten, wenn sie ihn mit ihrer geistreichen Art auf die Probe stellte. Und dann fand er sie so vor, total vernachlässigt! So bemitleidenswert! Und reagiert ihr Elend damit ab, unkontrolliert Süßigkeiten in sich hineinzustopfen. Und woher hatte sie nur diesen grauen, alten Lumpen? Er hätte ihn selbst verbrennen sollen.

Er konnte sich schon denken, was der Grund für dieses Verhalten war. Everard spielte mit Lord Martingdale in dessen Arbeitszimmer gerade Whist, als Justin auf der Abendgesellschaft ankam, jedoch nicht in Begleitung von Aurelia. Lady Carlisle trug ein neues Diamantencollier zur Schau, das niemals von ihrem extrem geizigen Ehemann stammen konnte, und sie warf sich in einer Art und Weise an Justin heran, die total abstoßend war. Doch Aurelias Reaktion, sich hier zu verstecken und in alte Gewohnheiten zu verfallen, machte Everard genauso wütend wie Justins Treulosigkeit. Wann nur würde diese Frau kapieren, daß sie das

Recht hatte, von ihrem Verlobten besser behandelt zu werden. Aber sie hatte es allmählich auch verdient, von sich selbst besser behandelt zu werden, und das war noch viel wichtiger!

»Ich habe meine Tante bei Lady Martingdale getroffen, und sie hat mir mitgeteilt, du seist krank.« Everard untermalte seine Stimme mit einem Grundton von bissigem Sarkasmus. »Und ich muß sehen, daß es dir viel schlechter geht, als ich befürchtet hatte.«

»Überhaupt nicht. Mir ist es noch nie besser gegangen.« Sie lächelte ihn übertrieben freudig an und brach ein großes Blatt von der Zuckerrose ab, legte dann eine Pause ein und schaute ihn an. Versuchte sie etwa, ihn zu provozieren? Everard ballte seine Hände zu Fäusten.

»Warum hast du dann heute abend Justin nicht begleitet?« wollte er wissen.

»Langeweile.« Sie stieß einen kräftigen Seufzer aus. »Mich langweilen diese Gesellschaften allmählich tödlich.« Langsam, aufreizend langsam, hob sie das kleine Zuckerbäckerstück an ihre Lippen und gab so Everard genug Gelegenheit, sie daran zu hindern, das süße Ding in den Mund zu stecken.

Er zwang sich dazu, sich zu entspannen, öffnete wieder locker seine Finger und verschränkte dann die Arme vor seiner Brust. »Wenn du darauf wartest, daß ich interveniere, Aurelia, dann irrst du dich gewaltig. Ich bin nicht mehr daran interessiert, als dein Kindermädchen zu fungieren.«

Obwohl ihre Wangen brannten wie Feuer, stopfte sich Aurelia trotzig den kleinen Teil der Rose in den Mund. Ihr schien es Mühe zu bereiten, die süße Speise hinunterzuschlucken. »Hm, delikat. Nein, ich habe auch nicht gewagt, davon zu träumen, daß du dir noch irgendwelche Gedanken um mich machst. Du bist ja jetzt ein Mann, der wichtige Geschäfte zu erledigen hat und der unsäglich verantwortlich ist für seinen Wohlstand.«

Sie hielt inne und brach sich noch ein Stück ab. Everard knirschte mit den Zähnen.

»Wenn ich nur gewußt hätte, daß die *Albatros* eingelaufen ist, dann hätte ich dir zur Feier des Tages eine Schachtel Pralinen zukommen lassen. Ach, mein Gott, was bin ich für ein Dummerchen!« Sie lachte heiser. »Ich habe ganz vergessen, daß du dir nichts aus Süßigkeiten machst. Aber ich hätte sie ja für dich essen können, wenn du mir nur davon berichtet hättest.«

»Es schien mir nicht wichtig zu sein«, sagte Everard, doch er entsann sich der unsagbaren Freude, die ihn erfüllt hatte, als er selbst diese Nachricht erfuhr. Er war zu den Kaianlagen gerannt, um mit eigenen Augen das Schiff mit den hohen Masten anzuschauen, damit er die Ansicht des beschädigten Rumpfes und der von den Stürmen stark in Mitleidenschaft gezogenen Segel auf sich wirken lassen konnte. Dieser Augenblick war ein wahrer Genuß, bis sein Rechtsanwalt, ein trockener, kleiner Mann, der Everard seit dessen Kindheit kannte, hustete und zu ihm sagte: »Es ist ein wahres Wunder, Master Ramsey. Aber ich möchte doch hoffen, daß Sie nicht die Absicht haben, sich sofort wieder auf ein derartiges Abenteuer einzulassen.«

Everard konnte auf diese Bemerkung hin nur schallend lachen. »Keine Angst, Mr. Quincey. Mit dem Spekulieren ist es bei mir vorbei.«

Der Rechtsanwalt hatte daraufhin zustimmend mit dem Kopf genickt. »Es ist wohl jetzt an der Zeit, sich auf einem Gut niederzulassen, junger Herr. Schenken Sie Ihr Herz einer jungen, glücklichen Dame und schenken Sie Ihrem Vater endlich einen Enkel.«

Die nett gemeinten Ratschläge des alten Mannes beraubten Everard mit einem Schlag all seiner großen Freude über die Rückkehr der *Albatros,* denn plötzlich nagten wieder die Gefühle an ihm, die er all die Zeit über hatte unterdrücken wollen. Jaja, reich genug war er jetzt schon, um sich eine Braut zu nehmen, aber er konnte *sein Herz* keiner Frau *schenken,* die es gar nicht haben wollte. Die glückliche Dame, die in Frage kam, hatte sich schon einen anderen Mann ausgewählt, und dieser Auserwählte war kein Geringerer als sein bester Freund.

Everard holte seine Gedanken von dem hellen, sonnenüberfluteten Hafengelände zurück in die Wirklichkeit, wo die Wachskerzen in ihren silbernen Haltern tropften. Das Licht der winzigen Flammen flackerte über sein Gesicht, doch der Kerzenschein reichte nicht aus, um die blassen Schatten und die Sorgenfalten um seinen Augen zu vertreiben. Doch Aurelia war zu sehr von ihrem eigenen Unglück befangen. Sie merkte gar nicht, daß Everards Schultern schlaff herunterhingen, wo er sie doch normalerweise völlig aufrecht hielt. In ihrem Hals steckte ein Kloß des Elends. Hatte Everard wirklich vor, dort drüben stehenzubleiben und zuzulassen, daß sie die ganze Rose verschlang?

»Nicht wichtig genug, um es mir zu erzählen?« wiederholte sie seine Worte bezüglich der *Albatros.* »Ich bitte doch um Entschuldigung, Sir. Ich habe noch nie jemanden von Geschäften abgehalten, die er als wichtiger erachtete. Ich bin sicher, daß du jetzt Dinge zu tun hast, die gewichtiger sind als ...«

Sie fiel beinahe vom Sofa, als Ramsey mit der offenen Handfläche gegen den Kaminsims schlug und mit erstaunlich kontrollierter Stimme sagte: »Geh nach oben und ziehe dich an, Aurelia. Ich bringe dich zu Lady Martingdale. Zu Justin. Wo du hingehörst.«

Obwohl ihr Herz raste, setzte sich Aurelia, äußerlich ruhig, wieder auf das Sofa und machte es sich dort ganz gelassen bequem. Sie stopfte sich aus Fleiß noch ein Rosenblatt in den Mund, obwohl der widerliche Zucker ihre Zunge belegte und sie nahe daran war, sich übergeben zu müssen. »Ich fühle mich hier pudelwohl, Mr. Ramsey.«

»Während du dich hier pudelwohl fühlst, *Miß Sinclair,* streiten sich Lady Carlisle und Sylvie Fitzhurst darüber, wen denn nun dein Verlobter zum Abendessen zu Tische führen wird. Ich habe gedacht, du bist nach London gekommen, um Justins Herz zu gewinnen, und nicht, um alle Konditoren auszuprobieren.«

Aurelia zuckte fast teilnahmslos die Schultern. »Ich kann nicht erkennen, was ich da machen soll. Ich kann es doch nicht mit beiden, Lady Carlisle und Sylvie Fitzhurst, gleichzeitig aufnehmen. Vielleicht sieht es diesbezüglich etwas anders aus, wenn ich mein altes Kampfgewicht wieder habe …«

Ihr blieben diese Worte im Halse stecken, als Everard quer durch das Zimmer auf sie zugestürzt kam. Er packte sie so fest an den Handgelenken, daß es ihr weh tat, und zog sie auf die Beine. Die Schachtel, in der sich die Süßigkeit befand, fiel auf den Teppich, die Rose zerbrach in tausend Teile funkelnder Zuckerkristalle. »Verdammt noch mal, Aurelia! Ich habe es satt, daß du dich in eine Ecke verziehst und heulst und dich selbst bemitleidest.«

Sie wollte ihre Hände umdrehen, um sich loszureißen. »Ich verziehe mich nicht in die Ecke. Und wenn ich heule, dann heule ich schamlos, und zwar in der Mitte des Zimmers. Und jetzt laß mich endlich in Frieden!«

Ihre Angst mischte sich mit einem sonderbaren Gefühl des Triumphes, weil es ihr endlich gelungen war, ihn aus seiner eisigen Reserve zu locken. Noch nie zuvor hatte sie Everard so wütend erlebt. Er preßte seine Lippen so fest aufeinander, daß sie ganz weiß waren, und seine Augen loderten wie die blaue Glut in einem Feuer.

»Hast du denn im vergangenen Winter nichts anderes gelernt als die Kunst, dich selbst in Selbstmitleid zu verzehren?« raste er. »Ich glaube, die neuen Kleider und die Diät haben dir noch nicht geholfen, wenn du immer noch glaubst, du könntest von Frauen wie Sylvie Fitzhurst ausgestochen werden. Beim ersten Zeichen von Schwierigkeiten versteckst du dich hinter einer Schachtel Pralinen.«

»Wenigstens ist das weniger kostspielig, als sich hinter Karten zu verstecken«, entgegnete sie schlagfertig.

Einen Augenblick lang dachte sie, sie sähe in seinen Augen einen Hinweis darauf, daß er sich hier in einem heiklen Punkt getroffen fühlte, doch dieser Blick war schnell verschwunden, und an seine Stelle trat wieder das wütende Funkeln der Augen. Er schüttelte sie heftig.

»Wechsle jetzt nicht das Thema. Wie erwartest du denn, daß sich Justin oder sonst jemand um dich kümmern soll, wenn du dich nicht ausreichend um dich selbst kümmerst? Du könntest die Königin sein, aber du benimmst dich wie ein Dickschädel, daß einem fast nichts anderes übrigbleibt, als dich wie ein Küchenmädchen zu behandeln.«

Mit einer kräftigen Bewegung löste sie ihre Hände aus Everards Umklammerung. Sie machte einen Schritt nach hinten und kämpfte gegen die Tränen an, die ihr vor Wut in die Augen stiegen. »Vielleicht waren deine Unterrichtsstunden mangelhaft, Mr. Ramsey. Du hast mir nie beigebracht, wie man mit den Röcken raschelt oder mit den Wimpern auf und ab zu schlagen hat.«

Aurelia machte einen spöttischen Knicks und klimperte übertrieben mit den Augenlidern, und dann sagte sie mit allzu gekünstelter, süßlicher Fistelstimme: »Oh, là, là, Sir, ich befürchte, Sie verdrehen mir mit all Ihren Komplimenten noch gänzlich den Kopf. Ich bin fast soweit, vor Ihren Füßen in Ohnmacht zu fallen.«

Everard biß sich verkrampft auf den Mund. »Ich habe gar nicht gedacht, daß du Stunden wünschst, in denen ich dich lehre, wie man sich benimmt, wenn man ein Narr sein will.«

»Aber einiges fehlt mir gewiß noch, Sir«, säuselte Aurelia mit albernem Lächeln, darauf aus, ihn noch weiter zu ärgern. »Ja, du hast mir nie beigebracht, wie man richtig küßt.«

Sobald sie diese Worte ausgesprochen hatte, wurde Aurelia knallrot und bedauerte sie zutiefst. Ihre Äußerung schien förmlich in der Luft zu knistern und die Spannung im Raum aufs unerträglichste aufzuladen. Everards Augen zogen sich wie zwei spitze Schwerter zusammen. »Dann, wenn du es erlaubst«, sagte er in tiefem, gefährlichem Tonfall, »laß mich mit der Unterweisung sogleich fortfahren.«

Noch ehe sie sich bewegen konnte oder lauthals protestieren, umschlangen sie seine Arme, er holte sie nahe an sich heran, während seine voluminöse Brust unter der schwarzen Seide und der wuchernden Spitze seines Hemdes nicht nachgab. Seine Hand schoß nach oben, faßte sie am Nacken und zog ihren Kopf gewaltsam nach hinten. Sein Mund schwebte über ihrem, aber nur einen unmerklichen Augenblick lang, und dann fuhr er nach unten und beanspruchte ihre Lippen. Aurelia war zu überrascht und tat nur so, als würde sie sich wehren, ehe sie sich ganz und gar in dem harten, sinnlichen Sturm von Everards Kuß verlor.

Das steife, unangenehme Gefühl, das sie in Justins Armen kennengelernt hatte, war mit einem Male verschwunden.

Ihr Körper wiegte an Everards schlankem Körper, sie verschmolz mit ihm auf eine Art und Weise, die geradezu schamlos war. In ihren Adern spürte sie, wie das Feuer brannte. Sie wehrte sich jetzt überhaupt nicht mehr, sie gab sich voll und ganz seinen Lippen hin, sie hörte, wie ihr Herz bis in die Ohren hinauf pochte.

Sie stolperte, als Everard sie wieder losließ und sie von seinem warmem Mund wegstieß. Sie war wie von Sinnen. Er war kreidebleich im Gesicht, und sie sah, wie seine Kaumuskeln arbeiteten, während er bemüht war, um seine Fassung zu kämpfen.

»Aurelia«, sagte er. »Ich, ich weiß nicht, welcher Teufel mich jetzt geritten hat. Mein fürchterliches Temperament hat mich …«

»O nein, Everard, bitte.« Sie wurde bis in die Haarspitzen rot vor Scham. »Es, es war ganz allein meine

Schuld. Ich habe dich provoziert. Ich habe mich heute abend wie ein Narr benommen. Kannst du mir jemals vergeben?«

»Verdammt noch mal, Aurelia. Wage es ja nicht, dich zu entschuldigen. Du hast allen Grund, wütend auf mich zu sein. Du solltest mir ins Gesicht schlagen, mir die Augen auskratzen.«

Ihr entkam ein unsicheres Lachen. »Ich möchte dir aber nicht die Augen auskratzen. Dann hättest du das ganze Geld für deine Lorgnons zum Fenster hinausgeschmissen.« Ihre Worte konnten ihm kein Lächeln abringen. Er schien sich Vorwürfe zu machen, als ob sein Ehrgefühl bis in die Grundfesten erschüttert worden wäre, als ob er jemanden betrogen hätte ...

Justin. Der Name drang in Aurelias Bewußtsein mit großer Wucht ein, so als hätte sie jemand in den Magen geschlagen. Doch ihre Schuldgefühle waren schnell überlagert von einer gewissen Furcht, als sie die eigenartige Miene sah, die sich auf Everards Gesicht gelegt hatte. Er sah aus wie – wie ein vornehmer Straßenräuber, der soeben dabei war, seinen Kopf in die Schlinge zu stecken, um für seine Verbrechen zu büßen. Sie konnte richtig spüren, wie sehr sie sich voneinander entfernt hatten.

»Ich hoffe, daß so ein lächerlicher Streit unsere Freundschaft nicht beeinträchtigt«, stammelte Aurelia. »Bitte, können wir nicht einfach vergessen, daß das passiert ist?« Sie reichte ihm zaghaft ihre Hand.

Everard schaute einen Moment lang aus dem Bibliotheksfenster. Die Nacht hinter den Gitterfenstern war so dunkel wie der Ausdruck auf seinem Gesicht. »Okay, vergessen wir's«, murmelte er. Er ergriff langsam ihre Hand. Aurelia dachte, er würde sie küssen, doch statt dessen schüttelte er sie nur hölzern. Dann warf er ihr sein typisches seltsames Lächeln zu, wünschte ihr einen guten Abend und war schon verschwunden. Er vergaß sogar, hinter sich die Tür zu schließen.

Irgendwie geschah es, daß Aurelia von ihren zitternden Gliedern zum Haupteingang getragen wurde. Sie schloß die Tür und lehnte sich mit ihrem ganzen Gewicht an die glatte, gemaserte Eichentür. Sie hob ihre Finger, berührte ihre zittrigen Lippen, auf denen noch die hitzige, süße Glut von Everards Mund lag. Oh, warum konnte Justin – Sie versuchte, diesen verräterischen Gedanken zu vergessen.

»Aurelia Sinclair liebt Justin Spencer. Aurelia Sinclair liebt ...«, wiederholte sie und klammerte sich verzweifelt an den Überresten ihrer Kindheitsträume fest. In Justin verliebt zu sein bot ihr doch solch angenehme Aussichten. Sie kannte ihn schon ewig. Es war alles so bequem und einfach.

Sie zuckte zusammen. Seit wann hatte sie denn angefangen, ihre Beziehung zu Justin als angenehm und bequem zu bezeichnen?

Aber es ist wahr, wisperte ihr eine Stimme zu, die sie nicht zum Schweigen bringen konnte. Was konnte sicherer sein, als sich in einen Mann zu verlieben, den zu heiraten man sowieso auserkoren war? Das war doch viel sicherer, als in tiefe, unbekannte Gewässer einzutauchen, Gewässer, die so blau und unbestimmbar waren wie Everard Ramseys Augen.

Aurelia legte ihre Hände auf die brennenden Wangen. Nein, so wankelmütig konnte sie nicht sein, daß sie wegen eines Kusses völlig aus dem Gleichgewicht geriet. Aber andererseits mußte sie auch zugeben, daß es mehr war als nur der Kuß. Sie mußte auch an die zwei starken Arme denken, die wußten, wie man sie zu führen hatte, und in denen sie traumhaft sicher Walzer tanzen konnte. Er hatte sie geschimpft, er hatte sie gepiesackt, er hatte sich um sie gesorgt – all das sorgte dafür, daß sie das Beste aus sich gemacht hatte. Sie liebte es, wenn sie gemeinsam mit ihm lachte, wenn sie gemeinsam mit ihm schwieg, wenn es angebracht war, nichts zu reden.

Sie stolperte durch den Raum und bückte sich, um die Überreste der Rose vom Boden aufzuheben. Doch die aufgestauten Gefühle und die Tränen, die sie sich so lange versagt hatte, waren jetzt nicht mehr länger zurückzuhalten. Die wäßrigen Perlen schossen ihr in die Augen und kullerten die Wangen hinab. Eine der Kristallkugeln fiel in ihre Handfläche, wo sie winzige Zuckerteilchen in eine zähe Flüssigkeit verwandelte.

Was für ein Idiot war sie doch! Fünf lange Jahre hatte sie Zeit gehabt, um zu überlegen, ehe sie sich verlobte. Und was war jetzt!? Jetzt, da es zu spät war, entdeckte sie, daß sie sich dem falschen Mann anvertraut hatte.

8

Everard nahm Lady Foxcliff am Arm und führte sie ungeduldig durch die Unmenge von oberflächlich glücklichen Narren, die sich im Vauxhall Garden auf der Großen Promenade verloren. Tausende von farbigen Laternen warfen ein schummriges Licht auf den Weg, und sie schienen mit dem Schein des sternenübersäten Frühlingshimmels wetteifern zu wollen. Die frische Abendluft war erfüllt von dem sanften Rascheln des Laubes, von dem Gurgeln der Brunnen und den fröhlichen Klängen der Violinen.

Everard wollte das Geschwätz all dieser freudigen Stimmen nicht mehr hören. Diese lustigen Töne beleidigten seine schlechte Laune und den dumpfen Schmerz in seinem Herzen, wenn er sich daran erinnern mußte, daß nun der Zeitpunkt gekommen war, da er Aurelia nie wieder würde sehen können.

»Schau nicht so verdrießlich, mein Neffe«, sagte Lady Foxcliff, als sie unter einem der Triumphbogen hindurchliefen, die den Weg überspannten. »Lächle, mein Junge. Amüsiere dich. Schließlich ist das heute dein letzter Abend in London. Obwohl ich überhaupt nicht begreifen kann, warum du es so eilig hast, dich aus dem Staub zu machen.«

»Geschäftliche Dinge«, sagte Everard kurz. »Ich müßte schon lange fort sein.« Ja, schon lange. Dann wäre diese Sache mit dem Kuß nicht passiert. Tief in seinem Inneren wünschte er sich zum Teufel. Warum hatte er seinen eigenen Entschluß nur nicht befolgt, den er gefaßt hatte, als er zum erstenmal spürte, daß er Aurelia liebte? Wegzubleiben von ihr, diese hoffnungslose Leidenschaft aus seinem Herzen zu verbannen, das hatte er vorgehabt. Aber dieses Unterfangen war unmöglich durchzuführen, solange er sich in England aufhielt, solange er über dieselben Ufer lief, über die auch sie … »Ramsey!«

Everard atmete scharf und tief durch, als der Fächer seiner Tante auf die Knöchel seiner Hand herabfuhr. »Paß auf, wo du hinläufst. Du hast mich ja beinahe mit der Nase an das Lendentuch dieses Burschen da gedrückt.«

Everard kehrte gerade noch rechtzeitig in die ihn umgebende Wirklichkeit zurück und starrte hinauf auf die ihn überragende Statue des Apollo, dessen hervorquellender, weißer Bizeps und hochmütige Steinaugen jeden Sterblichen davor zu warnen schienen, es zu wagen, auch nur einen Fuß jenseits des Weges zu setzen und in seine Privatsphäre einzudringen.

»Entschuldigung«, murmelte Everard und führte seine Tante wieder auf den Kiesweg.

»Also!« Die Federn auf dem goldenen Seidenturban Lady Foxcliffs wackelten gefährlich.

»Wenn du weiterhin so belämmert glotzt, dann kann ich mich des Eindrucks nicht erwehren, daß du offenbar gar kein Interesse hast, mit deiner armen, alten Tante auch nur einen Bissen Abendessen zu dir zu nehmen.«

Everard schielte die große Frau von der Seite an, deren stramme Schultern einen Vergleich mit seinen durchaus aufnehmen konnten. Doch dann sagte er höflich: »Aber nein, Tante Lydia, du täuschst dich. Es gibt niemanden auf der Welt, mit dem ich lieber zusammen wäre.«

»Haha, du Lügner!« Lady Foxcliff zog die Augen zusammen, in denen tief verborgen ein solcher Scharfsinn lauerte, daß sich Everard zu ärgern begann.

»Ich kann nur nicht verstehen, warum wir gerade nach Vauxhall gehen mußten«, fuhr er fort. Er hob sein Lorgnon an und studierte die Menge. Rüpelhafte Angestellte aus kleinen Geschäften wühlten sich mit den Ellbogen an noch ungestümeren Adeligen vorbei. Ein schamloses leichtes Mädchen kreischte und jagte einen der engeren dunklen Pfade hinunter, verfolgt von einem lüstern blickenden Angehörigen des

Landadels, den Everard von den Spielhallen her kannte.

»Dieser Ort ist einfach zu vulgär.«

Lady Foxcliff blieb wie angewurzelt stehen. »Blödsinn, Quatsch. Hier ist es doch außerordentlich romantisch. Hier habe ich, äm, ich meine, hier hat mich mein erster Mann gefragt, ob ich ihn heiraten wolle.«

Sie seufzte wehmütig bei dieser Erinnerung. »Natürlich wurde das Ganze ein schrecklicher Skandal. Du weißt ja, *ich war zu dieser Zeit schon Lord Wyburton versprochen*. Aber wenn man sich verliebt, dann erscheint einem alles andere völlig nebensächlich.«

»In der Tat«, sagte Everard verstimmt. Er wußte ja nur allzu gut, wie recht sie hatte.

»Gibst du mir nicht recht, mein Neffe?«

»Ob ich dir recht gebe?« fragte Everard baff.

»Ja doch!« Ihre Ladyschaft stampfte mit einem Fuß auf den Boden. »Glaubst du denn nicht, daß es besser ist, sich den Skandal einer aufgekündigten Verlobung aufzuhalsen, als zwei oder vielleicht sogar drei Menschen dazu zu verdammen, ein Leben lang unglücklich zu sein?«

Eigentlich schämte sich Everard seiner Unaufmerksamkeit, aber immerhin brachte er es übers Herz, mit den Achseln zu zucken. Er hatte keine Lust, Tante Lydia wieder einmal zuzuhören, wenn sie über ihre Ehemänner sprach, die schon lange tot waren, doch er bemühte sich doch, eine passende Antwort zu finden. »Ein klares, ehrenhaftes Verhalten muß immer in Erwägung gezogen werden ...«

»Bah!« Die Straußenfedern wackelten wieder bedrohlich, als Ihre Ladyschaft ihm einen spröden, verächtlichen Blick zuwarf. »Das paßt mal wieder zu dir, diese verrückten Vorstellungen. Typisch mein Neffe. Das habe ich schon befürchtet.

»Paß aber bloß auf!« Lady Foxcliff versetzte ihm einen harten Schlag auf die Schulter. »Ich habe nichts dagegen, wenn du lasterhaften Frauenzimmern hinterherschaust. Das ist euch Männern offenbar von Geburt an gegeben. Aber, um Himmels willen, bemühe dich doch um ein bißchen Diskretion.«

Everard fuhr zusammen und merkte erst jetzt so richtig, daß er, während er versucht hatte, die unzusammenhängenden Äußerungen seiner Tante sinnvoll zu interpretieren, geistesabwesend auf eine gutgebaute Blondine gestarrt hatte, die sich trippelnd zu den in einem weiten, runden Bogen aufgestellten Tischen begab, auf denen das fein zubereitete Essen in einem der Haine stand. Er wurde ganz steif, als Lady Sylvie Fitzhurst ihm mit zwei behandschuhten Fingern zuwinkte, um ihn zu grüßen, wobei sich ihre Lippen zu einem gerissenen Lächeln verzogen. Sie lief Arm in Arm mit diesem knochigen Kerl, der so fettige Haare hatte und dessen Anwesenheit Aurelia auf dem Ball der Carlisles so verwirrt hatte.

»Wer ist denn das? Lady Sylvie?« schnaubte Lady Foxcliff. »Ach, wie tief ist sie doch gesunken, wenn sie sich jetzt schon mit diesem Snape-Burschen herumtreibt. Ein gefährlicher Bursche, wirklich, hoch gefährlich. Aber sie ist ja um keinen Deut besser. Sie erinnert mich immer an ein Gebirgstal.«

Everard blickte finster drein und nahm die starren Blicke Lady Sylvies und Snapes kaum richtig wahr. »Ein Tal, Tante Lydia?«

»Ja doch, ihre Kleider sind so tief, daß es überhaupt nicht schwer ist, die Gipfel zu sehen.«

Everard lachte ein wenig widerwillig, als er merkte, daß Lady Sylvies Wangen plötzlich feuerrot anliefen. Sie mußte die tragende Stimme seiner Tante verstanden haben.

Er hob zärtlich Lady Foxcliffs Hände an seine Lippen. »Tante Lydia, du bist in der Tat die bezauberndste alte Frau, die es gibt. Ich gebe zu, daß du selbst mich manchmal in Verlegenheit bringst.«

Ihre Ladyschaft drückte seine Finger so fest zusammen, daß es ihm weh tat. »Ich werde dir heute abend noch mehr Gemeinheiten antun, wenn du mit mir noch weiterhin darüber streitest, wer die Zeche zahlt. Heute bin ich mit dem Zahlen an der Reihe. Es spielt gar keine Rolle, daß du ein Nabob geworden bist.«

Stolze Genugtuung schien ihre Federn wieder in Bewegung zu setzen. »Im übrigen bin ich der Überzeugung, daß ich dir wegen der Wette mit Reely noch das Geld schulde. Schließlich hast du fair und sauber gewonnen. Du hast dir solche Mühe gegeben, hast sie so gepiesackt und schikaniert, dieses arme Mädchen, bis sie schließlich eine echte Schönheit geworden ist.«

Everard brachte seine Tante augenblicklich zum Schweigen, sein Lächeln verschwand. Er wollte auf jeden Fall verhindern, daß Lady Sylvie oder sonst jemand dieses Gespräch mitbekam. Selbst der kleinste Hinweis darauf, daß eine solche Wette jemals existiert hatte, würde ein endloses Gerede in Gang setzen und Aurelia in tiefe Verlegenheit stürzen. Mit großer Erleichterung konnte er feststellen, daß Lady Sylvie und ihr Begleiter sich schon wieder entfernt und hinter eine Säule der Kolonnade begeben hatten, die die Ruinen Palmyras darstellen sollten.

»Nun, Tante Lydia«, sagte er, wobei er sich bemühte, gute Laune vorzutäuschen. Er wandte sich ihr zu und war entschlossen, sein schlechtes Benehmen Ihrer Ladyschaft gegenüber wieder wettzumachen. »Bist du bereit, dich mit mir auf den berühmten Vauxhall-Schinken zu stürzen?«

»Ja, ich bin schon nahe daran, auf der Stelle zusammenzubrechen, so hungrig bin ich. Und viel, viel Arakpunsch brauche ich.«

Doch obschon Ihre Ladyschaft davon sprach, dem Hungertod nahe zu sein, so verhielt sie sich doch unnormal zurückhaltend. Sie rührte sich nicht vom Fleck. Vielmehr warf sie einen interessierten Blick auf die Leute, die in den kleinen, überdachten Pavillons saßen, wo das Essen verzehrt wurde. Als Everard sie schließlich anstupste, um sie dazu zu bewegen, mit ihm zu den gedeckten Tischen zu gehen, bellte sie: »Verflixt noch mal, warum hast du es denn so eilig? Ich kann doch nicht nach Vauxhall gehen und all meine Bekannten links liegenlassen!«

Everard konnte es sich verkneifen, die Hände aus Verärgerung über dem Kopf zusammenzuschlagen. Tante Lydia war heute abend verdammt schwierig. Erst bestand sie darauf, mit ihm in Vauxhall zu Abend zu essen, dann stellte sie ihm sonderbare Fragen, und schließlich benahm sie sich dermaßen absonderlich, daß es überhaupt nicht zu ihrer offenen, ehrlichen, direkten Art paßte. Sie schien geradezu gierig auf etwas zu warten, andererseits gab sie sich überaus geheimnisvoll.

Er war nicht in der Lage, sich das Ganze zu erklären, ehe er am Ende des Haines an einem der vorbereiteten Tische vorbeikam. Dort befand sich auch eine der vielen zusätzlich aufgebauten Essensnischen. Darin beleuchtete eine kleine Öllampe die Gesichter eines jungen Paares, das gerade zu Abend aß. Dieses junge Paar war bemerkenswert, denn die beiden saßen ziemlich weit auseinander und wirkten sehr verdrießlich, obgleich um sie herum teils fröhliches, teils romantisches Treiben herrschte.

Die Dame wäre für sich allein genommen schon bemerkenswert gewesen, dachte sich Everard, als er plötzlich einen schweren Stich in der Gegend seines Herzens verspürte. Ihr offenes, kastanienbraunes Lokkenhaar hing locker über ihre Schultern, die seidenartigen, in Kaskaden herabfallenden Wellen setzten sich markant von ihrem schneeweißen Nacken ab. Ihre langen, dunklen Wimpern leuchteten auf ihren blassen Wangen. Ihr zarter Mund und ihre lieblich geformte Kieferpartie wirkten so leblos, daß man sie für ein Porträt und nicht für die lebhafte Frau halten konnte, deren funkelnde, grüne Augen Everards Herz erobert hatten. Ihr hochtailliertes, kadmiumgelbes Seidenkleid schmiegte sich so vollendet an die sanften Kurven ihrer Brüste, daß Everards Sinne angeregt wurden, wenngleich er sich mannhaft bemühte, seine Gefühle zu unterdrücken.

»Verdammt«, murmelte er unhörbar. Er mußte viel Energie aufbringen, um seinen Blick auf Justin zu lenken. Lord Spencers Kinnlade fiel nach unten, und Justin setzte die Miene auf, die Everard immer als Justins Armesündermiene bezeichnete. Everard hatte diese Märtyrermiene schon Dutzende Male gesehen, wenn sein Freund es nicht vermeiden konnte, an der nachmittäglichen Teestunde seiner Mutter teilzunehmen. Justin schien sich immer nur dann zu bewegen, wenn ein fremder Rock an seinem Tisch vorbeiraschelte. Nur in solchen Fällen schien er aufmerksam zu werden. Everard überkam die Wut. Er war verbittert ob solchen Benehmens. Zum Teufel mit Justin! Wie konnte er nur so blind sein und andere Frauen angaffen, wo Aurelia doch nur einen Herzschlag entfernt saß und ihre samtweichen Lippen geradezu nach einem sanften Kuß lechzten. Dieser Narr kapierte überhaupt nicht, daß hier seine ganze Liebe gefragt war, dieser Narr verdiente es einfach nicht, diese Frau heiraten zu dürfen.

Everard rieb sich mit den Fingern die Schläfen und erschrak, was für Gedanken er da hatte. Nein, er suchte nur krampfhaft nach Entschuldigungen für sein eigenes, selbstsüchtiges Verhalten. Denn in Wahrheit war es im Grunde vollkommen egal, ob Justin Aurelia nun verdient hatte oder nicht. Sie liebte ihn, gab sich Everard verzagt zu verstehen. *Sie liebte ihn.*

Er zog am Arm seiner Tante und wollte sich wieder hinter die Bäume begeben, als Justin und Aurelia sie entdeckten. Sehr zu seinem Mißfallen riß sich Lady Foxcliff von ihm los und schritt nach vorn, um die beiden mit großem Hallo so laut zu begrüßen, daß der halbe Hain zuhören konnte. »Justin! Reely!«

Everard blieb nichts anderes übrig, als seine bekannt steinerne Miene aufzusetzen, von der er hoffte, daß jedermann sie in ihrer zynischen Art bestens kannte, und hinter Ihrer Ladyschaft herzutrotten. Justin sprang sogleich auf, als sie sich näherten, er schien froh zu sein, daß es jetzt eine Abwechslung gab. Aurelia hingegen versteckte sich hinter einem Umhängetuch aus Crêpe de Chine, und man konnte sich des Eindrucks nicht erwehren, daß sie es sich am liebsten über den Kopf gezogen hätte.

»Nun, ich muß schon sagen!« Lady Foxcliff strahlte, als sie sich durch die Tür zwängte, die in die Nische führte. »Was für eine angenehme Überraschung!«

»Überraschung?« echote Justin. »Aber Sie haben mir doch erlaubt, Reely ...« Er hielt inne, denn der Ellbogen Ihrer Ladyschaft bohrte sich tief in seine Magengrube, so daß er nur noch Gelegenheit fand, mit schmerzverzerrtem Gesicht zu stöhnen.

»Everard und ich sind gerade über die Anlage geschlendert. Wir haben uns über alles mögliche unterhalten und waren kreuzfidel«, fuhr sie fort, »als ich plötzlich zu ihm sage: ›Na, sind das da drüben nicht Justin und Aurelia?‹«

»Ja, sind sie das nicht?« wiederholte Everard trokken. Er fing allmählich an, hinter die Pläne seiner Tante zu schauen. Es dämmerte ihm. All ihr belangloses Geschnatter über aufgelöste Verlobungen und Liebe, die einen Skandal wert ist, fing langsam an, Sinn zu machen. Everard kannte natürlich den Grund, warum sich Tante Lydia in diese Angelegenheit einmischte, obwohl er es gar nicht wünschte. Der Grund war, daß sie ihn sehr mochte. Aber er wollte auf gar keinen Fall zulassen, daß Ihre Ladyschaft die Gefühle Aurelias so rücksichtslos behandelte.

Aurelia erhob sich zögernd und unsicher. Everard spürte, daß sie es bewußt vermied, in seine Richtung zu schauen, was ihm sehr weh tat. So viel war also auch nicht an ihrer tapferen, kurzen Rede gewesen, die sie darüber gehalten hatte, daß sie alles vergessen und ihm alles verzeihen würde, was er ihr gestern abend angetan hatte. Eine Welle von starken Gefühlen erfaßte ihn – Liebe, Zärtlichkeit, Verzweiflung. Er hoffte nur, seine Miene würde all das nicht verraten.

»Justin und ich haben gerade mit dem Abendessen begonnen. Möchten Sie sich uns nicht anschließen?« Aurelia war glücklich darüber, daß sie diese Einladung mit erstaunlich fester Stimme über die Lippen gebracht hatte. Sie hoffte insgeheim, daß Everard dieser Einladung nicht nachkommen würde, doch er hatte in dieser Angelegenheit rein gar nichts zu melden. Lady Foxcliff packte bei diesem Vorschlag gleich voller Entzückung zu und setzte sich sogleich neben Justin an den Tisch.

Mit vollendeter Höflichkeit hielt Everard Aurelia den Stuhl, um wieder Platz zu nehmen. Sie wandte ihren Blick nicht vom Teller ab, wagte es nicht, ihn in ihre Augen schauen zu lassen.

Schon ein einziger Blick würde ihm verraten, daß sie die halbe Nacht nur damit zugebracht hatte, in ihr Kissen zu heulen, wobei sie sich entschloß, Everard niemals damit zu belasten, ihm mitzuteilen, daß sie sich in ihn verliebt hatte.

Er ließ sich auf dem Stuhl neben ihr nieder und trug Sorge dafür, ihre Röcke nicht zu streifen. Aurelia konnte allerdings nicht umhin, einen kurzen Blick in sein Gesicht zu werfen. Wie verlegen er aussah. Wie unglücklich er doch zu sein schien. *Sie war daran schuld*. Der Kuß, der diese Gefühle der Liebe in ihr aufgeweckt hatte, hatte etwas ganz Wertvolles zerstört. Sie konnten nie wieder Freunde sein.

Diese Botschaft konnte sie von seinen zu einer starren Linie zusammengezogenen Lippen ablesen – von den Lippen des Mundes, der sich so verlangend über ihren bewegt hatte, der solche Flammen entfacht hatte, daß sie unstillbar zu sein schienen, denn jetzt loderten dieselben Flammen in ihren Wangen. Ihr

Fleisch schien nun noch heißer zu sein als die Laternen im Garten.

Aurelia nahm eine Serviette in die Hand und fächerte sich frische Luft zu. Wenn sie dies nicht tat, dann würde sie wohl niemals in der Lage sein, neben ihm natürlich zu wirken, denn sonst würden sie sie alle nur entgeistert anstarren.

»Sind Sie nicht hungrig, Everard?« krächzte sie, als er keine Anstalten machte, sich etwas auf den Teller zu legen. »Das Essen ist ausgezeichnet.« Ihr Blick wanderte unwillkürlich zurück zu seinem sanft geschwungenen Mund. »Sie sollten mal die Hühnerlippen probieren. Ich – ich meine natürlich die Schenkel«, stotterte sie, während ihre Augen auf die schlanke Muskulatur seiner Beine gerichtet waren, die in seiner enganliegenden Seidenreithose gut zum Ausdruck kam.

»Möchten Sie ein wenig Schinken haben«, sagte sie schließlich und errötete mehr denn je. Das Ganze war absurd. Den ganzen Winter über hatte sie mit diesem Mann gekämpft und herumgescherzt. Und jetzt benahm sie sich wie eine Närrin.

»Nein, danke schön.«

Hörte sie da in seiner Stimme einen Hauch von Abneigung? Nein, er klang nur müde, so unsagbar traurig, daß sie das Verlangen hatte, sich nach ihm zu strekken und …

Aurelia konnte sich gerade noch zurückhalten, ihn am Ärmel zu fassen. Sie schnappte ihre Gabel und nahm sich eine hauchdünne Scheibe Schinken.

»Das Schwein ist bereits tot, Reely«, sagte Justin auf seine gewohnt joviale Art über den Tisch. Es war so ziemlich der einzige Kommentar, den er den ganzen Abend über abgegeben hatte. Aurelia funkelte ihn an.

Wenn man sich überlegte, wie griesgrämig er noch vor wenigen Augenblicken geglotzt hatte, dann war es einfach unglaublich, wie unsäglich fröhlich er sich jetzt gab. Doch der Rüffel, den sie schon auf den Lippen hatte, wurde dann doch tunlichst von ihr zurückgehalten. Wie konnte sie auch nur daran denken, Justin einen Vorwurf zu machen, wenn sie hier mit ihm an diesem Tisch saß und ihn, tief in ihrem Herzen, eigentlich betrog. Aurelia ließ ihre Gabel auf den Teller fallen und verfiel in ein Schweigen, das so tief und schmerzerfüllt war wie Everards.

Für die Unterhaltung sorgten allein Lady Foxcliff und Justin, was die beiden mit ihrem ausgelassenen Humor auch bestens fertigbrachten. Aurelia hätte sie am liebsten erwürgt. Die beiden plapperten und lachten, während sie ihr Hähnchen in einem Porzellangefäß über der Lampe so unachtsam garen ließen, daß es Aurelia fast schon wunderte, daß es überhaupt möglich war, daß die Eßnische, in der sie saßen, nicht schon lichterloh brannte. Sie war überaus erleichtert, als das Essen vorüber war und Ihre Ladyschaft den Vorschlag machte, einen gemütlichen Spaziergang zur Rotunde zu machen, wo das Orchester spielte, um der neuen Sängerin zuzuhören.

»Ich bin einfach verrückt nach Musik«, sagte Lady Foxcliff, die all ihre Äußerungen hauptsächlich an Justin richtete. »Ich sage immer, es gibt keine schönere Art, einen Abend zu verbringen, als einer dicken, fetten Dame zuzuschauen, die sich schüttelt wie ein Wakkelpudding und irgendwelche Melodien von diesem Handey kreischt.«

»Händel«, sagte Everard angewidert. »Tante Lydia, ich glaube nicht ...«

Doch da meldete sich Justin ganz energisch zu Wort. »Sie hat schon recht. Ich bin selbst ganz hin und weg von diesem ›Handey‹. Es ist wirklich bemerkenswert, in solch kurzer Zeit so viele Lieder zu schreiben.«

Im nächsten Augenblick schon hatte sich Lady Foxcliff bei Justin eingehakt, und so liefen die beiden den von den Laternen erleuchteten Weg hinab und schienen dies mit solcher Begeisterung zu tun, daß man meinen konnte, sie wollten einen Wettlauf austragen. Ein betretenes Schweigen folgte. Zum erstenmal an diesem Abend hob Aurelia den Kopf und wagte es, Everard in die Augen zu schauen.

Obwohl er doch sehr stark mitgenommen wirkte und versuchte, sich nichts anmerken zu lassen hinter seiner regungslosen Fassade, so zuckte doch sein Mund ein bißchen.

»Nun denn, ich muß schon sagen, Tante Lydias Geschmack scheint sich gewaltig verändert zu haben, was die Musik angeht. Wirklich erstaunlich. Sie hat mir einmal anvertraut, sie höre ihre Lieblingsmelodie immer dann, wenn ihre Jagdhunde laut aufheulen, sobald sie einen Fuchs zu Tode gehetzt haben.«

Aurelias Mund fing jetzt zu zittern an. »Ja, und ich hatte immer geglaubt, Justins einzige Erfahrung mit Musik bestehe ausschließlich darin, daß er in seiner Kindheit nichts anderes im Sinn hatte, als die Saiten im Klavier seiner Schwester auseinanderzuschneiden, so daß sie so gut wie nie in der Lage war zu üben.«

Everard kicherte erst, doch dann mußte er laut und schallend lachen, so laut, daß Aurelia sich am liebsten die Ohren zugehalten hätte. Sie fühlte, daß sich die Atmosphäre zwischen ihnen wieder entspannte. Wie angenehm es doch war, wieder mit Everard lachen zu können. Es war wie greller Sonnenschein nach einem trüben Regenschauer. Vielleicht gab es doch noch Hoffnung. Doch Aurelia wagte gar nicht daran zu denken, was für Hoffnungen sie hegte.

»Ich denke, wir gehen den beiden schnell nach«, sagte Everard, »denn ich bin mir sicher, daß Madame Vivani sehr erfreut sein wird, unter ihren Zuhörern zwei solche Bewunderer ihrer Kunst zu wissen.«

Er faßte nach ihrem Arm. »Auf jeden Fall bringt uns das eine ganz tolle Ausgangsposition, wenn das Feuerwerk anfängt.«

Als seine starken, schlanken Finger über die empfindliche Unterseite ihres Armes strichen, hatte Aurelia das Gefühl, das Feuerwerk hätte schon begonnen. Der Druck seiner warmen Hand auf ihrer Haut schien dafür zu sorgen, daß tief in ihrem Inneren eine Rakete abgeschossen wurde.

Sie stülpte ihr Halstuch hoch, um zu verbergen, wie sehr sie zitterte, und dann erlaubte sie Everard, sie aus der Eßnische zu führen. Sie liebte es, wenn seine breite, wohlgeformte Schulter so nah an ihr war. Während sie nebeneinander gingen, starrte Aurelia auf den Boden, als ob es nichts Faszinierenderes auf der Welt gäbe als Everards Stiefel, die über den Kiesweg schritten. Jede seiner Bewegungen schien die Verkörperung männlicher Anmut zu sein.

Sie unterdrückte einen Seufzer. Wenn sie Everard nur früher getroffen hätte ... Was wäre dann gewesen? Diese Frage stellte ihr spöttisch eine innere Stimme. Wagte sie es denn wirklich zu glauben, daß dieser Frauenkenner, dieser Perfektionist jemals ihr gegenüber eine Zuneigung empfand? Daß er sie mochte? Sie, die alle Seide und alle Edelsteine der Welt nicht in einen anderen Menschen verwandeln konnten, der sie eben einmal war. Sie war das einfache, schrullige Geschöpf, das sie war und für immer bleiben sollte. Und Ramsey liebte ohnehin die eleganten Damen, zu etwas anderem war er nicht fähig.

Ganz in ihre grimmigen, selbstzerstörerischen Gedanken vertieft, übersah Aurelia völlig die skelettartige Gestalt Augustus Snapes, der sich ihnen näherte. Es war bereits zu spät. Er lauerte im Schutze eines Torbogens und sprang wie eine ausgehungerte Katze, die sich auf ihre Beute stürzt, auf sie zu. In seinen blassen Augen war zu erkennen, daß er nichts Gutes im Schilde führte.

Verärgert blieb Aurelia stehen. Seit dem Ball bei den Carlisles hatte sie sich vor einer solchen Begegnung gefürchtet. Sie fragte sich nur, warum Snape so lange damit gewartet hatte.

»Guten Abend, Miß Sinclair. Ich suche Sie schon die ganze Zeit. Ich war ganz untröstlich bei dem Gedanken, daß Sie sich ganz allein inmitten der Vauxhall Gardens zurechtfinden müssen.« Ein ekliges Lächeln legte sich auf Snapes frettchenähnliche Fratze.

Noch ehe Aurelia in der Lage war, ihre sieben Sinne wieder zusammenzunehmen, fragte Everard scharf: »Bitte schön, Sir, warum glauben Sie denn, daß Miß Sinclair ohne Begleitung sein könnte?« Er richtete sein Lorgnon auf Snape und sah aus, als wäre aus den Büschen gerade ein neuartiges und höchst widerliches Reptil gekrochen.

Snape wurde unter Everards Blick krebsrot im Gesicht, seine schlangenartige Zunge fuhr nervös über die Lippen. Er richtete sich auf und machte den Versuch, sich auf höchst geschickte Art unverschämt zu geben. »Aber natürlich, meine Liebe, ich hätte mir ja vorstellen können, daß Sie nicht lange brauchen, um jemanden zu finden, der Lord Spencers Platz einnimmt.«

»Was, zum Teufel, wollen Sie damit ...«, hob Everard an, doch Aurelia beeilte sich, sich zwischen die beiden Streithähne zu stellen.

»Wenn Sie es genau wissen wollen, wir haben uns soeben auf die Suche nach Lord Spencer begeben. Wenn Sie uns bitte entschuldigen würden, Sir.« Sie zog an Everards Arm, der sich auf einmal hart wie Stein anfühlte.

»Wir haben keine Eile, Aurelia«, sagte Everard. »Ich glaube, es ist an der Zeit, daß ich die Bekanntschaft dieses *Gentleman* mache.«

Everard sprach diese Worte sehr freundlich aus, doch als Aurelia in sein Gesicht schaute, blieb ihr vor Entsetzen fast das Herz stehen. In seinen Augen war ein Funken zu erkennen, der dazu geeignet gewesen wäre, eine Explosion auszulösen.

»Oh, nein. Ein andermal vielleicht. Ich könnte es nicht ertragen, wenn ... Guten Abend, Mr. Snape.«

Sie zerrte an Everards Hand und zog ihn vom breiten Hauptweg, dem Grand Walk, herunter auf einen der düstereren, weniger benutzten Wege und blickte sich gar nicht mehr um, um zu sehen, ob Snape es wagte, ihnen zu folgen. Everard versuchte zwar zu protestieren, doch Aurelia rannte, so schnell sie konnte, und zog wild an seiner Hand. Tiefhängende Zweige und Äste schlugen ihr ins Gesicht und rissen an ihren Röcken, aber noch immer wollte sie sich nicht Einhalt gebieten. Sie war entschlossen, Everard nicht noch mehr Sorgen zu bereiten.

Als er schließlich ihre Arme fassen konnte, zwang er sie stehenzubleiben. Sie waren jetzt schon ein ganzes Stück vom Grand Walk entfernt und befanden sich nun mitten in dem Labyrinth aus dunklen Pfaden, wo der helle Schein der Laternen sie kaum zu erreichen vermochte.

»Bleib doch jetzt bitte stehen«, keuchte Everard. »Du großer Gott, diesen Teufel haben wir doch schon längst abgehängt.«

Aurelia holte tief Luft und bemühte sich, ihr wild pochendes Herz zur Ruhe zu bringen. Everards Hände lagen auf ihrer Schulter und massierten gefühlvoll die verspannten Muskeln unter ihrem Halstuch. »Warum bist du denn auf einmal losgerannt wie der Blitz? Wer *ist* denn dieser Lump?«

»Snape ist – ist einfach ein widerlicher Mensch, den ich in Aldgate einmal verächtlich behandelt habe. Aber du hast so böse geschaut. Ich wollte nur, daß kein Skandal entsteht.«

»Ich bin doch nicht Justin.« Diese Worte sprach er ganz leise, stockend fast.

»Ich weiß«, wisperte sie traurig. Wie schlimm war es doch für sie, sich dieser unumstößlichen Tatsache bewußt zu sein.

»Was ich sagen will, ist«, schalt er sie schonend, »daß ich niemals etwas tun würde, was dich traurig macht. Weißt du das denn nicht?«

Aurelia senkte den Kopf und spürte, daß wieder Ruhe in sie eingekehrt war. »Es, es tut mir leid«, sagte sie mit zittriger Stimme. »Du mußt mich für verrückt halten. Schleppe dich einfach so weg!«

Sein nettes Kichern war Wohlklang in ihren Ohren. »Ach was, überhaupt nicht. Ganz im Gegenteil, wenn ich gewußt hätte, daß es hier üblich ist, daß schöne Frauen Gentlemen in die Büsche ziehen, dann hätte ich Vauxhall Gardens öfter besucht.«

Aurelia spürte, wie ihre Wangen heiß wurden, und war froh darüber, daß der Abend schon so weit fortgeschritten war. Plötzlich wurde ihr klar, wie allein sie hier mit Everard und wie nah er ihr war.

»Hier ist es aber nur sehr spärlich beleuchtet«, sagte sie.

»Ja.« Seine Stimme klang mit einem Male rauh. »Der Dunkle Pfad gehört nicht zu der angesehensten Gegend von Vauxhall. Hierher passen nur Diebe – und Liebhaber.«

»Ich glaube, wir gehören zur ersten Kategorie.«

Aurelia wollte eigentlich locker klingen, doch ihre Worte waren kaum hörbar. Sie fing an, darüber nachzudenken, wie Everard sie gestern abend geküßt hatte. Vielleicht hatte sie sich all diese Faszination, die von ihm ausging, nur eingebildet. Es hatte keinen Sinn, sich so elend zu fühlen, wenn sie sich nicht sicher war, ob sie hoffnungslos in ihn verliebt war. Wenn er nur dieselbe Geste noch einmal machen würde …

Ohne zu überlegen, warf sie den Kopf zurück. Everards schattige, undeutliche Umrisse verschwammen vor ihren Augen, sein Blick schien Meilen entfernt zu sein und so mysteriös wie das unscharfe Licht der Sterne am Firmament. Seine Hände rutschten langsam über ihre Arme nach unten, bis sie ihre Fingerspitzen mit warmer, fester Hand umschlossen.

»Aurelia, da ist etwas, was ich dir gestehen muß.«

»Ja?« sagte sie atemlos, während ihr Herz vor wildem, unstillbarem Verlangen pochte.

Sein dunkler Kopf neigte sich nach vorn, als er ihre

Hände langsam zu seinen Lippen führte. Das vulgäre Funkeln ihres Verlobungsringes konnte nicht einmal das schwache Mondlicht verhindern. Everard fuhr zusammen und ließ sie dann so plötzlich, so gefühllos aus seinem Griff, daß Aurelia nach hinten stolperte.

»Ich gehe von hier weg«, sagte er, so als hätte man ihn gezwungen, das zu sagen.

Weg von hier? Aurelia vergrub ihre zitternden Finger in ihrem Halstuch.

»Du meinst, du gehst deine Familie besuchen, oder?«

»Nein, ich gehe nicht nach Hause. Ich habe mir für morgen früh einen Platz auf dem Segelschiff *The New Wind* gebucht. Ich habe vor, neue Investitionsmöglichkeiten zu erkundschaften, und zwar höchstpersönlich. Ich begebe mich nach Jamaika.«

»Nach Jamaika!« Für Aurelia hörte sich das an wie das Ende der Welt. »Da könntest du ja Jahre unterwegs sein.«

»Das ist sogar sehr wahrscheinlich. Wenn es mir dort gut gefällt, dann werde ich …« Everard hielt inne. Er wandte sich von ihr ab, schnappte sich von einem niedrighängenden Ast ein Eichenblatt, das eine silberne Spitze hatte, und fuhr dann mit kaum hörbarer Stimme fort. »Vielleicht kehre ich nie wieder nach England zurück.«

Aurelia verkroch sich noch tiefer in ihrem Halstuch. Sie verfolgte wie gelähmt, wie er das Blatt mit seinen grazilen Fingern in tausend Teile zerrieb. »Du siehst also, daß ich mich jetzt endlich dazu durchgerungen habe, ein Seemann zu werden, und du wirst Justin heiraten. Auf diese Weise werden wir beide unsere Kindheitsträume in die Tat umsetzen.«

Aurelia konnte gar nichts sagen, denn es hatte ihr offenbar die Sprache verschlagen. Jaja, aber Träume hatten es an sich, sich ständig zu ändern, was recht traurig sein konnte, denn die neuen Träume waren genauso unerreichbar wie die alten.

»Wolltest du mir nicht wenigstens auf Wiedersehen sagen?« fragte sie ihn.

»Ich dachte, nach all dem, was sich zugetragen hat ...« Er traute sich nicht, weiterzureden, als er das Knacksen von Zweigen und unverständliches Gemurmel vernahm. Obwohl Aurelia durch ihren Schleier aus Traurigkeit kaum etwas wahrnehmen konnte, so merkte sie doch sofort, wie sich Everards Schultern zusammenzogen. Er drückte die Zweige auseinander und schaute nach dem Grund dieser Geräusche. Er wurde fahlweiß im Gesicht und zog eine ernste Miene. Er wirbelte auf dem Absatz herum und faßte Aurelia am Ellbogen.

»Hier bist du nicht am rechten Platz. Wir gehen lieber zurück. Lady Foxcliff macht sich sicherlich schon große Sorgen.«

Er wollte sie aus der Lichtung ziehen, doch Aurelia weigerte sich, ihm zu folgen. »Aber, aber Everard, das hört sich ja an, als ob ...«

»Nein, Justin ist nicht daran schuld!« fuhr er sie an. »Da täuschst du dich. Und jetzt mach endlich, daß du mitkommst ...«

Aurelia bezwang ihren Körper und reckte den Hals, denn sie wollte unbedingt durch die Baumreihe linsen. Obwohl Everard alles unternahm, sie an diesem Blick zu hindern, konnte sie doch für den Bruchteil einer Sekunde ein anderes Paar sehen. Doch sie erkannte das Paar. Der Mann war ohne jeden Zweifel Justin, und die Frau, die sich ihm an den Hals geworfen hatte, war Lady Sylvie Fitzhurst. Justins Hände hielten die Taille des hauchdünnen Kleides der Lady umfaßt, während Lady Sylvie seinen Hals umschlang und ihren Mund so vehement gegen seinen drückte, daß Aurelia meinte, Lady Sylvie wollte ihn verschlingen.

»Oh!« sagte Aurelia leise, obwohl sie in ihrem Inneren eigentlich gar nicht so sehr überrascht war. Aber sie kam sich doch recht albern vor, daß sie Zeugin einer derartigen Szene sein mußte, während Everard mitleidsvoll neben ihr stand.

Sie hatte jetzt nämlich im Grunde die Pflicht, sich total zerknirscht zu präsentieren, da sie ihren Verlobten in den Armen einer anderen Frau entdecken mußte. Doch in Wahrheit war es ihr vollkommen egal. Naja, wenn es Everard gewesen wäre ... Bei dem bloßen Gedanken verzehrte sie schon die blanke Eifersucht, obgleich es absolut unsinnig war, sich so etwas auszumalen, denn es war nicht ihre Aufgabe, auf ihn eifersüchtig zu sein; er gehörte ihr nicht. Und nach dem morgigen Tag würde sie ihn ohnehin nie wiedersehen.

Plötzlich war sie übermannt von dieser schmerzhaften Gewißheit. Es würde nicht mehr lange dauern, und sie würde sich in Tränen auflösen.

»Ich, ich hätte nichts dagegen, wenn wir uns jetzt auf den Weg machten, um Lady Foxcliff zu suchen. Wenn ich ehrlich sein soll, so fühle ich mich nicht gerade besonders.«

Everard nickte zustimmend und schickte sich an, sie zum Grand Walk zurückzuführen. Er war auf dem Rückweg sehr still, fast schon grimmig schaute er drein. Kurz bevor sie Lady Foxcliff am Musikpavillon ausmachen konnten, unternahm er den Versuch, ihr zu versichern, daß alles in Ordnung wäre.

Aurelia schenkte seinen Worten kaum Bedeutung, denn sie konzentrierte sich nur darauf, vor all den Leuten in den Vauxhall Gardens einen Hysterieanfall zu vermeiden.

Lady Foxcliff wirkte ganz und gar nicht erfreut, als Everard sie unsanft aus einem netten Flirt riß, den sie mit einem älteren Mann aus ihrem Bekanntenkreis angezettelt hatte.

»Will Reely jetzt schon heimgehen? Aber dann verpassen wir doch das Feuerwerk. Und wo steckt denn Justin? Dieser lächerliche Mr. Snape kam vor einer Weile zu mir und beklagte sich laut hörbar darüber, daß Lady Fitzhurst nicht aufzufinden sei. Justin begleitete ihn, um ihm dabei behilflich zu sein, dieses Weibsbild zu finden. Und jetzt ist er selbst nirgendwo mehr aufzuspüren.«

»Du kümmerst dich um Aurelia«, knurrte Everard. »Ich kümmere mich um Lord Spencer.«

Justin bereute es schon zutiefst, Augustus Snape seine Hilfe angeboten zu haben, um herauszufinden, wo Sylvie steckte, doch ursprünglich gefiel ihm diese Sucherei eigentlich schon. Das lag allerdings nicht daran, daß er die Angst Snapes teilte, seiner früheren Mätresse könne etwas zugestoßen sein. Vielmehr zog er jede Art von Aktivität dem zweifelhaften Vergnügen vor, Madame Vivanis Gekreische anzuhören, das geeignet zu sein schien, die Trommelfelle aller Männer zu zerstören.

Er hatte jedoch nie im Leben damit gerechnet, daß Sylvie, aus der Dunkelheit kommend, sich auf ihn stürzen würde und sich wie eine Klette an ihn hängen würde. Die Küsse, die er früher als hitzig und erregend empfand, machten ihn nun äußerst verlegen. Er hatte das Gefühl, beobachtet zu werden, hinter jedem einzelnen Busch vermutete er gierige Augen, und einmal hätte er sogar wetten können, daß sie gesehen worden waren. Er mußte sich von diesem wahnsinnigen Frauenzimmer trennen. Du liebe Güte, sie fing sogar an, seine Weste aufzuknöpfen, ohne sich offenbar darum zu scheren, daß sie jemand sehen konnte.

»Sei doch vernünftig, Sylvie«, stotterte er.

»Ach, Justin«, säuselte sie und rieb mit ihrem Busen über seinen Brustkasten. »Es ist schon eine Ewigkeit her, seit wir das letztemal allein waren. Ich weiß, daß du, genau wie ich, nur darauf gewartet hast.«

»Ach, das ist doch Blödsinn, Sylvie. Hör endlich auf jetzt. Dort kommt jemand!«

Er versuchte sie wegzustoßen, als zwei betrunkene Matrosen über den nahen Pfad getorkelt kamen.

»Oh, sieh nur dort, Fred. Dort hat ein armer Edelmann Probleme. Ich glaube, das Mädel will ihn glatt vergewaltigen.«

»Sei stolz darauf, ihre Unschuld zu retten, Lord. Schick das heiße Weibsstück rüber zu uns.«

Justin stöhnte und merkte, daß er rot wurde. Er zog Sylvie tiefer in die Baumgruppe hinein, bis die Matrosen sich wieder daranmachten, sich mit schweren Beinen fortzubewegen. Ihr heiseres Lachen dröhnte in seinen Ohren. Justin versuchte sich von Lady Sylvie zu befreien und wollte so schnell wie möglich auf den Grand Walk zurücklaufen. Doch er war noch nicht weit gekommen, als ihn Sylvie auch schon wieder eingeholt hatte und ihm heiße, feuchte Küsse auf die Wangen drückte. »Verdammt noch mal, Sylvie, hör doch endlich auf damit. Ach du große Güte, ich glaube, da kommt jemand.«

»Wo?« fragte Sylvie. Während sie noch immer an ihm klebte, blickte sie begierig hinter sich. Teufel eins, man hatte bei dieser dummen Gans ja wirklich das Gefühl, sie würde es geradezu darauf anlegen, gesehen zu werden.

Everard hatte ihn ja schon gewarnt, daß ihn diese Frau in Schwierigkeiten bringen würde.

»Ich kann niemanden sehen.« Sylvie schürzte den Mund und schmiegte sich wieder ganz eng an ihn. »Und überhaupt, was würde es denn schon ausmachen, wenn sie – ich meine, wenn irgend jemand uns sehen würde? Ist es nicht langsam an der Zeit, mit diesem ewigen Versteckspiel aufzuhören?«

»Versteckspiel?« Justin runzelte die Stirn, während er versuchte, die Überbleibsel seiner Krawatte vor ihren rücksichtslosen Fingern zu retten. »Sylvie, bitte. Meine Mutter reißt mir den Kopf ab, wenn ich so kurz vor der Hochzeit noch einen Skandal verursache.«

»Ja, genau darüber spreche ich – über deine Verlobung mit dieser Landpomeranze. Du kannst doch nicht wirklich vorhaben, dieses Spiel bis zum bitteren Ende mitzuspielen!«

»Nun denn, ich ...« Verdammt! Sylvie benahm sich wie eine Irre! Jetzt zog sie sogar ihr Mieder langsam nach unten, das sowieso schon große Mühe hatte, ihren großen Busen zu verdecken. Und im nächsten Augenblick faßte Justin entsetzt nach der Seide und versuchte mit einer raschen Handbewegung, Sylvie daran zu hindern, ihr Leibchen ganz auszuziehen. Sylvie vergrub ihre Hände in seinem Haar und versuchte, seine Lippen auf das entblößte Fleisch herunterzuziehen.

»Sylvie! Würdest du bitte – jetzt hör auf und hilf mir, dir dieses Ding da wieder anzuziehen.«

»Das ist ja ganz etwas Neues, daß du bei so etwas Hilfe benötigst.«

Diese kalten, knappen, von einer männlichen Stimme gesprochenen Worte schienen die Dunkelheit in der Mitte auseinanderzuschneiden. Justin war so überrascht, daß er im ersten Augenblick meinte, es hätte ihm jemand mit einer Hickorygerte eins übergezogen. Sylvie ließ jetzt doch ein wenig locker, so daß er aufschauen konnte und – Everard erkannte. Justin beherrschte zwar nicht die Kunst, das Mienenspiel anderer Leute zu interpretieren, aber er konnte erkennen, daß Everard alles andere als amüsiert zu sein schien. In der Tat war Wut ein zu schwacher Ausdruck für den Blick, der in Ramseys ansonsten undurchdringlichen Gesichtszügen auszumachen war – Justin sah eine maßlose Wut, die Everards verzerrte, voller Anklage steckende Miene verunstaltete.

Justin stellte jetzt entsetzt fest, daß seine Krawatte unordentlich war und seine Hände noch immer auf Sylvies Mieder lagen.

»Verdammt noch mal, Ev, ich weiß, wie du diese Situation interpretierst, aber ich schwöre dir, zum vielleicht ersten Mal in meinem Leben, daß ich unschuldig bin. Sylvie, sag ihm doch bitte …«

Justin konnte seinen Satz nicht zu Ende bringen, denn Everards kräftige Faust landete schon auf seinem Kiefer. Sylvies schriller Schrei vermischte sich mit dem Geräusch, das dadurch verursacht wurde, daß der Seidenstoff ihres Mieders riß. Justin riß es ihr förmlich vom Leib, als er mit einem dumpfen Schlag rücklings auf der Erde landete.

Langsam setzte er sich auf, rieb sich verwundert seinen anschwellenden Kiefer und starrte dann benommen Everard an. Everard rieb sich seinerseits die schmerzenden Knöchel seiner Hand und war doch reichlich überrascht, ja entsetzt über das, was er da getan hatte. Noch vor wenigen Monaten hätte er sich ein solch barbarisches Verhalten nicht zugetraut. Doch er mußte sich nur an den gequälten Gesichtsausdruck erinnern, den er bei Aurelia hatte feststellen müssen, als sie Justin erspäht hatte, wie er diese Hexe küßte, und schon war er wieder voller Zorn über seinen besten Freund. Er ballte beide Hände zu Fäusten.

»Du verdammter Kerl, Justin«, zischte er. »So etwas tust du Aurelia nie wieder an, hörst du? Und wenn ich dir höchstpersönlich die Haut abziehen muß, um dich daran zu hindern.«

Doch als er einen bedrohlichen Schritt auf seinen Freund zu machte, machte Justin überhaupt keine Anstalten, sich zu verteidigen. Er hockte grinsend am Boden und starrte Everard an, als wäre er der Dorftrottel vom Dienst.

»Das ist ja unglaublich«, sagte er ehrfurchtsvoll. »Wer hätte geglaubt, daß *du* eine solche, vernichtende Linke hast?«

Ehe Everard beweisen konnte, wozu auch seine Rechte fähig war, rief eine andere männliche Stimme. »Was, zum Teufel, ist denn da hinten los?« Äste wurden zur Seite geschlagen, und dann tauchte Augustus Snapes überschlanke Gestalt in der Lichtung auf. Er gaffte erst auf Everard und dann hinunter zu dem jämmerlich auf der Erde sitzenden Lord Spencer.

»Ich glaube, diese beiden Männer kämpfen um mich«, grinste Lady Sylvie affektiert, während sie die Überreste ihres Leibchens an ihrem Körper zu halten versuchte. Doch ihr einfältiges Gegrinse verschwand sofort, als sie den mörderischen Blick Everards sah. Sie jagte gleich zu Snape hinüber und versteckte sich hinter dessen Rücken.

»Also, also, Mr. Ramsey.« Snapes Lippen schürzten sich, er schnitt eine höhnische, verächtliche Grimasse. »Solch ein unzivilisiertes Benehmen! Wo Sie doch ein Gentleman der Extraklasse sind.«

»Scher dich zum Teufel!« fauchte Everard. Er wandte Snape und Sylvie den Rücken zu, schnappte sich Justin am Kragen und zog ihn hoch.

»Mein Gott, Ev – du erwürgst mich ja«, sagte Justin und versuchte sich zu befreien. »Es ist doch nicht nötig, es ist doch nichts passiert.«

»Es ist nichts passiert!« Everard schüttelte Justin wie wild, so daß man das Klappern von Lord Spencers Zähnen nicht überhören konnte. »Du gottverdammter Narr! *Sie hat dich gesehen!* Aurelia hat gesehen, wie du mit dieser käseweißen Hure herumgeschmust hast.«

Lady Sylvies fröhliches, trillerndes Lachen verwandelte sich auf einen Schlag in einen empörten Aufschrei. »Wie können Sie es nur wagen!« kreischte sie und rannte mit rotem, erregtem Gesicht zu Everard und blieb nur Zentimeter vor ihm und dem total verunsicherten Justin stehen. »Ich bin nicht käseweiß. Ich meine, ich bin keine Hure. Ach, Justin, Mr. Snape. Wollen Sie es denn in der Tat zulassen, daß mich dieser Schuft so beleidigt?«

»Madame, Sie haben exakt zwei Minuten Zeit, um von hier zu verschwinden.« Everard zog seinen Griff an Justins Hals wieder etwas an und ignorierte dabei völlig dessen lauten Schrei: »Autsch, verdammt!« »Oder«, fuhr er fort und schaute sie mit haßerfülltem Blick an, »ich vergesse, daß Sie eine Frau sind. Daß Sie keine Dame sind, nun, das weiß ich ja.«

Sylvie Fitzhursts Augen schienen Gift zu spucken, aber es war Augustus Snape, der für sie antwortete. Er schlenderte an die Seite der wütenden Frau und sagte: »Mr. Ramsey, also bitte, ich muß doch entschieden protestieren!«

Als Everard die beiden so finster betrachtete, kam ihm plötzlich so ein Gedanke. Seltsam, äußerst seltsam, dieser Snape, dieser Mann, dessen Gegenwart Aurelia so beunruhigt hatte, dieser Mann sollte es gewesen sein, der Justin auf die Suche nach Lady Sylvie geschickt hatte? Noch seltsamer war die Tatsache, daß er genau zu wissen schien, wo Justin und Sylvie zu finden waren. Everard kniff die Augen zusammen. Er begann allmählich, diese dreckigen, teuflischen Tricks geradezu riechen zu können, so sehr stanken sie. Diese Tricks stanken fast so stark wie das aufdringliche Parfüm von Lady Sylvie.

Dann ließ er Justin so überraschend los, daß Lord Spencer auf die Knie sackte.

»Was haben Sie eigentlich mit der ganzen Geschichte zu tun, Mr. Snape?« wollte Everard wissen.

Snape ließ seine Daumen unter dem Rockaufschlag verschwinden und streckte seine Brust wie ein kleiner, eitler Kampfhahn heraus. »Ich bitte um Gerechtigkeit, Sir. Abgesehen davon, daß ich ein guter Freund von Lady Sylvie bin, hasse ich jede Art von Heuchelei. Sie haben nicht das Recht, Lord Spencer oder irgend jemandem sonst körperliche Gewalt anzutun. Habe ich nicht gesehen, daß Sie mit der zukünftigen Frau Lord Spencers in die Büsche geschlüpft sind?«

»Was, die tugendhafte Miß Sinclair!« gluckste Lady Sylvie voller Schadenfreude.

»Hol Sie doch der Teufel mit Ihrem dummen Gerede!« schnitt ihm Justin das Wort ab. »Everard würde so etwas nie tun, und Reely ebenfalls nicht.«

Sein Schuldgefühl machte Everard momentan sprachlos, als Justin dann noch überzeugt hinzufügte: »Vor allem nicht Reely, egal, was für einen Tag sie auch hat. Sie ist die vollkommenste Lady, die ich je kennengelernt habe.«

Snape lächelte höhnisch. »Es tut mir unendlich leid, Ihnen diese Illusion rauben zu müssen, Sir. Wie wenig Sie doch über Ihre Verlobte wissen.«

»Und Sie, Sir, behaupten, die Dame besser zu kennen?« Die sanfte Stimme Everards brachte es fertig, die hinter seiner Maske verborgene, ungeheuere Wut zu verstecken.

»O ja doch, viel, viel besser. Die Lady und ich verbringen immer einen großen Teil des Jahres gemeinsam in Norfolk. Wir sind sehr, sehr enge Freunde.«

»Was, Sie ...«, schnaubte Justin. Everard spürte schon, daß er sich nicht zurückhalten konnte, und er bewegte sich auch schneller als Lord Spencer und versetzte Snape ein paar schnelle Ohrfeigen auf die hageren Wangen. Der Mann schwankte, Tränen des Schmerzes und Verzweiflung standen ihm in den Augen.

»Du Gauner«, schrie Sylvie Everard schrill an. »Dafür mußt du dich mit Augustus duellieren.«

»Nein, nein, das braucht er nicht zu tun«, keuchte Snape, mühsam darum kämpfend, wieder auf die

Beine zu kommen. »Mir ist das alles außer Kontrolle geraten, ich möchte mich vielmals entschuldigen. Das war doch – alles nur ein Witz, Sir, ein kleiner Scherz, was die Geschichte mit Miß Sinclair betrifft.«

»Du Feigling! Du wirst dich zum Duell stellen!« sagte Everard und schlug Snape noch einmal mit dem Handrücken auf den Mund, bis Blut an seinen Lippen zu erkennen war. »Sonst schlage ich Sie hier und jetzt windelweich.«

Justin warf sich geistesgegenwärtig vor Everard, in seinen Augen war zu sehen, daß er Angst um ihn hatte. »Also, Everard, jetzt reicht es aber wirklich. Ich gebe ja zu, daß er eine miese, kleine Ratte ist, aber ...«

Everard schob Justin einfach zur Seite und wandte seinen Blick nicht von Snape ab. »Sobald Sie Zeit haben, Sir, habe auch ich Zeit.«

»Er nimmt die Herausforderung an«, zischte Sylvie, »und zwar mit Vergnügen.«

Snape war jetzt völlig fassungslos und konnte sich in keiner Weise mehr zügeln. »Halt deinen Mund, du Flittchen, das gehört nicht zu meinem Plan.«

»Jetzt müssen Sie nur noch sagen, wer Sie vertreten wird«, fuhr Everard unerbittlich fort. »Und Sie müssen mir sagen, welche Waffe Sie wählen möchten.«

»Pistolen«, platzte es aus Sylvie heraus. In ihren Augen konnte man eine bösartige Genugtuung entdecken. »Er wünscht Pistolen.«

»Sei ruhig, Sylvie«, schrie Justin. »Wer hat dich denn bloß zu Snapes verdammtem Sekundanten gemacht?«

»Pistolen, einverstanden, das paßt mir«, sagte Everard, dessen Lippen sich zusammenzogen.

»Bist du denn total verrückt geworden«, kreischte Justin. »Jetzt bitte ich doch darum, daß sich hier jeder erst einmal beruhigt und ...« Doch Everard wartete nicht darauf, bis Justin seine fanatische Rede beendet hatte. Er verbeugte sich vor Snape kurz, ja beinahe ironisch, und verließ dann mit gemessenen Schritten die Lichtung. Die Wut, die ihn dazu gebracht hatte, sich auf eine Weise zu verhalten, die ihm normalerweise völlig fremd war, verflog allmählich, und er fühlte sich auf einmal leer und ausgetrocknet wie ein tiefer Brunnenschacht. Er strich seine Ärmel glatt und versuchte, wieder die Maske aus Gleichgültigkeit zur Schau zu stellen, mit der er in der Vergangenheit immer so gut gefahren war.

Hinter sich vernahm er eilige Fußschritte, doch er drehte sich nicht um, nicht einmal dann, als ihn Justin am Arm packte.

»Ev, was zum Teufel ist denn in dich gefahren? Du kannst doch nicht im Ernst vorhaben, dich mit Augustus Snape zu duellieren. Mein Gott, dieser Nichtsnutz ist doch nicht einmal ein Gentleman. Und außerdem bin ich es doch eigentlich, den du umbringen willst.«

Everard zuckte mit den Achseln. »Vielleicht hast du gar nicht so unrecht, aber es ist äußerst unhöflich, seine eigenen Freunde zu töten, unabhängig davon, wie sehr man provoziert worden ist.«

Lord Spencer erwiderte sein gequältes Lächeln nicht. Justin standen die Schweißperlen auf der Stirn, und er wirkte verwirrter, als sich das Everard je hätte ausmalen können.

»Mein Gott, Pistolen, gerade Pistolen!« stöhnte er. »Du weißt doch genau, warum Sylvie unbedingt wollte, daß er sich Pistolen aussucht. Jedermann weiß doch, was für ein schlechter Schütze du bist. O bitte, denke doch an dein Ehrgefühl! Du weißt doch genau, daß Alvaney und Montmorten noch eine uralte Wette laufen haben, ob du durch einen Schuß in einem Duell oder durch einen Kutschenunfall sterben wirst.«

»Wie befriedigend«, sagte Everard langsam, »der Gegenstand solch großen Interesses zu sein.«

Er und Justin fuhren auf einmal zusammen, als ein lauter Böller erscholl. Hoch droben in der Luft explodierten plötzlich grelle Leuchtkörper. Everard legte seinen Kopf nach hinten und starrte auf den Sprühregen aus hellen Funken, die sich über den tintenblauen Nachthimmel ergossen. Er krümmte langsam die Schultern, so daß er aussah wie ein Buckliger. War es eine Kugel, die ihm in den Kopf fuhr, oder war es die lange Reise, die ihn von Aurelia fortbringen sollte? Was für einen Unterschied machte das schon?

9

Aurelia hatte den größten Teil einer schlaflosen Nacht dazu gebraucht, um zu ihrem Entschluß zu kommen, und dann dauerte es den ganzen Vormittag, bis sie all den Mut zusammengenommen hatte, um die Kraft zu haben, diesen Entschluß auch in die Tat umzusetzen. Sie saß Justin im Luxussalon im Spencer-Haus gegenüber, der in Karmesinrot und Gold gehalten war, und schmiegte ihre Schultern straff an die reichlich verzierte Lehne des Louis-Quatorze-Stuhles.

»Justin, ich, ich bin hierhergekommen, um dir zu sagen, daß ich dich nicht heiraten kann.«

Aurelia hatte das Gefühl, ihre leise gesprochenen

Worte würden immer wieder wie ein Echo von dem goldenen Rippenwerk der hochgewölbten Decke zurückgeworfen. Sie wartete nervös auf Lord Spencers Reaktion. Justin hatte ohnehin schon sehr mitgenommen und abgehärmt gewirkt, so als ob er nicht eben viel geschlafen hätte in der zurückliegenden Nacht. Auf seiner Stirn, die normalerweise so glatt war wie die eines Babys, waren tiefe, sorgenvolle Falten zu erkennen. Seine schelmischen, grauen Augen wirkten über den tiefen Ringen matt und leer. Ein riesiger, blauer Fleck verunzierte eine Wange, und Aurelia fragte sich, in welches Techtelmechtel er denn geraten war, nachdem sie ihn gestern abend verlassen hatte. Doch trotz seines unmöglichen Aussehens hellte sich seine Miene auf, nachdem sie den Grund ihres Besuches ausgesprochen hatte. Sogar sein Mund wirkte mit einemmal nicht mehr so grimmig, und Justin brachte es fertig, frech zu grinsen.

»Bitte versuch, dies unbeschadet zu überstehen«, sagte sie knapp. »Wenn du weiterhin so zerknirscht dreinschaust, dann mache ich mir nur allzu große Vorwürfe und habe am Ende noch ein schlechtes Gewissen.«

Aus seinem Grinsen wurde schallendes Lachen. »Das ist ja köstlich, wenn auch nicht ganz unerwartet. Ich hoffe nur, daß es nicht schon zu spät ist.«

Aurelia war es vollkommen gleichgültig, was, zur Hölle, er damit gemeint haben konnte. Sie ärgerte sich maßlos darüber, wie locker er einen Entschluß hinnahm, der sie viele Qualen gekostet hatte. Eine Verlobung wieder aufzulösen war ja nicht gerade etwas Alltägliches, auch wenn Justins Herz nicht unbedingt gebrochen zu sein schien durch ihre Entscheidung. Sie setzte sich immerhin über Pläne hinweg, die die Familien der beiden gemacht hatten, über ein Heiratsversprechen, das in Treu und Glauben ausgesprochen und angenommen worden war. Ihrer Meinung nach war dies ein ehrverletzendes Vorgehen. Aber schließlich wäre es noch unehrenvoller gewesen, einen Mann zu heiraten, während sie hoffnungslos in einen anderen verliebt war.

Steif zog sie ihren Verlobungsring vom Finger.

»O nein«, protestierte Justin. »Den Ring darfst du selbstverständlich behalten.«

Aurelia betrachtete den vulgären Rubin mit Argwohn. »Das kann ich unmöglich tun. Immerhin ist es ein Familienerbstück. Deine Mutter würde es niemals zulassen –«

»Ach, Mama hätte nichts dagegen. Sieh ihn als das Geschenk eines, hm, Freundes an.«

»Nein. Du mußt diesen Ring wieder nehmen!«

»Stell dich doch nicht so störrisch wie ein Esel an, Reely, das muß doch nicht sein.«

»Ich bestehe aber darauf!« Aurelia sprang auf, schnappte sich seine Hand und legte den Ring auf seine offene Handfläche.

Justin zuckte beinahe erfreut mit den Achseln und steckte den Ring in die Tasche. »Gut, in Ordnung. Wenn du dich dadurch besser fühlst.«

Aurelia ließ sich wieder auf das glatte Kissen ihres Stuhles sinken. Nichts, dachte sie, würde je dafür sorgen können, daß es ihr wieder besser ging. Mit welcher Leichtigkeit doch die Gentlemen, die ihr in ihrem Leben über den Weg liefen, über ihre innersten Gefühle hinweggehen konnten. Justin schien das Ganze nicht im geringsten zu berühren, und Everard machte sich heute mit dem Segelschiff auf und davon, ohne auch nur einen Blick zurückzuwerfen. Nein! Sie hatte sich geschworen, nicht einmal daran zu denken.

Sie drückte die Knöchel ihrer Hand an die Lippen und kämpfte gegen das verzweifelte Gefühl an, das sie zu übermannen drohte, seit sie sich in Vauxhall von Everard verabschiedet hatte. Sicherlich würde er noch einmal zu ihr kommen, ein letztes Mal, bevor er …

»Wir hätten schon vor Jahren sehen müssen, daß wir einfach nicht zusammenpassen«, sagte Justin. »Ich schätze, daß es daran lag, warum ich mir mit der Hochzeit so viel Zeit ließ. Aus dir ist eine ganz außerordentliche Person geworden, eine echte Schönheit. Aber, verdammt noch mal, wenn ich dich umarme, dann ist es, als würde ich meine Schwester umarmen.«

»Ich nehme an, das liegt daran, daß ich in der Kunst des …«, Aurelia sprach nicht weiter. Dieselben Worte hatte sie in etwa gesagt in jener Nacht, als Everard sie geküßt hatte. Ihr Everard, der ihr schon vor langer Zeit hatte einreden wollen, daß sie etwas *Außergewöhnliches* sei, wo sie doch genau wußte, daß dem nicht so war.

Ein besorgter Unterton schlich sich in Justins ansonsten wohlwollend klingende Stimme. »Ich hoffe doch, daß du nicht böse mit mir bist, Reely, oder?«

»Böse? Weshalb?« Sie war es doch, die diese Verbindung auflöste.

Eine gewisse Verlegenheit legte sich auf Justins Wangen. »Wegen der Geschichte, die sich gestern mit Sylvie zugetragen hat. Es war so unfair von ihr. Ich bin vollkommen unschuldig. Ich wünschte nur, mir würde jemand glauben, was ich sage.«

»Das spielt doch kaum noch eine Rolle. Das ist nicht der Grund, weshalb ich …«

»Oh, das weiß ich. Es liegt daran, daß du dich in Everard verliebt hast.«

Aurelia betrachtete Justin voller Entsetzen und Überraschung. Solange sie Lord Spencer gekannt hatte, war er ein Mensch gewesen, der absolut gefühlstaub war und nie spürte, was der andere dachte oder empfand. Warum entwickelte er diese Eigenschaft gerade jetzt?

»Justin, es, es tut mir wahnsinnig leid«, stotterte sie, unfähig, seinen Worten zu widersprechen. »Wie konntest du … Wie war es möglich …«

»Ich bin nicht so begriffsstutzig, wie du meinst. In der vergangenen Woche hast du nichts anderes getan, als mich über die Gepflogenheiten dieses Mannes zu informieren. Wenn ich Ramsey nicht so gut kennen würde, dann würde ich ihn nach deinen subjektiven Angaben beschreiben als eine Kombination aus Sir Galahad, dem heiligen Petrus und – und Admiral Lord Nelson.«

Justin berührte leicht die häßliche Stelle auf seinem Kiefer, die so fürchterlich geschwollen war. »Ich habe auch noch ein paar weitere Hinweise erhalten, die mir Aufschlüsse darüber gaben, wie es um das Verhältnis zwischen dir und Everard bestellt ist.«

»Du darfst ihm keine Schuld daran geben«, beeilte sich Aurelia zu sagen.

»Es ist allein meine Schuld. Er weiß nicht einmal von meinem Entschluß, die Verlobung auflösen zu wollen. Er hat damit im Grunde überhaupt nichts zu tun.«

»O nein, überhaupt nicht. Vielleicht habe ich es mir auch nur eingebildet, daß er mir einen Schlag ins Gesicht versetzt hat. Und vielleicht kann ich mir jetzt auch langsam einbilden, daß es gar nicht so fürchterlich schmerzt.«

Aurelia war völlig überrascht; es war ihr, als hätte ihr jemand den Stuhl unter dem Hinterteil weggezogen. »Everard hat dich geschlagen?« keuchte sie. Sie versuchte, sich den kühlen, durch nichts aus der Ruhe zu bringenden Everard in Rage vorzustellen, in einer Wut, in der er in der Lage gewesen war, ein solch rowdyhaftes Benehmen an den Tag zu legen – sie versuchte es, doch sie brachte es nicht fertig.

»Warum sollte Everard so etwas tun?«

Justin blickte sie liebevoll verärgert an. »Aus demselben Grund, aus dem Ritter in die Welt hinausritten, um ihr schönes Fräulein zu beschützen. Ich möchte doch behaupten, daß ich mich glücklich schätzen kann, daß Ramsey nicht im Besitz einer Lanze ist.«

Als sie ihn weiterhin verständnislos anstarrte, kicherte Justin: »Der Mann ist Hals über Kopf in dich verliebt, du dumme Gans.«

»Oh, nein, nein, das ist unmöglich.« Aurelia schüttelte mit dem Kopf, doch sie schaffte es nicht, ihr plötzlich aufkommendes Glücksgefühl gänzlich zu unterdrücken. »Das kann einfach nicht sein. Oder?« fragte sie sehnsuchtsvoll.

»Nun denn, warum sonst sollte er sich benehmen wie ein Idiot? Da schlägt er andere Leute zusammen, will sich mit ihnen duellieren.« Justin hielt inne, stöhnte. »Ach, du großer Gott!«

»Duellieren?« wisperte Aurelia. Bei diesem Wort lief ihr eine Gänsehaut über den Rücken.

Justin erhob sich unvermittelt, stocherte dann mit dem Schürhaken auf dem leeren Kaminrost herum und drehte längst abgekühlte Kohlenstücke herum.

»Vergiß, was ich gesagt habe. Es war nur ein Scherz. Und zwar ein ganz, ganz schlechter Scherz.«

Doch Aurelia starrte auf seinen breiten Rücken und spürte dabei, daß es nun wohl so weit war, daß ihre schlimmsten Alpträume Wirklichkeit wurden. »Du – du und Everard, ihr wollt euch duellieren!«

»Du lieber Gott, nein«, herrschte Justin sie an, richtete sich auf und ließ den Schürhaken fallen. »Ramsey ist mein bester Freund, und – er wird sich mit niemandem duellieren. Aber wenn er es tun würde, dann gewiß nicht mit mir.«

Nur mit großer Mühe konnte Aurelia das Verlangen in sich unterdrücken, sich auf Lord Spencer zu stürzen und ihn zu würgen. Sie schaffte es, ganz ruhig zu sprechen, so als wiese sie ein kleines, unartiges Kind zurecht.

»Also, wenn dieses Duell, das ja nicht stattfindet, nun doch stattfinden würde, wer *wäre* denn dann sein Widersacher?«

»Niemand. Überhaupt niemand, meine Liebe.« Justin warf ihr sein entwaffnendstes Lächeln zu, doch jetzt erhob sich Aurelia und brauste auf. Mit geballten Fäusten bewegte sie sich auf Justin zu.

»Justin, wenn du es mir nicht auf der Stelle sagst, dann haue ich dir auch noch auf die linke Backe, damit dein Gesicht wenigstens wieder symmetrisch ist.«

»O Gott, du bist schon genauso verrückt wie Ev.« Justin zog sich hinter eine ägyptische Couch ohne Lehne zurück, die mit bestickter Seide bedeckt war. Er streckte einen Arm aus, so als wolle er sich vor ihr schützen. »Beruhige dich wieder, Reely, setz dich wieder hin, ich sage dir alles, obwohl der Herrgott weiß, daß ich es nicht tun sollte.« Er seufzte. »Die ganze Affäre raubt mir schon allmählich den Verstand, wirklich.«

Obwohl diese Worte Aurelia kaum befriedigen konnten, so setzte sie sich auf das kleine Sofa, und Justin hockte sich neben sie.

»Ich warte«, sagte Aurelia, als er sein Schweigen nicht brach.

Justin sah aus wie ein kleiner Junge, der gerade dabei war, eine Missetat zu gestehen, und sagte schließlich: »Everard hat sich für morgen früh ein Duell mit Augustus Snape ausbedungen.«

»Snape!« Aurelia erfaßte Justins Ärmel.

»Ja.« Justin nickte traurig. »Dieser Schuft hat ein paar abfällige Äußerungen über dich fallenlassen. Ev hätte mich diesen Burschen niederschlagen lassen sollen, doch statt dessen mußte er diese Ratte zum Duell herausfordern. Typisch! Er hat total den Verstand verloren, dieser Ev.

Und Sylvie«, fuhr Justin fort, »was muß diese dumme Göre tun! Sie setzt diesem Snape in den Kopf, er müsse sich mit Pistolen duellieren. Mit Pistolen!« Justin stöhnte und vergrub das Gesicht in seinen Händen. »Wenn es Degen wären, dann könnte es Ev mit einem ganzen Regiment aufnehmen. Aber mit Pistolen! Da hätte ja ein Blinder bessere Chancen als er.«

»Dann muß das Duell unter allen Umständen abgeblasen werden.« Aurelia war überrascht, daß sie solch gefaßte Worte hervorbringen konnte. Sie war nämlich vollkommen durcheinander. Panische Angst stieg in ihr auf.

»Denkst du denn, ich hätte mir nicht schon den Kopf zerbrochen, um genau das zu erreichen? Aber Ev hat sich einfach geweigert, mir zuzuhören.« Justin strich sich mit den Fingern durch das von der Sonne beschienene Haar. »Eigentlich ist er derjenige, der mich aus Notlagen zu befreien hat. Jetzt ist es verdammt schwer, einfach so die Rollen zu tauschen. Ja, jetzt muß ich der Vernünftige sein.«

Er ließ sein Gesicht wieder auf seine Hände sinken. Aurelia ignorierte seine augenscheinliche Verzweiflung. Ihre schmalen Lippen offenbarten, daß sie einen Entschluß gefaßt hatte.

»Wenn man nicht vernünftig mit Everard sprechen kann, dann müssen wir es eben mit roher Gewalt tun. Selbst wenn du ihn halb totschlagen mußt. Wir müssen ihn kidnappen und zwingen, wie geplant mit dem Schiff *The New Wind* abzureisen.«

Justin verdrehte entsetzt die Augen. »Das können wir doch nicht tun, Reely. Mein Gott, dann würde Everard ja nie mehr ein Wort mit mir reden. Er muß dieses Duell jetzt durchstehen. Das ist Ehrensache.«

»Ehrensache!« fuhr Aurelia ihn an. »Was ist denn schon Ehrenhaftes daran, wenn sich Everard wie eine Waffel in einer Schießbude abknallen läßt?«

»Das verstehst du nicht, Reely, und es hat auch keinen Sinn zu versuchen, es dir zu erklären.«

»Blödsinn. Es gibt keinen Grund, warum Everard sein Leben auf diese lächerliche Weise aufs Spiel setzen sollte. Nun, ich glaube, Augustus Snape wäre sofort bereit, ein Scheingefecht auszuführen.«

»Unmöglich. Ich bin Evs Sekundant. Ich würde es niemals zulassen, daß geschummelt wird. Und außerdem«, fügte Justin düster hinzu, »hat Snape so etwas überhaupt nicht nötig. Es ist stadtbekannt, daß er ein sehr guter Schütze ist. Ich hoffe nur, daß er so geschickt sein wird, Everard nur zu verletzen und nicht wirklich zu töten.« Aurelia jedoch fand in einer solchen Hoffnung wenig Trost. Einen überaus undamenhaften Fluch unterdrückend, stand sie blitzschnell auf. Es schien klar zu sein, daß ihr Justin nicht behilflich sein würde. Und sie wußte instinktiv, daß es auch nichts nützen würde, an Everard zu appellieren. Der Teufel sollte diesen Männern ihren aberwitzigen Ehrenkodex nehmen!

Oh, wie würde sie über Everard herfallen, wenn diese Affäre überstanden war!

Überstanden ... Ein schreckliches Bild erschien vor ihren Augen – Everard lag ausgestreckt auf dem Boden, die ursprünglich weiße Spitze seiner Krawatte war von hellrotem Blut überzogen. Augustus Snape feixte triumphal, seine Pistole dampfte noch ...

Nein! Aurelia erschauderte. Das ließ sie nicht zu, solange sie noch in der Lage war zu atmen. So eine elende Kröte wie Snape brachte das Leben ihres Geliebten nicht in Gefahr. Ob nun mit oder ohne die Hilfe Justins, würde sie diesen Duell-Blödsinn stoppen, egal, was sie deswegen unternehmen mußte. Aurelia ballte ihre Hände zu eisernen Fäusten. *Egal, was sie unternehmen mußte.*

Augustus Snape schaute verdrießlich auf die abendlichen Schatten, die über die tapezierten Wände seiner schäbigen Unterkunft emporkrochen. Dann schenkte er sich noch ein Glas Gin ein. Die Bewohner dieses heruntergekommenen Stadtteils in London nannten das Zeug Blue Ruin, aber diese abscheulich schmeckende Flüssigkeit konnte nicht ruinöser sein als sein zweifelhaftes Vergnügen gestern abend in Vauxhall.

Er hob das Glas an seine Lippen und fragte sich erneut, ob es nicht klüger wäre, aus London abzuhauen, noch ehe morgen die Sonne aufgehen würde. Sosehr ihm der Gedanke auch gefiel, Aurelia Sinclair unglücklich zu machen, so hatte er doch bei seinem Plan nie im Sinn gehabt, seine eigene Haut in Gefahr zu bringen. Die Pest sollte Everard Ramsey niederstrecken. Unter seiner eiskalten und makellos gentlemanhaften Maske verbarg sich ein rasender Wahnsinniger. Wer würde Augustus schon einen Vorwurf machen, wenn er morgen im Hyde Park nicht erschiene?

Jeder, kam die klare Antwort. Snape nahm einen kräftigen Schluck Gin, der im Magen fürchterlich brannte. Bei einem Duell nicht zu erscheinen, das war eine unverzeihliche Rechtsverletzung. Diese Geschichte würde ganz London erfahren. Auf diese Weise würde er auch noch die letzten Kontakte zur vornehmen Gesellschaft verlieren, die er noch hatte, und jede Chance würde verwirkt sein, doch noch eine gute Partie mit einer wohlhabenden Frau zu machen.

Snapes knöcherne Hand schlug auf den wackligen, mit unzähligen schmutzigen Flecken überzogenen Eichentisch. In welch mißlicher Lage er sich doch befand. Und das Ganze hatte er nur dieser Fitzhurst-Hure zu verdanken. Er hätte ihr schon längst den Garaus machen müssen. Verführte sie ihn doch dazu, Ramseys Herausforderung anzunehmen! Er hätte sich niemals mit dieser berechnenden Kreatur einlassen dürfen. Doch als er die Gelegenheit gesehen hatte, sich an Aurelia Sinclair dafür zu rächen, daß sie ihn zurückgewiesen hatte, war die Versuchung einfach unwiderstehlich gewesen. Verdammt noch mal, er war der dritte Cousin des Markgrafen von Scallingsforth, egal, was die Leute über ihn auch dachten. Er hatte sich für die gegenwärtige Situation bei Miß Sinclair zu bedanken. Er könnte mittlerweile schon bestens verheiratet sein. Seine ganze Zeit hatte er damit vergeudet, ihr den Hof zu machen, wo es doch viel besser gewesen wäre, sich um eine andere Erbin zu kümmern. Sie hatte doch schon immer gewußt, daß sie nicht die Absicht hatte, Mrs. Augustus Snape zu werden, hatte immer darauf spekuliert, eines Tages Lady Spencer zu sein. Nun, er hatte sich geschworen, sie diesen Tag bereuen zu lassen, an dem sie ihn abwies. Er würde ihr schon noch zeigen, was für ein wertvoller und ehrenwerter Mann ihr Justin eigentlich war.

Snape trank das Glas leer und ließ seinen Kopf kraftlos zurück auf die Lehne seines harten Holzstuhles fallen. Wann hatte es begonnen, daß seine Pläne nicht mehr so liefen, wie er sie sich ausgedacht hatte? Das Vorhaben in Vauxhall schien kinderleicht zu sein. Lady Sylvie sollte Lord Spencer in die Büsche locken und ihn in eine kompromittierende Lage bringen. Dann hatte er nichts anderes zu tun, als Miß Sinclair in eine Position zu manövrieren, von der aus sie alles gut überblicken konnte. Äußerst simpel, aber sehr effektiv. Wie hatte er sich doch darauf gefreut, ihre Erniedrigung in vollen Zügen zu genießen, wenn sie ihren Verlobten in flagranti mit Lady Sylvie erwischte.

Aber er hatte nicht damit gerechnet, daß Everard Ramsey sich in die Sache einmischen würde. Hol ihn doch der Teufel, dachte er wütend. Zwischen Ramsey und Aurelia Sinclair mußte es irgend etwas geben, was allen bislang verborgen geblieben war. Da war er sich völlig sicher. Wie sonst würde der Mann auf die Schnapsidee kommen, einen ihm völlig fremden Menschen niederzustrecken, nur weil er unbedachte Bemerkungen über die Tugendhaftigkeit der Dame machte? Auf jeden Fall hatte Ramsey Rache verdient. Als Snape dieser Gedanke kam, fand er Gefallen an der Vorstellung, diesem vorlauten Naseweis ein schönes, kleines Loch zu verpassen. Wenn die Sache nur auch so ausgehen würde. Snape schob einen Finger nervös hinter seinen schmutzigen Kragen und rieb sich nachdenklich am Hals.

Lady Sylvie hatte ihm immer wieder versichert, daß Ramsey ein schlechter Schütze wäre. Und obwohl Snape nie die heiligen Hallen von White's betreten hatte, so hatte er doch Witze darüber gehört, wie miserabel Ramsey sich im Umgang mit Pistolen anstellte. Er schenkte sich noch ein Glas Gin ein und labte sich an den Witzen, die er über Ramsey gehört hatte. Dabei bemühte er sich, seine verkrampften Muskeln zu entspannen.

Doch auf einmal klopfte es laut an der Tür, und Snape fuhr erschrocken in die Höhe, so daß er beinahe mit dem Kopf durch die Risse der getünchten Decke stieß. Er spürte, daß sein Herz wie wild unter seinen Rippen schlug, und fauchte: »Wer ist da? Was zum Teufel wollen Sie?«

Die Tür öffnete sich ächzend einen kleinen Spalt, und seine widerliche Vermieterin steckte ihre Nase in das Zimmer. Ihr fettiges, kohlrabenschwarzes Haar schien vor Empörung zu knistern.

»Eine Lady wartet unten auf Sie«, fuhr Mrs. Wiggins ihn an. »Besteht darauf, Sie zu sehen.«

Eine Lady? Snape rutschte auf seinem Stuhl nervös hin und her. Er kannte weder eine Frau noch eine Lady, die ihn hier in dieser Gegend aufsuchen würde, in einer Nebenstraße der Butcher's Row. Nicht einmal

Lady Fitzhurst würde das tun. Snape kippte seinen Stuhl nach hinten und ließ ihn dann wieder laut nach vorn krachen. Er wollte Mrs. Wiggins gerade sagen, sie solle die unbekannte Frau zur Hölle fahren lassen, als ihm seine Neugier ein Schnippchen schlug. Er stand unsicher auf und schritt zum Treppenabsatz, um einen Blick auf dieses Geschöpf zu werfen, das so kühn oder so verzweifelt war, einen Mann in seiner Wohnung aufzusuchen. Mrs. Wiggins folgte ihm, ihre schlabbrigen Hautlappen am Hals wackelten mißbilligend. »Ich führe hier ein ehrenwertes Etablissement, Mr. Snape. Wenn Sie glauben, Sie können unter meinem Dach Besuche weiblicher Art empfangen, dann können Sie gleich einen Schritt weiter denken.«

Snape ignorierte ihre hohe, jämmerliche Stimme und studierte eingehend die Frau, die unten im Treppenhaus auf und ab ging. Sie war von mittlerer Statur, ihr Gesicht war von einem schweren, weißen Schleier verdeckt, doch auf ihrem Rücken entdeckte er den Glanz einer kastanienbraunen Locke. Snape zog die Augen zusammen und fuhr sich mit der Zunge über die Lippen.

»Ah, ja, Mrs. Wiggins«, surrte Snape. »Das ist eine Cousine von mir. Sie ist gekommen, um mir das Geld zu geben, das ich Ihnen noch schuldig bin.«

Obwohl Mrs. Wiggins diese Worte mit einem ungläubigen Schniefen erwiderte, so siegte in ihr doch die Gier nach dem zweifelhaften Besitz noch ausstehender Schulden. Sie wackelte nach unten und führte die Dame hinauf. Als Aurelia Sinclair der unförmigen Hauswirtin folgte, drückte sie ihre taubengrauen Röcke fest an sich. Sie bedauerte schon jetzt zutiefst, so unvorsichtig vorgegangen zu sein. Nur der Gedanke an Everards dunkle, blaue Augen, die sich nach letztem Todeskampf für immer schlossen, gab ihr die Kraft, die Stiegen hinaufzulaufen, auf denen ein abgetretener Teppich lag.

Snape nahm sie am oberen Ende der Treppe in Empfang. »Guten Tag, meine Liebe.« Mit einer seiner weißen Hände wies er die Richtung zu seinem Apartment, wobei er übertrieben leutselig lächelte. Aurelia kam sich vor wie eine armselige Fliege, die in die Nähe einer gefährlichen Spinnwebe geraten war. Und nun trat sie ein in das Netz dieser langbeinigen Spinne.

Snape knallte die Tür so unvermittelt zu, daß sie um ein Haar im Gesicht der neugierigen Hauswirtin gelandet wäre. Aurelia hantierte an ihrer Handtasche herum, als sie das spärlich möblierte Wohnzimmer begutachtete und die kleine Nische, in der sich ein baufälliges Himmelbett befand. Sie betrachtete die mit Blumenmustern versehene Tapete und die Löcher, die in die Holzverkleidung gefressen worden waren, und Aurelia wäre überhaupt nicht überrascht gewesen, wenn sie an ihren Sandalen auf Ratten gestoßen wäre.

Aber, so dachte sie sich, als sie sich dazu aufraffte, sich umzudrehen und Snape ins Gesicht zu schauen, Ratten gab es ja in vielen Formen und Größen. Sie hätte die kleinen Ratten, die über die Erde krochen, dem großen, aalglatten Mann mit seinen strähnigen Haaren, der sich jetzt feixend die Hände rieb, allemal vorgezogen.

»Nun, denn, Miß Sinclair, was für ein überraschender Besuch.«

Sie fuhr zusammen, als sie feststellte, daß er sie sofort erkannt hatte, und kämpfte gegen die Unbehaglichkeit und das Unwohlsein an, die sie übermannten, als sich Snape ihr näherte. Überlegt und langsam hob sie den Schleier und bemühte sich, ihre Finger ruhig zu halten. Sie hatte eine Rolle zu spielen, und sie mußte sie gut spielen. Everards Leben hing davon ab.

»Guten Tag, Mr. Snape«, sagte sie. »Ich hoffe, ich komme nicht ungelegen.« Ihr Blick wanderte hinüber zu dem leeren Glas auf dem Tisch, und sie rümpfte die Nase, weil es in dem Zimmer stark nach Alkohol roch. »Wenn es nicht um etwas äußerst Wichtiges ginge, dann hätte ich nicht ...« Sie hielt inne, als sich Snapes feuchtkalte Finger um ihre Hand schlossen. Sie entriß sie ihm, noch ehe er sie an seine Lippen führen konnte, und bemühte sich, ihren Ekel zu übertünchen, und die ganze Zeit über dachte sie daran, daß unten auf der Straße ihr Dienstmädchen mit der Kutsche wartete. Falls Snape sich wieder so vergessen sollte wie beim letztenmal auf Aldgate Manor, dann konnte sie zum Fenster rennen und nach ihrem Kutscher rufen. Snape war aber im Grunde ein Feigling, wenn auch ein unangenehmer. In der Tat, in seine Feigheit setzte sie die größte Hoffnung.

»Nun, Miß Sinclair, Sie haben keinen Grund, in meiner Gegenwart nervös zu sein. Ich weiß, daß es zwischen uns einmal einen eher unerfreulichen Wortwechsel gegeben hat. Aber was vorbei ist, ist vorbei, würde ich meinen wollen.«

»Da stimme ich völlig mit Ihnen überein, Sir.« Aurelia fiel es unsäglich schwer, ein Lächeln über die Lippen zu bringen. »Aus diesem Grund habe ich es auch gewagt, meinen guten Ruf aufs Spiel zu setzen und zu Ihnen zu kommen, um Sie zu warnen.«

Snape schien sich nur noch darauf zu konzentrieren, nach ihrer Hand zu grapschen. Er hörte offenbar gar nicht, was sie zu ihm sagte. Aurelia machte einen Schritt zurück in Richtung Fenster, doch sie blieb wie angewurzelt stehen, als er frohlockte: »Oh, Miß Sinclair, was ist denn aus Ihrem Verlobungsring geworden?«

Aurelia errötete verschämt und versteckte schnell die Hand hinter ihrem Rücken. Daß Snape das entdekken mußte! Seine Augen funkelten vor boshafter Befriedigung und Genugtuung. »Die Verlobung aufgelöst, nicht wahr, meine Liebe? Kann nicht sagen, daß ich Ihnen das übelnehme. Lord Spencer hat sich ja gestern abend mal wieder ordentlich danebenbenommen.«

»Ich bin nicht hierhergekommen, um mit Ihnen über Lord Spencer zu sprechen.«

»Ach so, dann haben Sie wahrscheinlich Ihre Meinung bezüglich meiner Person geändert, haben endlich erkannt, was für ein wertvoller und aufmerksamer Mensch ich bin, nachdem Sie von Lord Spencers Treulosigkeit so tief verletzt worden sind.«

Aurelia erschauderte und befürchtete, sie würde von seinen Worten allein schon krank werden. »Nein, Sir, ich bin gekommen, um Ihr Leben zu retten.«

»Mein Leben?« Snape brach in gackerndes Lachen aus. Er schlenderte zum Tisch und goß sich noch ein Glas Gin ein. »Nun, bitte, erzählen Sie mir doch, Miß Sinclair, was Sie dazu veranlaßt, sich so rührend um mich zu kümmern?«

»Ich weiß alles über das für morgen geplante Duell. Ich hatte gehofft, ich könnte Sie vor Everard Ramsey retten.«

»Mich retten? Das ist ja köstlich, wirklich. Sie scheinen ja sehr an den Unternehmungen dieses Mannes interessiert zu sein, Miß Sinclair. Vielleicht führen Sie ihn auch über die dunklen Wege Vauxhalls. Vielleicht waren *Sie* es gar nicht, die die Verlobung auflöste.«

Aurelia wurde rot und biß die Lippen zusammen, doch sie versuchte, trotz Snapes Verdächtigungen die Ruhe zu bewahren. Wenn sie diesem verhaßten Mann auch nur einen winzigen Hinweis darauf gab, was sie für Everard empfand, dann würde er ihr Lügengebäude, das sie aufbauen wollte, sofort durchschauen. Sie zuckte mit den Achseln, so als wäre die Sache für sie bereits erledigt. Dann senkte sie ihren Schleier, um zu zeigen, daß sie wieder gehen wollte.

»Also, Mr. Snape, ich bin gekommen, um Sie zu warnen, und zwar in aller Fairneß. Aber wenn Sie nicht einmal mit der kleinsten Zelle Ihres Körpers an Ihrem Leben hängen, dann ist es ja auch egal. Sie begeben sich auf jeden Fall in eine tödliche Gefahr …«

»Haha. Versuchen Sie nicht, mir solchen Unsinn zu erzählen. Ich kenne den Ruf, den Ramsey als Schütze genießt. O ja, im White's stehen die Wetten fünf zu eins, daß Ramsey das Duell nicht überleben wird.«

»O ja, daß er sterben wird, ja. Aber diejenigen, die die Wetten machen, sagen nicht, wie er sterben wird. Aber ich sehe schon, daß es keinen Sinn hat, mit Ihnen zu reden. Bedauerlicherweise haben Sie sich schon entschlossen. Auf Wiedersehen, Mr. Snape.«

Aurelia ging in Richtung Tür, doch sie war noch nicht weit gekommen, als Snape sie auch schon am Ellbogen faßte. Seine Augen zogen sich wieder unheilvoll zusammen, doch sein höhnisches Lächeln war verschwunden. »Was wollen Sie damit sagen, daß man nicht davon redet, wie er sterben wird? Er kann doch nur durch meinen Schuß sterben.«

»Es gibt immer noch die Schlinge des Henkers.« Aurelia löste unbeirrt Snapes Finger von ihrem Ärmel.

»Wovon sprechen Sie denn überhaupt, Sie dummes Ding? Ja, ich kenne die Gesetze, die das Austragen von Duellen betreffen, aber bis jetzt hat noch niemand die Todesstrafe dafür erhalten.«

Aurelia legte einen traurigen Tonfall in ihre Stimme. »Jaja, aber ich fürchte, daß Mr. Ramsey diesmal bei den Magistraten nicht mehr auf wohlwollendes Verständnis stoßen wird. Drei Männer hat er jetzt innerhalb von nur zwei Jahren auf dem Gewissen. Wie wird Everard – ich meine, Mr. Ramsey – einen vierten Toten erklären können? Dann ist der Bogen überspannt, und dann werden auch die Richter endgültig die Geduld verlieren.«

Sie warf die Hände in die Höhe und stöhnte entsetzt.

»Ach, mein lieber Mr. Snape, ich hätte Ihnen das nicht erzählen sollen. Seine arme Familie hat all diese Greueltaten verschwiegen und behielt dieses Geheimnis immer für sich. Sie ließ sich sogar dazu herab, Gerüchte zu verbreiten, die besagten, Everard wäre ein miserabler Schütze, damit niemand auf die Idee kam … Ach, ich glaube, ich brauche mich nicht zu sorgen.« Sie schnitt unter ihrem Schleier eine Grimasse und tätschelte Snapes knöcherne Hand. »Ich wage zu behaupten, daß Sie schon morgen mittag nicht mehr in der Lage sein werden, irgend jemandem etwas darüber zu sagen.«

»Was soll dieser Unsinn?« knurrte Snape, doch auf seiner Stirn war schon ein dünner Film aus Schweiß zu sehen. »Ich weiß doch genau, daß Ramsey nicht schießen kann. Man hat mir gesagt …«

»Wer hat etwas gesagt?«

»Sylvie Fitzhurst.« Aurelia merkte sofort, daß er schon anfing, das Vertrauen in diese Aussagen zu verlieren, als er diesen Namen nur erwähnte.

»Lady Sylvie also. Ich bin sicher, daß diese Lady nur allzu bekannt ist für – ihre Umsicht und ihre scharfe Beobachtungsgabe. Der einzige Beweis, den ich Ihnen liefern kann, sind die Gräber der drei Männer, die dasselbe dachten wie Sie.«

Aurelia fuchtelte theatralisch mit ihren Händen herum, so als wollte sie ihn beschwören, und sie hatte schon Angst, sie würde übertreiben, doch Snapes Kieferpartie zitterte bereits nervös.

»Ich flehe Sie an, Mr. Snape. Wenn Sie schon so wenig Wert auf Ihr eigenes Leben legen, so haben Sie doch wenigstens Verständnis für die arme Familie Mr. Ramseys. Selbst wenn er diesmal noch nicht am Galgen baumeln muß, so muß er auf jeden Fall aus dem Land fliehen.«

Snape mußte schlucken, ja, man hatte den Eindruck, ihm wäre etwas im Halse steckengeblieben. Er lachte unsicher. »Was – was für ein Firlefanz. Ich glaube Ihnen kein Wort. Jetzt, da Sie Lord Spencer verloren haben, sind Sie wohl schon auf Ramsey aus. Deshalb wollen Sie dieses Duell verhindern.«

»Unsinn. Ich habe nicht den Wunsch, in Frankreich zu leben, geschweige denn mit solch einem Irren verheiratet zu sein. Wer kann denn schon vorhersagen, wen er als nächsten abknallen will?«

Aurelia achtete darauf, daß Snape nicht sehen konnte, wie ihre Finger zitterten, und langte nach dem Türknauf. »Jetzt ist mein Gewissen wieder rein. Ich habe nur Ihr Bestes gewollt, Mr. Snape. Wenigstens habe ich jetzt das Gefühl, meine Christenpflicht erfüllt zu haben, indem ich Sie eindringlich vor diesem Duellspezialisten warnte.«

Langsam öffnete sie die Tür und war froh, daß Snape nicht sehen konnte, wie ihr die Schweißperlen über die Wangen rannen. Der Mann wirkte jetzt vollkommen verunsichert. Als er den Gin an seine Lippen führte, stieß das Glas klappernd an seine Zähne. Sie drehte sich um, um zum Abschied noch einen weiteren Versuch zu unternehmen, ihn zu beeinflussen. »Ich würde Ihnen gerne noch einen letzten Gefallen tun, Sir. Wo lebt Ihre Mutter?«

»Meine Mutter?« gaffte Snape sie fragend an. »In Cheapside. Warum sollte sie denn …«

»Ich würde sie gerne besuchen«, sagte Aurelia, ihre Stimme zu einem fast unhörbaren Flüstern abdämpfend, »wenn die ganze Sache …«

Das Glas fiel Snape aus der Hand und zersprang auf dem Boden in tausend kleine Teile. Aurelia machte noch einen kleinen Knicks und verließ dann das Zimmer, nachdem sie sich selbst die Tür geöffnet hatte. Sie holte kaum einmal Atem, bis ihr Kutscher sie in ihre sichere Kutsche einsteigen ließ.

Noch bevor das Fahrzeug loshoppelte, warf sie ganz verstohlen einen letzten Blick auf die schmutzigen Glasscheiben von Snapes Wohnung. Sah er jetzt gerade hinter den Vorhängen auf sie hinab, sich gewiß fragend und zweifelnd, ob das, was sie zu ihm gesagt hatte, auch stimmte? Hatte sie ihre Rolle gut gespielt? Wenn sie ihm doch nur einen eindeutigen Hinweis darauf hätte geben können, daß ihre Aussagen absolut der Wahrheit entsprachen. Dann hätte sie vielleicht mit Gewißheit erreicht, daß er wirklich so große Angst hatte, daß er darauf verzichten würde, sich Everard morgen zum Duell zu stellen. Doch nach Snapes Verhalten zu schließen, konnte sie nicht hundertprozentig sicher sein. Aurelia biß sich auf die Unterlippe. Sie hatte getan, was sie tun konnte, aber sie konnte nicht sicher davon ausgehen, daß es ihr gelungen war, Snape genug Furcht einzuflößen. Noch immer war Everards Leben in großer Gefahr. Ja, schoß es ihr dann plötzlich durch den Kopf, was sie unbedingt benötigte, war ein ausgeklügelter Alternativplan, der nicht fehlschlagen konnte. Sie brauchte einen Plan, der garantiert klappen mußte.

Sie zitterte, ihre Finger legten sich verkrampft um ihre Handtasche, als ihr plötzlich ein schreckliches Bild durch den Kopf ging und an ihrem geistigen Auge vorüberzog. Nein, das konnte sie nicht tun. Doch auch wenn Justin und Everard dagegen gewesen wären, desto überzeugter war sie, daß es keinen anderen Ausweg gab, je mehr sie es sich auf dem langen Heimweg zum Grosvenor Square durch den Kopf gehen ließ.

10

Das Klicken beim Öffnen des Arztkoffers zerstörte die frühe Morgenstille im Hyde Park. Everard bohrte seine Stiefelspitze in das vom Tau getränkte Gras und beobachtete mit seltsam befremdlichem Gefühl, wie der stattliche, mondgesichtige Doktor anfing, seine Instrumente bereitzustellen. Justin hingegen zuckte jedesmal zusammen, wenn der fröhliche, kleine Mann wieder eine scharfe Klinge hervorzauberte.

»Ein schöner Morgen für Ihr Aufeinandertreffen, Gentlemen«, sagte der Arzt, während er sich seinen strubbeligen Schnurrbart glattstrich. »Ich erinnere mich noch an den schrecklichen Regen, als sich Lord Mifflin und Mr. Harbottle herausforderten. Mr. Harbottles Blut strömte förmlich überallhin. Natürlich war dies nicht zu vergleichen mit dem Duell, als sich Sir Norton und der ehrenwerte Mr. Shaw gegenüberstanden. An jenem Tag schien die Sonne viel zu grell. Beide konnten in der Tat einen Treffer landen, Sir Norton riß es glatt die Kniescheibe weg. Ich dachte, ich würde hören, wie sein Knochen unter meinem Fuß knirschte, als ich zu ihm hinrannte, aber es stellte sich heraus, daß es nur ein Stück zerbrochenes Glas war. Haha!«

Justin wurde ganz grau im Gesicht; es handelte sich dabei fast um dasselbe Grau, das den bedeckten Himmel überzog. Everard drückte aufmunternd die Schulter seines Freundes und hoffte gleichzeitig, daß Snape bald kommen würde, um diese leidige Geschichte endlich zu Ende zu bringen. Langsam entledigte er sich seiner zweireihigen Anzugjacke aus saphirblauem, hochfeinem Stoff und warf sie achtlos auf den Boden.

Justin stieß dann einen lauten, stöhnenden Schrei aus. »Verdammt noch mal, Ev! Ich habe dir doch hundertmal gesagt, du sollst etwas Schwarzes mit kleinen Knöpfen anziehen.«

Everard richtete den Saum seiner rot-weiß gestreiften Pikeeweste. Er hob eine Augenbraue und schaute mit gewohnt selbstgefälligem Blick um sich. Doch ganz so wohl fühlte er sich nicht in seiner Haut, wie es den Anschein hatte.

»Schwarz am frühen Morgen, alter Junge? Schon allein der Gedanke daran läßt mein Blut in den Adern gerinnen.«

»Aber das ist doch ein Duell, verdammt noch mal. Das ist doch kein – kein Frühstück im Freien.« Justin fuhr sich mit der Hand durch das Haar, eine Geste, die er seit dem Aufstehen wiederholt gemacht hatte. »Und diese gestärkte Krawatte! Du hättest dir gleich eine Zielscheibe vorne aufmalen können, dann würde Snape wenigstens unter Garantie ins Schwarze treffen.«

»Ich habe meine Krawatte immer ordentlich gepflegt, soweit ich mich erinnern kann. Das kann ich eigentlich am besten, meine Krawatte pflegen!« Everard verzog das Gesicht und lächelte verschmitzt. »Du erwartest doch jetzt nicht etwa von mir, daß ich diese Sitte gerade heute aufgebe?«

»Ich würde zumindest erwarten – ach was, zur Hölle, spreche ich denn überhaupt mit dir?« Justin zog sich wieder am Haar. Seine Haarspitzen standen geradewegs in die Höhe, und er sah aus, als wäre er gerade erst aus dem Bett gestiegen. Everard hätte das alles ja recht amüsant gefunden, doch die Angst und der Schrecken, die in den Augen seines Freundes standen, sagten ihm, daß es überhaupt nicht amüsant war. Es war schon seltsam rührend, welche Sorgen sich der sonst so oberflächliche Justin wegen ihm machte. Er schüttelte ihm fest die Hand.

»Justin, falls ich vergessen habe, dir zu sagen, daß ich verdammt dankbar bin dafür, daß du …«

Aber Justin riß sich unwirsch von ihm los. »Nein! Nein, hör auf damit! Sprich nicht so, als ob du … Du wirst diesen Schurken Snape ins Jenseits befördern, und dann genehmigen wir uns ein schönes Sektfrühstück. Daran glaube ich ganz fest.«

Ja, und es gibt auch ansonsten recht vernünftige Leute, die fest daran glauben, daß König Arthur wiederkommen wird, dachte sich Everard, doch er teilte Justin diesen Gedanken nicht mit. Der sah ohnehin schon sehr mitgenommen aus. Was ihn selbst anging, so war er wegen des anstehenden Duells nicht sonderlich nervös, er fühlte sich nur irgendwie leer und spannungslos. Er ging im Geiste noch einmal all die Vorbereitungen durch, die er getroffen hatte, und versuchte sich zu überlegen, ob er vielleicht etwas vergessen hatte. Er hatte seinem Rechtsanwalt alle Anweisungen in bezug auf sein Testament gegeben, hatte einen Brief hinterlassen, der an seine Eltern abzuschicken war, falls Snapes Zielsicherheit sich als zu akkurat erweisen sollte. Und eine Nachricht für Aurelia hatte er auch hinterlassen.

Als sich Everard wieder an Aurelia erinnerte und ihr verschwommenes Antlitz vor sich sah, verlor er augenblicklich seine stoische Ruhe. Wie hatte er sich doch darauf gefreut und danach gesehnt, sie noch ein letztes Mal zu sehen, sie noch einmal in den Armen zu halten, mit ihr zu sprechen und ihr zu sagen ... Nein, selbst im Augenblick des möglichen nahen Todes gab es für ihn nichts, das er ihr hätte sagen können. Er hatte nicht das Recht, ihr etwas zu sagen. Er hatte die meisten Stunden der letzten Nacht damit zugebracht, ihr einen kleinen Abschiedsbrief zu schreiben. Doch am Ende war er lediglich in der Lage, eine einzige Zeile zu schreiben. »Gott segne Dich, mein liebster Freund – er möge Dich beschützen.«

Justin rempelte Everard an, nachdem er seine Taschenuhr herausgezogen hatte. »Snape verspätet sich. Ich habe dir doch gesagt, daß er kein Gentleman ist. Ich denke, wir sollten gehen und die Sache vergessen ...«

»Deine Uhr geht vor. Jedenfalls bilde ich mir ein, gerade meinen ehrenwerten Kontrahenten bei der Ankunft bewundern zu dürfen.« Everard zeigte zu einer offenen Kutsche hinüber, die soeben durch die Tore in der Backsteinmauer, die den Park einfriedete, ratterte. Doch als die Kutsche näher kam, waren nur eine Frau mit Schleier und ihr Dienstmädchen zu erkennen.

»Ich möchte wetten, daß es sich hier um eine überaus leidenschaftliche Frau handelt«, bemerkte Everard in langgezogenem Tonfall, nachdem die Kutsche vorbeigesaust und hinter einer Baumreihe verschwunden war. »Verdammt früh, um schon nach neuen Liebesabenteuern Ausschau zu halten, meinst du nicht auch?«

»Es würde mich nicht überraschen, wenn es Sylvie wäre«, sagte Justin. »Sie ist so rachsüchtig, daß es ihr Spaß bereiten würde, dir dabei zuzusehen, wie du ...« Er mußte schlucken und verbannte sofort diesen schlimmen Gedanken aus seinem Kopf.

»Nun, deine Mätresse hat sich ja viel Mühe gegeben, um diese nette Unterhaltung vorzubereiten. Ich bin mir sicher, daß sie nicht enttäuscht sein wird.«

»Galgenstrick! Sie ist nicht meine Mätresse. Mit diesem Weib habe ich nichts mehr am Hut.«

»Das freut mich aber«, sagte Everard freundlich. »Vor allem um Aurelia willen.«

»Ich weiß nicht so recht, ob sich Reely dafür interessieren würde. Jetzt, wo wir nicht mehr verlobt sind.« Justin richtete seinen Blick wieder auf den Doktor. Er rümpfte angewidert die Nase. »Die Pest soll ihn holen! Dieser Bursche hat ja einen ganzen Operationssaal dabei. Mit seinen greulichen Instrumenten könnte er glatt die halbe Armee Wellingtons verarzten.«

Doch Everard hörte Justins letzte Sätze gar nicht mehr. Seine Hand umschloß Justins Handgelenk wie ein Schraubstock. »Was hast du da gerade gesagt?«

»Ich habe gesagt, dieser Bursche hat genug Klingen bei sich, um ...«

»Nein, nein, ich meine die Sache mit der Verlobung.«

»Ach, habe ich dir das noch nicht gesagt?« sagte Justin in übertrieben lässiger Art. »Reely hat sich von mir getrennt.«

»Hat sich von dir getrennt? Du Blödian, Justin! Wie konntest du das zulassen! Hast du dich denn nicht bei ihr für das entschuldigt, was sich gestern abend zugetragen hat?«

Justin gelang es, sich aus Everards knochenbrechendem Griff zu befreien. Er schnitt eine Grimasse und rieb sich das Handgelenk. »Nun ja, ich hab's versucht, aber Sylvie und ich waren ihr egal. Das ist nicht der Grund, weshalb sie mich nicht heiraten will. Sie ...« Er hielt inne und blickte Everard forschend an. »Sie würde mir den Kopf abreißen, wenn ich dir den wahren Grund verraten würde. Aber bei euch beiden weiß man ja nie so genau, wer gefährlicher ist. Ich hatte gehofft, wenn das hier vorbei ist ...«

»Was hättest du dann gehofft?« fragte Everard ernst. Der einzige Trost, den er dabei gehabt hatte, diese Geschichte mit Snape durchzustehen, war das Wissen darum gewesen, daß Aurelia bald glücklich mit Justin verheiratet sein würde, obwohl sie vielleicht auch ein wenig um ihn trauern würde. Justin scharrte mit den Füßen. »Reely nahm mir das Versprechen ab, daß ich es nicht sagen würde, aber, mein Gott, was soll's? Du hast ein Recht darauf, es zu erfahren, ehe du dich mit Snape duellierst. Sie hat sich in dich verliebt, Ev.«

»Das ist doch Blödsinn! Sie liebt nur dich. Ihr ganzes Leben lang hat sie nur dich geliebt.«

»Wie ihren Bruder vielleicht«, zuckte Justin vielsagend die Achseln.

»Ich wollte dir immer schon mal sagen, daß es zwischen uns nichts Romantisches gab.«

Everard sperrte den Mund weit auf, wollte Protest einlegen, doch dann schloß er den Mund wieder. Er konnte kaum glauben, was Justin ihm da erzählt hatte. Es war eine solch gefährliche Hoffnung, die da in ihm aufkeimte. Sein Herz schien schon mit ihm davonzufliegen. Er fing bereits an, sich alle möglichen Dinge vorzustellen.

Gefaßt preßte er die Lippen aufeinander. »Justin, wenn du mir schon wieder eines deiner Lügenmärchen erzählst ...«

»Ehrenwort, es stimmt. Reely hat es mir selbst gesagt. Glaubst du, ich würde dir so etwas Ernstes aus Spaß erzählen?«

Everard schüttelte ganz langsam mit dem Kopf. »Nein, ich kann das einfach nicht glauben. Warum – warum sollte sie ...«

»Dich mir vorziehen?« Zum erstenmal an diesem Morgen kam Justin ein Grinsen über die Lippen. »Jesus, wenn ich das nur wüßte! Ich glaube, es hat etwas damit zu tun, wie du deine Krawatten bindest.«

Everard schüttelte sich vor Kichern. Aurelia war nicht mehr verlobt und möglicherweise in ihn verliebt? Träumte er da? Plötzlich fiel es ihm unsagbar schwer, Justin in die Augen zu schauen. »Ich schätze, du hast erraten, wie es um meine Gefühle für Aurelia steht. Ich habe nie gewollt, daß es so kommt, ich wollte in dieser Angelegenheit nie unsere Freundschaft verraten.«

»Ach, sei nicht albern, Ev, glaube mir, ich wäre nicht glücklicher, wenn du dich in meine eigene Schwester verliebt hättest. In der Tat hätte ich Clarice nicht einmal meinem ärgsten Feind gewünscht. Ich würde mich nur dann betrogen fühlen, wenn du es mir nicht gestattest, auf deiner Hochzeit Trauzeuge zu sein.«

Hochzeit? Everard fiel auf einmal auf, daß Justin da von *seiner eigenen* Hochzeit sprach – von der Hochzeit mit Aurelia. Er kippte den Kopf nach hinten und starrte hinauf zu den langweilig grauen Wolken, die vorüberzogen. Nie zuvor in seinem Leben war ihm der englische Himmel so blau vorgekommen, die Sonne so hell. Er mußte herzergreifend lachen, und Justin stimmte in dieses frohe Lachen mit ein. Justin schlug ihm vergnügt auf die Schulter, und Everard revanchierte sich gleich bei ihm. Und die ganze Zeit über machten sie geistreiche Bemerkungen über die Tatsache, daß Everard sein Herz verloren hatte und nun bald den Kopf in die Schlinge der Ehe stecken mußte. Everard schien ob der Freude darüber ganz betäubt zu sein, daß er seine geliebte Aurelia wohl bald haben würde. Er spürte dieses glückliche Gefühl in jeder seiner Adern.

Doch das Geräusch von über den Kiesweg fahrenden Kutschenrädern brachte ihn mit einem Schlag wieder zurück in die eiskalte Wirklichkeit. Er blickte sich um. Sein Lächeln gefror ihm auf den Lippen. Zur selben Zeit war auch Justin nicht mehr danach zumute, freudig zu grinsen.

Augustus Snape war schließlich angekommen.

Aus ihrem Versteck hinter einer breitstämmigen Eiche starrte Aurelia durch den hauchdünnen Stoff ihres Schleiers auf Justin und Everard. Ihr drehte es fast den Magen um, als sie sah, daß der Arzt sein Skalpell zurechtlegte. Als dann Everard und Justin anfingen, laut zu lachen und sich lustig auf den Rücken zu schlagen, dachte Aurelia bei sich, daß es ihr großen Spaß machen würde, die beiden von ihrer Position aus zu erschießen. Ihr war ganz übel. Woher hatten die beiden nur den Nerv, wie zwei Schuljungen herumzutollen und dumme Possen zu treiben, wo es doch bald soweit war, daß Everard um sein Leben kämpfen mußte?

Sie war erleichtert, als sie feststellte, daß die beiden wieder etwas ernster wurden, doch ihre Erleichterung verflüchtigte sich, als sie merkte, was die frohe Stimmung der beiden so abrupt beendet hatte.

Wie ein großer, dünner Schatten kroch Augustus Snape über das Gras und marschierte auf Everard zu. Aurelia drückte ihre Hände an die Brust und fühlte, wie sich feste Eisenbänder um ihr Herz schlossen. Ihr Plan war nicht aufgegangen. Snape hatte ihr nicht geglaubt, Erregt schaute sie hinüber zu den Eisentoren des Parks. Aber es war gleich zu erkennen, daß keine weitere Hilfe zu erwarten war. Sie war somit gezwungen, zu ihrem letzten, verzweifelten Plan zu kommen. Ihre Hand wanderte Zentimeter um Zentimeter in die riesige Tasche ihres schmutzig-braunen Mantels, der durch das Gewicht der Pistole nach unten gezogen wurde. Sie legte ihre schweißnasse Handfläche um den glatten Holzgriff. Die Waffe war geladen und entsichert, also jederzeit schußbereit. Hatte sie sie auch richtig geladen? Sie betete, daß alles in Ordnung war, doch sie betete auch, daß sie bloß nicht gezwungen werden würde, sie tatsächlich zu benutzen.

Sie verließ ihr Versteck hinter dem in Bodennähe sehr dicken Baumstamm und ging langsam auf die Gruppe der Männer zu, die immer noch nicht merkten, daß sie ganz in der Nähe war. Bei jedem Schritt schlug ihr Herz wie toll. In jedem Augenblick rechnete sie damit, daß sich Everard von Snape entfernen würde und ihre Sekundanten ihnen die Schußwaffen reichten.

Ihre Sekundanten ... Aurelia blieb unvermittelt stehen. Snape war doch allein angekommen. Sie kannte sich mit den Gepflogenheiten des Duellierens zwar nicht so besonders gut aus, doch sie war sich sicher, daß die beiden Kontrahenten jeweils einen Sekundanten dabeihaben mußten. Wenn diese Voraussetzung nicht erfüllt wurde, konnte das Duell nicht stattfinden, oder? Neue Hoffnung flackerte in ihr auf. Sie wartete ab. Ja, irgend etwas Außergewöhnliches spielte sich ab.

Aurelia umfaßte den Griff der Pistole jetzt etwas lockerer. Selbst aus dieser Entfernung war es nicht schwer zu erkennen, daß Snape vor Everard katzbukkelte, sich die knöchernen Hände rieb und sich vor seinem Duellanten fast kriecherisch verbeugte. Es sah fast so aus, als ob Snape vielleicht doch ...

»Entschuldigt.« Aurelia hauchte dieses Wort nur, doch sie wagte es noch nicht, sich erleichtert zu fühlen, denn Everard stand ganz steif da und starrte auf Snapes ausgestreckte Hand.

Bitte, Everard, ich bitte dich, betete Aurelia für sich. Nimm seine Entschuldigung an. Ich flehe dich an, nimm sie doch bitte an.

Die Minuten kamen ihr wie Stunden vor, endlos. Ihr Blick wandte sich nicht mehr ab von Everards unordentlichem Haar und dem unnachgiebigen Profil mit seiner Adlernase. Auf seine gewohnt unberechenbare, unheimliche Art drehte er sich um und starrte direkt zu ihr herüber, so als hätte sie laut seinen Namen gerufen.

Dann nickte er Snape langsam zu und schüttelte ihm widerwillig, aber doch einwilligend die Hand.

»Gott sei Dank!« schluchzte Aurelia, die kaum Luft bekam. Die ganze Spannung, die ganze Angst wich aus ihrem Körper, und sie fühlte sich schwindlig, doch sie schaffte es, sich so gut zu beherrschen, daß ihr die Knie nicht schlotterten. Und obwohl sie noch so weit von Everard entfernt war, konnte sie spüren, wie seine Augen auf ihr lagen. Sie sah, wie sich seine Miene aufhellte und sein sinnlicher Mund anfing, unruhig zu zittern, während Everard sich zu einem schüchternen Lächeln aufraffte.

Sie holte tief Luft und bebte am ganzen Körper, als Everard zu ihr herüberrannte. Ihr Puls schlug immer schneller und heftiger. Einen Augenblick lang sah sie nur ihn, wie er über den Rasen lief. Dann drangen die Schläge von Pferdehufen in ihr Bewußtsein ein. Sie blickte sich rechtzeitig um, um noch sehen zu können, wie ein stämmiger Polizist von seinem Dienstpferd stieg. Er und zwei weitere Konstabler liefen schnurstracks auf Everard und Justin zu.

»O nein!« stöhnte Aurelia entsetzt. »Doch nicht jetzt, ihr blöden Kerle.«

Sie rannte los, wollte den beiden Polizeibeamten mitteilen, daß es nicht mehr notwendig war, sich einzumischen. Doch es war schon zu spät, das aufzuhalten, was sie am Abend zuvor veranlaßt hatte.

Der offenbar überglückliche Polizist hatte den verdutzten Everard bereits an der Hand gepackt. »Im Namen des Königs, ich befehle euch Gentlemen, die Waffen wegzulegen und widerstandslos mitzukommen. Sie sind alle verhaftet.«

Direkt gegenüber von Lady Foxcliff ließ sich Aurelia in dem gemütlichen kleinen Gesellschaftszimmer des Stadthauses Ihrer Ladyschaft auf die Chaiselongue sacken. Traurig beendete sie ihre Geschichte darüber, wie sie ihre Verlobung mit Justin aufgelöst hatte und was sie in die Wege geleitet hatte, um dieses Duell zu verhindern.

»... und dann war ich mir nicht sicher, ob ich Snape auch wirklich genug Angst eingeflößt hatte, wußte nicht, wie er sich entschieden hatte. Deshalb zeigte ich Everard bei der Polizei an. Ich habe natürlich inzwischen schon versucht, den Polizisten davon zu überzeugen, daß ich mich getäuscht hätte, aber da der Arzt anwesend war und auch die Pistolen schon bereitlagen, wollte er mir nicht zuhören. Everard und Justin stehen – stehen unter Arrest.«

Aurelia wartete ab und rechnete eigentlich damit, daß Ihre Ladyschaft empört sein würde darüber, zu erfahren, daß ihr Lieblingsneffe verhaftet worden war. Statt dessen warf Lady Foxcliff den Kopf nach hinten und schüttelte sich vor Lachen. Sie lachte so sehr, daß sie jeden Augenblick von dem Chippendale-Stuhl zu fallen drohte, auf dem sie hockte.

»O Gott, das ist ja lustiger als eine Theateraufführung in der Drury Lane. Das geschieht ihm recht. Was hat sich der Junge nur dabei gedacht, sich im Hyde Park ein Duell liefern zu wollen! Ich hätte fünfhundert Pfund springen lassen, wenn man mir ermöglicht hätte, Ramseys Miene zu sehen, als ihn der begriffsstutzige Konstabler abführte.«

»Weder er noch Justin schienen sehr erfreut über mich gewesen zu sein.« Aurelia mußte seufzen. »Doch ich glaube, Everard war gar nicht einmal so böse mit mir. Aber als sich ein Schuß aus meiner Pistole löste und ich ihn beinahe in den Fuß schoß, da war er ganz außer sich vor Wut.«

Lady Foxcliff trommelte mit den Füßen auf den Boden und schlug sich auf die Schenkel, und Freudentränen liefen ihr die Wangen hinunter. Das Lachen der Dame war ungemein ansteckend. Unwillkürlich war auch Aurelia jetzt nahe daran zu lächeln, obwohl sie sich gleich beklagte: »Das fand ich aber schon sehr unfair von Everard. Er war ganz wild darauf, sich dem Kampf mit Augustus Snape zu stellen und es zuzulassen, sich fahrlässig verletzen zu lassen, aber als mir aus Versehen beinahe dasselbe passiert wäre, da hat er sich fürchterlich aufgeregt.«

Ihre Ladyschaft konzentrierte sich in der Zwischenzeit nur noch darauf, ihre nassen Augen zu trocknen. Doch sie hatte sich schnell genug wieder erholt, um Aurelia noch in den Genuß eines kräftigen Hiebes auf die Schulter kommen zu lassen. »Also, meine Liebe, mach dich nicht verrückt. Ich weiß Bescheid, wie diese Sachen ablaufen. Der Magistrat wird mit einem Auge zwinkern und dann, wie es einem Richter gebührt, eine lange und schmuckvolle Standpauke darüber halten, wie verwerflich doch diese Unsitte mit dem Duellieren ist. Ramsey wird sehr schnell wieder frei sein, und dann kann er dich wieder belästigen. Das geht schneller, als du es für möglich hältst. So schnell schaust du gar nicht. Geh also nach oben und ziehe dir das schönste Kleid an, das du im Schrank hast, und dann wartest du auf deinen kleinen Halunken.«

Aurelia wollte schon Protest erheben, doch sie errötete, als sie den wissenden Blick Ihrer Ladyschaft sah. Aurelia war erleichtert darüber, wie Lady Foxcliff die ganze Sache sah, die sich gar nicht so abgespielt hatte, wie sich Aurelia das vorgestellt hatte. Aus einem Gefühl der Dankbarkeit heraus flitzte sie auf ihr Zimmer und gehorchte. Es dauerte fast eine Stunde, bis sie das passende Kleid gefunden hatte. Immer wieder gefiel ihr irgend etwas an einem Kleid nicht, und diese Unentschlossenheit trieb ihr Dienstmädchen fast in den Wahnsinn. Schließlich entschied sie sich für ein Tageskleid aus dunkelgrüner Seide mit kelchförmigen Aufschlägen, das am Saum hellrosafarbene geometrische Muster aufwies.

Doch der ganze Morgen verstrich, und der Nachmittag kam, ohne daß etwas von Everard zu sehen war. Als in dem Gesellschaftszimmer der Tee serviert wurde, hatte Aurelia das Sèvres-Service und die Silberlöffel auf dem Serviertisch aus Mahagoni mindestens schon ein dutzendmal auf andere Weise hingelegt. Der findige Koch Ihrer Ladyschaft hatte ein Tablett bringen lassen, auf dem exquisite Erdbeertörtchen standen. Obwohl Aurelia noch immer einen ganz verkrampften Magen hatte, so verspürte sie jetzt doch wieder die altbekannte Lust, ihre Nervosität damit abzureagieren, bis auf den letzten Happen alles hinunterzuschlingen.

Sie zog das Tablett zentimeterweise zu sich her, bis sie es dann jedoch entschlossen zur Seite schob. Nein. Everard wäre maßlos enttäuscht, wenn er sie dabei erwischen würde, daß sie sich der Versuchung nicht widersetzen konnte. Wer wußte schon, wie es um ihre Figur bestellt war, seit sie nach London gekommen war?

Besorgt eilte sie zu einem der Pfeilerspiegel, der sich zwischen den hohen Fenstern befand, die nach dem Garten gingen. Sie wollte einen kritischen Blick auf sich werfen. Jetzt wich sie einmal ab von ihrer alten Gewohnheit, zu selbstkritisch zu sein. Sie wollte sich mit Everards Augen betrachten, wenn er in den Raum eintreten würde.

In ihren Augen entdeckte sie einen weichen Schimmer, den sie zuvor nie gesehen hatte, und die glänzenden, kastanienbraunen Locken, die ihr Gesicht einrahmten, verschönerten noch die cremige Farbe ihrer Haut. Vielleicht verdankte sie das alles aber auch nur dem überaus eleganten Kleid, das sie geschmeidig und schlank erscheinen ließ.

Sie hob eine Hand und berührte schüchtern ihre errötete Wange. »Ich bin doch recht schön, nicht wahr, Everard?« flüsterte sie. Vielleicht war es gar nicht so absurd, zu glauben, daß er sie lieben könnte, wie Justin immer wieder felsenfest behauptet hatte. Sie ließ noch einmal die gesamte Zeit Revue passieren, die er mit ihr im letzten Winter zugebracht hatte. Warum sonst hätte er sich all die Mühe geben sollen? Er tadelte sie, er ermutigte sie, er gab unzählige seiner alten Gewohnheiten auf! Sie war schon eine Närrin, daß sie das nicht erkannt hatte. Everard liebte sie *mit Sicherheit*.

Sie machte sich jetzt ein bißchen größer, denn das

Selbstvertrauen in ihr schien mit einemmal anzuwachsen, und sie kam sich vor wie ein Schmetterling, der zum erstenmal seine Flügel testete. Erwartungsvoll fing ihr Herz an zu schlagen, als sie draußen auf dem Flurteppich einen lauten Schritt hörte. Geradezu federnd vor Freude sprang sie zurück und setzte sich neben das Teetablett. Sie zupfte ihren Rock noch ein wenig zurecht und legte dann sittsam die Hände auf den Schoß.

Der Butler Ihrer Ladyschaft, der immer recht mürrisch dreinblickte, kam herein und kündigte an: »Lady Sylvie Fitzhurst.«

Noch ehe Aurelia Zeit fand zu reagieren, fegte Sylvie auch schon in das Zimmer, und der Butler schloß hinter ihr die Tür. Aurelia sah die Frau nicht sehr freundlich an. Lady Sylvie ihrerseits durchbohrte Aurelia mit ihrem Blick, obwohl die Dame sie heimtückisch anlächelte. »Einen schönen Nachmittag wünsche ich Ihnen, Miß Sinclair.«

Aurelia erhob sich langsam, um zumindest den geringsten Anforderungen an die Höflichkeit zu entsprechen. »Sie überraschen mich mit Ihrem Besuch, Lady Sylvie. Ich hätte nicht für möglich gehalten, daß Sie die Stirn besitzen würden, dorthin zu gehen, wo Sie garantiert davon ausgehen können, daß Sie nicht willkommen sind.«

Aurelia war selbst baff, daß sie so verletzend und eiskalt reden konnte. Wenn nur ihre Mutter sie gehört hätte. Lady Sylvie schien zusammenzuzucken, doch dann schritt sie weiter in den Raum hinein. Sie kicherte wütend.

»Vielleicht sind Sie böse mit mir wegen der Vorfälle in Vauxhall. Ich …«

»Nein, überhaupt nicht. Mit solchen *trivialen* Dingen belaste ich mich nie.«

»Aber Sie und Lord Spencer sind doch noch verlobt?«

»Sind Sie deshalb hierhergekommen, um mit mir darüber zu sprechen, ob es stimmt?« Spöttisch legte Aurelia die Stirn in Falten, während sie innerlich triumphierte. Sie hatte in diesem Winter mehr von Everard gelernt, als sie geglaubt hatte. Sie bedauerte es nur außerordentlich, daß Sie kein Lorgnon besaß. »Ich finde es abstoßend, daß sie so krankhaft eifersüchtig sind. Ja, es stimmt, wir haben unsere Verlobung gelöst.«

Lady Sylvie lächelte noch unverschämter, doch dieses Lächeln verschwand, als Aurelia fortfuhr: »Aber es hatte gar nichts mit Ihnen zu tun. Du liebe Güte! Wenn man sich jedesmal darüber aufregen würde, wenn Justin gerade eine seiner vielen Dirnen küßt, äm, ich meine, seiner Ladys ...«

Aurelia genoß diesen Triumph in vollen Zügen und lachte ausgelassen. »Aber, meine liebe Dame, diese Information nützt Ihnen überhaupt nichts. Ich möchte doch stark bezweifeln, daß Sie genügend Charme besitzen, um Justin neuerlich in Versuchung zu führen, besonders wenn man bedenkt, daß Sie das Leben seines besten Freundes in Gefahr gebracht haben.«

Voller Verachtung ließ Aurelia ihren Blick genüßlich über Lady Sylvies Körper gleiten. Der riesige Busen der Frau bebte vor kaum zu bändigender Wut, und Lady Sylvie bekam im Gesicht rote Flecken, was ihr überhaupt nicht stand. Aurelia war schon versucht, ihre eigenen Hände zu untersuchen, ob die sich in große, samtene Klauen verwandelt hatten. Noch nie in ihrem Leben hatte sie eine Frau dermaßen abgekanzelt, aber schließlich hatte noch nie jemand den Mann, den sie liebte, so sehr bedroht. Sie erwartete schon, Lady Sylvie würde wie eine gefährliche, wütende Schlange zischen und dann aus dem Zimmer stürmen.

Doch Lady Sylvie riß sich zusammen, wenngleich ihr dies große Mühe abverlangte. Sie setzte sich auf die Chaiselongue und schenkte sich eine Tasse Tee ein.

Aurelia nahm ihr in aller Ruhe die Tasse und die Untertasse aus der Hand. »Dafür werden Sie keine Zeit haben. Denn Sie gehen jetzt.«

Lady Sylvie spuckte förmlich Gift. »Ich habe vorhin mit Augustus Snape gesprochen, und er hat mir erzählt, daß Sie versucht haben, ihm Angst einzuflößen, damit er von dem Duell Abstand nimmt. Ich nehme an, daß Sie sich im Moment für wahnsinnig gescheit halten.«

»Ja«, gab Aurelia unumwunden und leutselig zu. »Ich denke, das war ein ganz vortrefflicher Streich von mir.«

Sylvie schniefte. »Man fragt sich nur, wie es eine solch *gescheite* Frau nur zulassen kann, daß sie ein Mann wie Everard Ramsey zum Narren hält.« Sie nahm ein Buttermesser in die Hand und spielte damit. »Denn Sie werden aussehen wie ein Narr, Miß Sinclair, wenn die Geschichte von Ramseys unglaublicher Wette ans Tageslicht kommt.«

Aurelia täuschte vor, gähnen zu müssen. »Mr. Ramsey neigt dazu, sich an allen möglichen Wetten zu beteiligen. Man kann kaum von mir erwarten, daß ich jeder einzelnen nachgehe. Auf welche Wette beziehen Sie sich?«

»Ich beziehe mich auf die Wette, in der er sagte, er wäre in der Lage, eine fette Bäuerin in die schönste Dame der diesjährigen Saison zu verwandeln. Wie glücklich Sie sich fühlen müssen, daß er Sie dazu auserwählte. Aber natürlich tut es dem Ruf einer Dame nicht unbedingt gut, wenn sie das verabscheuungswürdige Objekt einer Wette ist.«

»Wo-wovon sprechen Sie denn eigentlich?« Aurelia spürte, daß ihr Selbstbewußtsein allmählich abzubröckeln begann, aber sie schüttelte dieses unschöne Gefühl einfach ab. Sie wäre ja dumm, wenn sie etwas glauben würde, was Sylvie Fitzhurst sagte. Es war ganz deutlich zu erkennen, daß die Frau, die bei dem Duell einen solchen Fehlschlag erlitten hatte, jetzt dabei war, einen neuen Rachefeldzug zu inszenieren.

Lady Sylvie zog die Augen zusammen. Sie lachte aus vollem Hals. »O Gott, meine Liebe, ist es denn die Möglichkeit, daß Sie es nicht gewußt haben? Everard Ramsey wettete mit seiner Tante, daß er sogar Sie in eine schöne Frau verwandeln könnte. Natürlich muß ich hier betonen, daß ich es doch sehr stark in Zweifel ziehe, daß ihm dies gelungen ist, aber ich habe vernommen, daß Lady Foxcliff so zufrieden war, daß sie bereit war, den Wetteinsatz auszubezahlen.«

»Weder Lady Foxcliff noch Everard ...«, hob Aurelia an, doch dann hielt sie inne. Ihr Mund wurde ganz trocken. Sie erinnerte sich schwach an ihren ersten Abend in London, und diese Erinnerung war eher unangenehm. Es trug sich zu, als sie sich ganz nervös auf den Carlisle-Ball vorbereitete und sich dann Everard vorstellte, damit er sie inspizieren konnte. Ihre Ladyschaft hatte gerade lachend bemerkt: *»Hör auf, Ev, du mußt das Geld nehmen. Noch nie ist eine Wette so ehrlich ge-*

wonnen worden.« Everard hatte seine Tante damals sofort zum Schweigen gebracht. Aurelia hatte nicht mehr nachgehakt, sie wollte gar nicht wissen, was es mit dieser Bemerkung auf sich hatte. Aber jetzt war die Lage natürlich anders ...

Sie legte ihre Hände auf die Lehne der Chaiselongue und wollte den Worten Lady Sylvies keinen Glauben schenken, sie wollte es nicht, aber sie konnte sie auch nicht so einfach übergehen. Warum klang es so logisch, warum war es so viel einfacher zu glauben, daß Everards Aufmerksamkeit das Ergebnis einer Wette war, als anzunehmen, sie wäre das Ergebnis seiner Liebe zu ihr? Wie war sie nur darauf gekommen, sich so etwas einzubilden? Daß sie schön, begehrenswert war? O Gott!

Sie hatte das Gefühl, als hätte Lady Sylvie ihr einen festen Schlag in die Magengrube versetzt. Dabei tätschelte sie ihr jetzt nur ganz zärtlich und heimtückisch die Hand. »Vielleicht sollten Sie sich hinsetzen, Miß Sinclair. Sie machen überhaupt keinen gesunden Eindruck.«

Aurelia nahm ihre Hände unwirsch von der Lehne, und plötzlich wurde sie so wütend, daß sie vom Scheitel bis zur Sohle zitterte. Wie kannst du das nur wagen, Everard Ramsey! Wie konnte er es nur wagen, sich in ihre Welt einzuschleichen, so viele Veränderungen in ihrem Leben in die Wege zu leiten, und das alles nur wegen einer Wette, nur so zum Zeitvertreib, nur so zum Spaß! Sie war absolut zufrieden gewesen mit ihrem früheren Leben. Wenn sie vielleicht auch nicht unbedingt glücklich gewesen war, aber so hatte sie doch ihren Stolz gehabt und einen gewissen Sinn für Humor. Das Wissen um diese Wette, diese verrückte

Wette, raubte ihr diese beiden Eigenschaften mit einem Schlag. Tränen der Wut brannten in ihren Augen. Sie ballte die Hände so fest zu Fäusten, daß ihre Nägel sich so tief in die Handflächen eingruben, daß sie beinahe zu bluten begannen.

Genau in diesem unglückseligen Augenblick schritt Everard Ramsey durch den Flur in Richtung Gesellschaftszimmer. Er war nervöser denn je und blieb direkt vor der Tür stehen. Er klopfte noch einmal kurz auf die Weste, um zu überprüfen, ob die Ringe auch noch da waren. Er war fest entschlossen, bei seinem Hochzeitsantrag besser auszusehen als ehemals Justin, dessen Auftritt er ja selbst in Aurelias großem Landhaus erlebt hatte.

»Dein Schutzengel, Ev«, hatte Justin lachend Bezug auf Aurelia genommen, und er hatte recht. Es war ziemlich sicher, daß sie etwas damit zu tun hatte, daß Snape sich von dem Duell zurückgezogen hatte, doch Everard hatte nicht den leisesten Schimmer, wie sie das bewerkstelligt hatte.

Sein Mund verzog sich zu einem gutmütigen Lächeln. Ach, zur Hölle mit all den steifen und förmlichen Sätzen, die er schon geprobt hatte. Dafür war er jetzt doch viel zu aufgeregt. Sein Herz schlug hoch bis zu seinem Hals. Er würde sie einfach in seine Arme nehmen, und dann wäre auch schon alles überstanden. Er drehte den Türknauf um und begab sich gemächlich in den Raum.

Aurelia stand mit dem Rücken zu ihm da, ihre kastanienbraunen Haare fielen wunderschön über die anmutigen Rundungen ihres Halses. Er stellte voll einfühlsamer Zärtlichkeit fest, daß sie zitterte.

»Aurelia.« Er hauchte ihren Namen förmlich und

legte die kurze Distanz zu ihr mit zwei großen Schritten zurück. Langsam drehte sie sich um.

Seine Arme umschlossen sie, ehe sie ihn anschauen konnte. Ihre Handflächen lagen auf seinem Brustkasten. Als er sich nach unten beugte, um sie zu küssen, hatte Everard den Eindruck, in ihren lebendigen, grünen Augen flackerte nicht nur ein Engel, sondern huschten auch kleine Teufel herum.

Er zögerte und wiederholte, diesmal in unsichererem Tonfall: »Aurelia?«

»Ist es wahr?« fragte sie knapp.

»Ist – ist was wahr?« Everard spürte sofort, daß da etwas Schlimmes auf ihn zukam, doch er hatte keine Ahnung, was es sein konnte. Regte sie sich noch immer über etwas auf, was mit dem Duell zu tun hatte?

»Ist es wahr, daß es eine Wette zwischen dir und deiner Tante gegeben hat, in der es darum ging, daß du versuchen wolltest, mich zu einer schönen Frau zu machen?«

Die Schamesröte der Schuld schoß Everard ins Gesicht, und so hatte er sich schon verurteilt, noch ehe er eine Antwort geben konnte. »Nun denn, ja, aber …«

Er hatte nicht die Möglichkeit, seinen Satz zu vollenden. Sie zog ihren Arm zurück und schlug Everard mit voller Kraft ihre offene Handfläche ins Gesicht. Everard taumelte nach hinten und war total verdutzt. Er hob seine Hand ans Kinn und rieb sich. Was, zur Hölle, war denn hier los? Dann erst bemerkte er, daß sie nicht allein im Zimmer waren. Lady Sylvie hatte sich zur Fensterbank zurückgezogen, stand seelenruhig da und betrachtete sich alles aus der Ferne. Auf ihrer Fratze war ein affektiertes Lächeln auszumachen, so als wartete sie nur auf das Klingelzeichen, auf das hin sich der Vorhang zu einer ganz besonders vorzüglichen Vorstellung heben würde.

Es bedurfte keiner langen Überlegung, um zu ahnen, was sich hier ereignet hatte. Everard wußte sofort, was los war. In jener Nacht in Vauxhall mußte Sylvie ihn und Lady Foxcliff belauscht haben, als sie über die Wette sprachen und seine Tante ein paar unglückliche Bemerkungen fallenließ. Aber Gott allein wußte, wie teuflisch diese Frau wieder die Fakten verdreht hatte, als sie Aurelia davon berichtete. Everard streckte sich. Nun, er hatte nicht die Absicht, hier eine große Schau abzuziehen, um Lady Fitzhursts verschrobener Boshaftigkeit auch noch einen Gefallen zu tun. Er brachte diese Angelegenheit ganz alleine mit Aurelia über die Bühne.

»Aurelia, meine Liebe«, fing er geduldig zu sprechen an. »Beruhige dich doch bitte. Dann können wir doch in aller Ruhe …«

»Ich will mich nicht beruhigen. Sag mal, Mr. Ramsey, wieviel hast du denn abgesahnt? Ich würde nur zu gerne wissen, wieviel ich dir wert war.«

»Hör doch bitte auf damit, Aurelia.« Jetzt sprach er schon ernster, bemüht, seine eigenen Hände im Zaum zu halten. Dann versuchte er, nach ihren Händen zu greifen. Sie wich ihm aber aus, und dabei setzte sie eine solch angewiderte Miene auf, daß sich Everard gekränkt fühlte. Ja, dieser Gesichtsausdruck tat ihm mehr weh als der Schlag ins Gesicht, den er hatte einstecken müssen.

Sie lachte dumpf, verbittert. »Ich schätze, daß ein Gentleman wie du, der eine Vorliebe für das Spielen hat, die ganze Sache als alltäglich empfand. Jaja, das war nur eine kleine Posse, ein kleiner Spaß, aber ich gehe doch davon aus, daß du deinen Schnitt dabei gemacht hast. Und dann hast du dir von dem Gewinn ein paar schöne Stunden gemacht. Hast du dir aber viel Mühe gegeben, um dieses Ziel zu erreichen, wirklich, alle Achtung!«

Everard hatte das Gefühl, zu einem Eisklotz zu gefrieren. Er streckte seine Hand nach ihr aus, wollte an ihren gesunden Menschenverstand appellieren. Es hätte ihn ja nicht überrascht, wenn sein Vater oder sonst jemand der Meinung gewesen wäre, daß er in der Lage war, eine solch herzlose Wette einzugehen. Aber daß Aurelia so etwas für möglich hielt, nur weil diese Schlange von Sylvie Fitzhurst davon gesprochen hatte! Er ließ seine ausgestreckte Hand wieder langsam herabsinken.

Aurelia war so verärgert, daß sie nicht einmal bemerkte, wie abgrundtief traurig Everard schaute, ehe er seine Augen schloß. Wenn er es nur leugnen würde, daß er diese schreckliche, verwerfliche Tat begangen hatte, doch er stand so kalt, so abweisend, so distanziert da.

»Ich warte auf eine Erklärung«, sagte sie.

Er schob seine Schultern hoch. »Welche Erklärung brauchst du denn? Lady Sylvie scheint dir ja schon alles erzählt zu haben, was es zu erzählen gibt. Mehr scheinst du ja nicht wissen zu wollen.«

Daß er ihre Pein so ignorierte, schmerzte sie mehr als die Wette selbst. Er sah es offenbar nicht einmal als notwendig an, sich zu entschuldigen. Sie kämpfte gegen die Tränen an, die ihr über die Wangen zu laufen drohten.

»Oh, wie ich dich verabscheue.« Sie schnappte nach

Luft. »Ich wünschte, ich hätte dich niemals getroffen. Ich wünschte, ich hätte dich eigenhändig erschossen. Ich …«

»Es ist nicht nötig, daß du dich noch weiter ereiferst.« Everard hielt inne, seine Augen funkelten wie Feuerstein, seine Miene wirkte steinern. »Du hast dich schon klar genug ausgedrückt.«

Er drehte sich auf dem Absatz um, schritt aus dem Zimmer und knallte die Tür hinter sich zu. Aurelias Schultern fingen zu zittern an. Sie setzte sich auf die Chaiselongue, schlug mit den Fäusten auf das Polster und brach aus ohnmächtiger Wut in Tränen aus, die ihr über die Wangen strömten. Sie war wütend auf sich und auf Everard. Wie konnte sie nur so dumm sein zu glauben, sie hätte sich in diesen kaltherzigen Mann verliebt?

Sie vergaß völlig Lady Sylvies Anwesenheit. Doch dann klatschte die Frau in die Hände und rief spöttisch: »Bravo, Miß Sinclair.«

Aurelia wischte sich die Tränen von den Wangen, als die Lady zu ihr herüber schlich. Sie fühlte sich im Grunde genommen wohl in ihrer Wut, denn sie wußte, daß die Qualen einsetzen würden, sobald sie nicht mehr wütend war. Sie spürte schon, wie die betäubende Pein sich um ihr Herz legte.

»Da sehen Sie es, meine Liebe«, umschwänzelte sie Sylvie. »Vergessen Sie diesen ehrlosen Mann und genießen Sie Ihren Tee.«

Mit einem Hohnlächeln auf den Lippen reichte sie Aurelia ein großes Erdbeertörtchen auf einem Porzellanteller. Aurelia schniefte, starrte die saftige Süßigkeit an und merkte, daß sich der Kreis jetzt schloß. Zum wiederholten Male schien der einzige Trost in ihrem

Leben Essen zu sein. Und wen interessierte es denn schon, wie sie aussah? Sicherlich nicht Everard Ramsey.

Aurelia legte die Finger um den Tellerrand. Verdammter Everard Ramsey! Ja, und ob es jemanden interessierte. Es interessierte jemanden, der sehr wichtig war. Es interessierte Aurelia Sinclair.

»Kommen Sie schon, meine Liebe«, bedrängte sie Lady Sylvie. »Nach all dem, was Sie durchgemacht haben, haben Sie es sich wirklich verdient, sich etwas zu gönnen.«

Aurelia holte ganz verdattert Luft und starrte die Lady an. »Sie haben völlig recht. Das habe ich wirklich verdient.«

Nein, Aurelia! Sie konnte beinahe die Stimme ihrer Mutter hören. *Eine Dame würde niemals* … Doch zum erstenmal in ihrem Leben hörte sie nicht auf die Befehle ihrer Mutter. Sie nahm das kleine Törtchen in die Hand und drückte es Lady Sylvie ins Gesicht. Die Frau wollte aufschreien, doch die Krumen und die roten Beeren, die über ihr Kinn in den tiefen Ausschnitt ihres Kleides liefen, verhinderten dies, weil einige davon noch in ihrem Mund steckten.

Als Aurelia aus dem Raum schritt, konnte sie Lady Sylvies dumpfe Schreie noch hören.

11

Mit verwirrter, entsetzter Miene betrachtete Justin, wie der letzte von Aurelias Handkoffern auf die Ladefläche der Kutsche gehoben wurde.

»Aber Reely, du kannst doch nicht einfach so klammheimlich abfahren, ohne Everard auch nur eine kleine Chance zu geben, alles zu erklären.«

»Als ich Mr. Ramsey das letztemal sah, hatte ich nicht den Eindruck, als wollte er irgend etwas erklären«, sagte Aurelia unbeirrbar. Seit ihrem Streit mit Everard war fast eine ganze Woche verstrichen. Mittlerweile war es ihr vollkommen egal, dachte Aurelia ernst, ob er bis ans Ende der Welt gesegelt war. Sie warf einen Blick über den Hof, um nachzuschauen, ob Wallis vergessen hatte, ihr das Wichtigste hochzureichen, nämlich ihren kleinen Kulturbeutel. Doch dies war nur ein Ablenkungsmanöver, denn in Wahrheit verbarg sie nur die Tränen, die sich in ihren Augen befanden.

»Naja, vergiß es, du hast dem Mann ja gesagt, daß du ihn nie wiedersehen willst.«

Aber er mußte mir doch nicht so schnell glauben, dachte Aurelia bei sich, aber sie ließ es nicht zu, daß ihre Schultern noch weiter zusammensackten. Forsch sagte sie: »Lady Foxcliff hat mir versprochen, daß sie mir die restlichen Sachen nachschickt. So denke ich denn, daß ich zur Abreise bereit bin.«

Justin blickte finster.

»Nein, das bist du nicht. Nicht im entferntesten. Das weißt du ganz genau.«

»Hat Everard dich als seinen Botschafter hierhergeschickt?« Aurelia konnte es nicht verhindern, daß aus ihrer Stimme eine seltsame Hoffnung herauszuhören war.

»Nein, aber ...«

Sie seufzte, dann streckte sie ihre Hand aus. »Dann laß uns als Freunde auseinandergehen, Justin. Und sprich jetzt nicht mehr davon, denn sonst gehen wir auch noch im Streit auseinander.«

Widerwillig nahm er ihre Hand. »Aber Reely, ich wollte doch nur sagen ...«

»Daß es um diese Jahreszeit wunderschön sein muß in Norfolk.« Mit diesen Worten unterbrach sie ihn bewußt. »Ich werde deine Schwester besuchen, und dann schreibe ich dir einen Bericht über die Entwicklung deines Neffen.«

»Aurelia!« Justin packte ganz fest ihre Hand. »Zum Henker, willst du mir nicht wenigstens fünf Minuten zuhören?«

Sie schüttelte den Kopf. »Nein, Justin, bitte. Lady Foxcliff ist mir schon den ganzen Vormittag auf die Nerven gegangen.«

»Dann muß sie dir das mit der Wette ja erklärt haben.«

»Ja, aber das macht auch keinen Unterschied.«

Justin gaffte ganz ungläubig, als Aurelia versuchte, das in Worte zu fassen, was sie selbst nicht ganz verstand, nämlich das Gefühl, daß sie an dem Streit genausoviel Schuld trug wie Everard. Ihre alten Selbstzweifel hatten sie wieder überwältigt. Sie war einfach nicht fähig zu glauben, daß sie es wert war, geliebt zu werden. Selbst wenn sie alles noch einmal ändern könnte, es war zu spät. Sie wußte, daß sie so manches zu Everard gesagt hatte, das unverzeihlich war.

»Da sind einfach zu viele Zäune, die nicht mehr ausgebessert werden können«, sagte sie und schluckte die Tränen hinunter. »Und nun, Justin, bitte, verabschiede dich von mir.«

Justin vermittelte den Eindruck, als hätte er eher im Sinn, sie zu schütteln, als sich von ihr zu verabschieden. Doch er beugte sich zu ihr hinab und gab ihr einen leichten Kuß auf die Wange. Als er sah, daß Aurelia und ihr Dienstmädchen sicher in der Kutsche untergebracht waren, konnte er sich einen letzten Appell nicht verkneifen.

»Aber, Reely, Ev weiß doch gar nicht, daß du abreist. Was soll ich ihm denn erzählen?«

»Sag ihm«, seufzte sie müde, »sag ihm, was du willst.«

Der Kutscher gab seinem Gespann die Peitsche, und schon ratterte die Kutsche aus dem Hof. Mit finsterem Blick stand Justin noch da, als die Kutsche schon lange nicht mehr zu sehen war. Das war doch nicht zum Aushalten! Wenn zwei der vernünftigsten Menschen, die er überhaupt kannte, sich so wahnwitzig und dickköpfig benahmen, dann waren sie auch in der Lage, aus dem Irrenhaus in Bedlam die Verrückten zu befreien.

Justin fuhr sich mit den Fingern durch das Haar. Wenn das so weiterging, dann würde er bald glatzköpfig sein. Das war eine ganz neue Erfahrung für ihn, so sehr mit den Problemen anderer Leute beschäftigt zu sein. Wie unangenehm und ärgerlich das doch war. Er wollte die ganze Sache jetzt einfach vergessen. Sollten doch Ev und Reely die Sache selbst ausstehen. Doch von den beiden schien keiner dazu in der Lage zu sein.

Verdammt! Er würde nie zur Ruhe kommen, solange diese Angelegenheit nicht aus der Welt geschafft war. Doch jetzt, da sich Reely nach Aldgate absetzte, was sollte er da Everard sagen? Ramsey konnte er durch nichts dazu bringen, ihr nachzufahren. Da kam dieser Bursche lieber durch seinen krankhaften Stolz um.

»Sag ihm, was du willst«, hatte Reely gesagt. Ha!

Sag ihm, was du willst. Justin zwinkerte, als ihm eine Idee durch den Kopf schoß. Aber nein, so etwas konnte er Ev doch nicht sagen. Da würde Reely ihm bei lebendigem Leib die Haut abziehen.

Boshaft grinsend hob Justin die Mundwinkel hoch. Nun denn, was für einen Vorwurf konnte sie ihm schon machen? Sie *hatte* ihm ja die Erlaubnis gegeben.

Everards kleiner, lebhafter Kammerdiener rang die Hände, und um ein Haar hätte er auch zu weinen angefangen, als er zusah, wie sich sein Herr die neuen Kleider anzog.

»Oh, Sir, daß ich diesen Tag erleben muß!« stöhnte Beddoes.

Everard schenkte dem Wehklagen des Mannes keinerlei Beachtung und musterte sich im Drehspiegel. Geschickt band er seine Krawatte, die zu dem schlichten Schnitt seiner Marinejacke aus Barchent und zu der unauffälligen Schwermut seiner Weste und seiner Kniehose paßte.

Beddoes schniefte. »Wenn Sie schon keine Achtung vor Ihrem Ruf haben, so respektieren Sie wenigstens meinen.«

Trotz seiner düsteren Stimmung, die zu seinem Gewand paßte, konnte Everard es nicht verhindern, daß ein unbeabsichtigtes Lächeln über seine Lippen huschte. »Mach dir keine übertriebenen Sorgen. Ich werde der ganzen Welt erklären, daß du mit allem nichts zu tun hast.«

»Aber warum, Sir? Warum machen Sie das? Sie, der eleganteste Gentleman in England, Mr. Brummell vielleicht ausgenommen.«

»Ich denke, es ist höchste Zeit, daß ich mir nicht nur

als Geck und guter Kartenspieler einen Ruf verschaffe.« Everard setzte wieder eine ganz ernste Miene auf, drehte sich um und blickte in den Spiegel. Dann, Miß Sinclair, haben Sie vielleicht eine bessere Meinung von mir, als nur zu glauben …

Er sparte sich den Rest dieses Gedankenganges und attackierte mit einem Kamm seine unordentliche schwarze Mähne. Er versuchte, seine Frisur seinem neuen, ernsten Erscheinungsbild anzupassen. Es war ein hoffnungsloses Unterfangen, aber so konnte er seine Energie wenigstens auf etwas anderes lenken. Seine Emotionen hatten in der zurückliegenden Woche einen wahren Spießrutenlauf hinter sich – Verbitterung, Wut, Verzweiflung. Beinahe hätte er auf ihre Zweifel so reagiert, wie er immer bei seinem Vater reagiert hatte. Doch diesmal gab er sich nicht seiner blinden Spielwut hin, um ihr zu zeigen, wie recht sie doch hatte, nein, diesmal war er besonnener, irgend etwas hielt ihn zurück. Irgendwie war er für ein solch unkontrolliertes Verhalten wohl doch schon zu alt, die Dumme-Jungen-Streiche waren wohl ein für allemal vorbei.

Er mußte sein Taugenichts-Image über Bord werfen, wenn es ihm nur schadete. Hatte Aurelia nicht einmal gesagt, er würde alles tun, was er wolle? Nun, jetzt würde er ihr beweisen, wie nüchtern und ernst er sein konnte. Und dann … Ein goldener Schimmer auf dem Toilettentisch fiel ihm in die Augen. Er steckte den Verlobungsring, den er für Aurelia gekauft hatte, in seine Westentasche. Und dort sollte er bleiben, sagte er entschlossen zu sich, bis der Tag kommen würde, an dem sie stolz war, ihn an ihrem Finger zu tragen. Er fing an, die Rockaufschläge abzubürsten, und bemühte sich, nicht zu lachen anzufangen, als er die seltsam gekleidete Gestalt im Spiegel zu sehen bekam. Plötzlich hörte er lautes Klopfen an seiner Wohnungstür.

Everard schickte Beddoes gleich los, damit er den unwillkommenen Besucher abwies, der ihn zu dieser frühen Morgenstunde belästigen wollte, und er widerstand der Versuchung, sich sein Lorgnon umzuhängen.

Die Tür fiel mit einem lauten Knall zu. Dann hörte er Beddoes' gedämpftes Fluchen, und schon wirbelte Justin in das Zimmer herein.

»Ev, Gott sei Dank habe ich dich gefunden.«

Everard drehte sich langsam um und schaute seinen Freund an. Er hatte den Eindruck, daß Justin jetzt noch besorgter dreinblickte als an dem Vormittag, an dem das Duell stattfinden sollte. Ihm standen die Haare zu Berge, doch er blieb unvermittelt stehen, offenbar geschockt von dem entsetzlichen Bild, das Everard abgab. Justin musterte ihn aufmerksam von Kopf bis Fuß.

»Was ist denn los, Ev? Wer ist denn gestorben?«

»Niemand.« Verärgert zog Everard die Lippen zusammen. »Was fällt dir eigentlich ein, hier hereinzuplatzen wie ein ...«

Justin schien plötzlich die militärische Grundstellung einzunehmen, so als wäre ihm gerade eingefallen, was der Zweck seines Besuches gewesen war. »Es ist wegen Reely, Ev, sie ...« Er hielt inne und schaute demonstrativ hinüber zu Beddoes.

Der Kammerdiener rümpfte die Nase. »Wenn Sie mich bitte entschuldigen, Sir. Ich besorge mir noch ein bißchen Champagner, um die Stiefel schön schwarz zu bekommen. Ich darf doch weiterhin davon ausgehen, daß Sie Wert darauf legen, daß Ihre Stiefel schön glänzen?«

Als Everard stirnerunzelnd mit dem Kopf nickte, faßte Beddoes dies als Bejahung auf. Dann verbeugte er sich würdevoll vor Justin und verließ das Zimmer.

»Also, was soll der Blödsinn mit Aurelia?«

»Sie ist abgehauen, Ev. Sie hat heute morgen das Haus deiner Tante verlassen.«

Everard setzte seine undurchschaubare Maske auf, um teilnahmslos zu wirken. »Höchstwahrscheinlich hat sie sich entschieden, nach Aldgate zurückzukehren. Das war immer ihre Absicht.«

»Nein! Sie hat sich mit Snape auf und davon gemacht!«

»Was!?« Everard legte die Stirn in tiefe Falten und betrachtete Justin, als hätte er den Verstand verloren. Sein Freund lief in dem Zimmer auf und ab. Dabei legte er die Grazie eines wütenden Tanzbären an den Tag.

»Es ist wahr. Sie wollen heiraten. Du mußt ihr nachreisen, ehe alles zu spät ist.«

Doch Everard legte seine Arme über Kreuz auf den Brustkasten. »Nun erzähle mir doch bitte mal, wo du diesen Humbug herhast. Wie sollte Aurelia jemals auch nur in Erwägung ziehen, Augustus Snape zu heiraten?« fragte er streng. Manchmal waren Justins Späße überhaupt nicht mehr witzig, ja geradezu geschmacklos. Doch in den Augen seines Freundes war eine gewisse Ernsthaftigkeit zu entdecken, die Everard überhaupt nicht gefiel.

»Weil sie ihm ihr Jawort gegeben hat, deshalb.« Justin blieb stehen. »Die Frau ist so unendlich in dich verliebt, daß sie momentan zu allem fähig ist.«

»Ich kann deiner Logik nicht ganz folgen. Wenn Aurelia so sehr in mich verliebt ist, wie du behauptest, dann wäre es doch ...«

»Zum Donnerwetter! Wann ist das Verhalten der Frauen denn schon als logisch zu bezeichnen?« Justin packte Everard an den Schultern. »Ich sage dir eins, wir haben keine Zeit, hier wie die Idioten herumzustehen, du alter Narr. Wir haben uns doch beide gefragt, warum Snape so urplötzlich bereit war, sich bei dir zu entschuldigen und auf das Duell zu verzichten. Nun, als mich Reely an besagtem Tag verließ, da fürchtete ich schon, sie würde eine Verzweiflungstat begehen, nur um dich zu retten. Sie versprach dem widerwärtigen Mitgiftjäger, ihn zu heiraten.«

Everard öffnete seine verschränkten Arme wieder. »Aber – aber wie bist du hinter all dies gekommen?«

»Sie hat mir eine Nachricht hinterlassen, die mir mein Dienstmädchen zu früh übergab. Reely bat mich darin, zu versuchen, dir das alles plausibel zu machen. Deshalb hat sie mit dir diesen Streit angefangen.« Justin seufzte und blickte hinunter auf den Teppich. »Sie dachte, das ginge alles viel besser, wenn du sie hassen würdest.«

Everard spürte, daß er kreidebleich um die Nase wurde.

»So ein Unsinn!« sagte er mit belegter Stimme. »Sie als Frau dieses verwahrlosten Geschöpfes! Ich werde dafür sorgen, daß Snape zuvor erst noch in die Hölle abfährt!«

Everard lief zur Tür und schrie nach seinem Kammerdiener. Dann suchte er wie ein wildes Tier in seinem Zimmer nach seinen Stiefeln. Aurelia und Snape! Bei diesem Gedanken allein bekam er am ganzen Körper eine Gänsehaut. Als er anfing, sich die Stiefel anzuziehen, befahl er Justin: »Gib mir ihren Brief. Er muß einen Hinweis enthalten, wohin sie gefahren sind.«

»Nein, das ist nicht der Fall. Ich meine, ich habe in all der Eile vergessen, den Brief mitzubringen. Aber ich glaube, sie sind nach Aldgate unterwegs.«

»Nach Aldgate?« Everard ließ davon ab, sich die Stiefel anzuziehen, und starrte Justin an.

»Du meinst doch nicht im Ernst, Reely würde sich vor dem Amboß auf Gretna Green trauen lassen. Nein, ich bin mir sicher, der Brief sagt etwas aus über so eine Sondergenehmigung. Sie dürfen, glaube ich, heiraten, wo sie wollen, und brauchen nicht einmal ein Aufgebot zu bestellen.«

»Eine Sondergenehmigung! Dann kann es ja sein, daß sie schon verheiratet sind, noch ehe ich ...« Everard schloß diesen Satz nicht ab. Es spielte doch überhaupt keine Rolle, sagte er sich finster und grimmig. Selbst wenn Aurelia jetzt schon verheiratet war, so würde sie noch vor Sonnenuntergang verwitwet sein. Ohne noch auf Beddoes zu warten, warf er einige Kleidungsstücke in seinen Koffer, ohne groß darauf zu achten, was es war.

»Ich muß mir ein Fahrzeug mieten«, stöhnte er. Wieviel kostbare Zeit hatte er schon verloren?

»Nein, du nimmst meinen Phaeton und fährst damit gleich nach Aldgate«, sagte Justin und schob Everard während dieser Worte schon zur Tür. »Ich besorge mir eine andere Kutsche und fahre über die North Road. So kann sie uns nicht durch die Lappen gehen.«

Everard nickte zustimmend, wenn auch recht grimmig. Als Justin den wütenden Glanz in Everards Augen sah, verspürte er in sich schon tiefes Mitleid.

Und als er erst sah, mit welcher zügellosen Vehemenz Everard sein Zweigespann in Bewegung setzte und über die schmale Kopfsteinpflasterstraße davonjagte, machte er sich doch schon ernsthafte Vorwürfe und hatte die ersten Gewissensbisse zu verkraften.

Vielleicht war er diesmal doch ein bißchen zu weit gegangen, denn dieser Scherz lag schon sehr nahe an der Grenze des Erlaubten. Viele Minuten grübelte er über die Folgen nach, die er mit seinem Plan möglicherweise verursacht hatte. Doch dann zuckte er mit den Achseln. Was sollte schon schiefgehen? Ev würde Reely auf der Straße überholen. Sie würden sich in die Arme fallen, und alle Mißverständnisse würden sich in Wohlgefallen auflösen. Später würden sie sich beide bei ihm bedanken. Justin holte tief Luft und atmete durch. Es war ein schöner Frühlingstag, der auf wunderschönes Wetter hoffen ließ. Vielleicht sollte er die sinnliche Lady Carlisle besuchen und sie fragen, ob sie Lust darauf hätte, sich einer Spazierfahrt durch den Park anzuschließen. Lord Spencer pfiff fröhlich eine nette Melodie und schlenderte die St. James Street hinunter.

Das Geschrei des Babys wurde nur noch lauter, als Lady Norton stolz ihren Sprößling in die ausgestreckten Arme des Vikars legte. Aurelia trat müde von einem Fuß auf den anderen und ließ ihren Blick über die kleine Gruppe von Freunden und Nachbarn wandern, als sie sich in der hellen, luftigen und kleinen Kirche von Aldgate umschaute. Dann riß sie sich wieder zusammen und schenkte ihre ungeteilte Aufmerksamkeit wieder dem Baby. Sie wollte zumindest den Eindruck erwecken, als wäre sie stark an dem, was sich hier abspielte, interessiert. Erst gestern war sie hier angekommen und hatte nicht erwartet, gleich an einer Tauffeier teilnehmen zu müssen. Doch Lady Norton war unnachgiebig gewesen. Obwohl Aurelia so vernünftig gewesen war, ihren anstrengenden Bruder nicht zu heiraten, so hatte Clarice doch darauf bestanden, daß Aurelia sich als Taufpatin für den kleinen Stephen zur Verfügung stellte.

Zumindest, dachte sich Aurelia, war dies eine kleine Abwechslung von dem langweiligen Leben auf ihrem Gut. Sie hatte sich gar nicht vorstellen können, daß ihr ihr Haus so auf die Nerven gehen könnte. Dort mußte sie nämlich ständig an die leeren Jahre denken, die noch vor ihr lagen, an die einsame Zukunft ohne – sie fuhr zusammen, wehrte sich energisch dagegen, *seinen* Namen zu flüstern, nicht einmal in ihrem Herzen.

Als der Vikar sich zu dem Taufbrunnen hinbewegte, in den die Gestalten von lächelnden Cherubinen eingeschnitzt waren, blickte Aurelia frohgemut in die Augen ihres kleinen Patenkindes. Seine kleinen Fäuste schlugen wild in der Gegend herum. Das Baby versuchte vergebens, den Kopf zur Seite zu drehen, um ihn nicht ständig an den Rüschen seines Häubchens zu reiben. Aurelia fühlte sich genauso unwohl in ihrer Haut obwohl dieses Gefühl natürlich nichts mit der Kleidung zu tun hatte, die sie trug. Vielmehr beklemmte sie der eisige Blick von Justins Mutter, die sich einen Weg nach vorn bahnte, um ihren Enkel von einer besseren Position aus zu bewundern. Unabhängig, wie sich der Rest der Familie dazu stellte, Lady Spencer schien sich mit der aufgelösten Verlobung nicht so recht abfinden zu können. Zumindest mangelte es ihr an der entsprechenden Einstellung und Würde.

Aurelia hatte nur den einen Wunsch, die Taufe so schnell wie möglich hinter sich zu bekommen, damit sie nicht mehr die zweifelnde Miene dieser Lady zu ertragen hatte. Der Vikar in seiner eintönigen Art schien überhaupt kein Ende finden zu wollen. Sein Gemurmel war wegen Stephens Geschrei, das zudem voller Mißbilligung steckte, sowieso kaum zu verstehen. Sie waren in der Prozedur gerade an der Stelle angelangt, wo Aurelia das feierliche Gelübde sprechen mußte, daß sie sich immer um das Kind sorgen werde, als sich die Tür am entfernten Ende der Kirche öffnete.

»Aufhören!« schrie eine ihr vertraute Stimme. »Ich verbiete euch fortzufahren.«

Der verdutzte Vikar ließ das Baby vor lauter Schreck fast in den Taufbrunnen fallen. Aurelia drehte sich, gemeinsam mit den anderen, um, um in Richtung Altarraum zu schauen.

Das diffuse Sonnenlicht schien durch die Buntglasscheiben, so daß die Figuren der Heiligen Brigid, Catherine, James und Lawrence den Mann mit dem wilden Blick in den Augen, der gerade zum südlich gelegenen Querschiff lief, mit ungläubigem Staunen zu betrachten schienen.

Everard! Aurelia blinzelte noch ein paarmal, um auch wirklich sicherzugehen, daß sie keine Fata Morgana sah. Nein, es war Everard, doch in einem solchen Zustand hatte sie ihn noch nie zuvor gesehen. Seine Krawatte hing schlaff an seinem Hals, und seine schlicht geschnittene Jacke wies die Spuren einer langen Reise auf. Doch seine in Mitleidenschaft gezogene Kleidung war nichts im Vergleich zu seinem Gesicht. Ramseys ansonsten kühle, beherrschte Miene war nicht auszumachen. In seinem Gesicht stand glänzend der Schweiß, auf seiner Stirn standen Zornesfalten. Er wirkte wie ein Mann, der nicht mehr wußte, was er tat, wie ein Mann, der drauf und dran war, einen Menschen umzubringen.

Der Vikar war der erste unter den Anwesenden bei der Tauffeier, der seine Stimme wiederfand. »Sir, was soll das bedeuten, daß Sie diese Feier unterbrechen?«

»Das ist ein Freund meines Bruders.« Lady Norton ging ein paar Schritte nach vorn, um Everard abzufangen. Ohne nach links oder rechts zu schauen, stieß er die Dame zur Seite und bahnte sich einen Weg zu der versammelten Gruppe.

Furchtlos wollte Clarice wissen: »Everard, warum hast du mir denn nicht mitgeteilt, daß du an dieser Tauffeier teilnehmen möchtest?«

Lady Spencer fiel in diesem Augenblick nichts Besseres ein, als zu sagen: »Nun, passend ist er nicht eben angezogen, was?«

»Tauffeier?« Everard sprach dieses Wort so aus, als würde er kaum noch Luft bekommen. Noch ehe Aurelia reagieren konnte, lief Everard zu ihr hin und packte sie an den Schultern. Seine funkelnden, von Müdigkeit gezeichneten Augen suchten wie besessen das Baptisterium ab. Unter seinen Augen waren tiefe, dunkle Ringe zu erkennen.

»Wo ist Snape?« fragte er.

Aurelia war noch immer ganz verdattert, daß Everard so urplötzlich aufgetaucht war. Sie stellte fest, daß sie den Mund weit aufgerissen hatte. Sie versuchte, ihren Unterkiefer ein wenig nach oben zu bewegen und stotterte: »Ich habe nicht die leiseste Ahnung.«

»Du hast nicht die ...« Everard hielt inne und biß sich auf die Lippen. Dann ließ er eine ganze Reihe schlimmster Schimpfwörter los, so daß Clarice aufschrie und sich die Ohren zuhielt.

»Sind Sie betrunken, Mr. Ramsey, oder haben Sie den Verstand verloren?« zischte Lady Spencer.

»Dies hier ist ein Gotteshaus, Sir«, sagte der Vikar, der so zornig schaute wie er konnte, während er noch den widerspenstigen Würmling in seinen Armen hielt.

»Dieser Teufel!« entfuhr es Everard. Er packte Aurelia an der Hand und zog sie durch den Gang zwischen den Bänken. Zuerst hatte sie ja eigentlich vor, sich zu wehren, doch als sie einen kurzen Blick auf Everards Mienenspiel warf, erachtete sie es für besser, sich ihm zu fügen. Sie konnte noch hören, wie Clarice jammerte, bevor er sie durch die Kirchentür nach draußen zog. Clarices Worte waren: »Wer soll denn jetzt Taufpate meines Babys sein?«

Draußen angekommen, schleuderte Everard sie grob auf den Sitz einer alten Bauernkutsche. Er sprang ebenfalls auf und setzte sich neben sie. Dann ließ er wie ein Irrer die Zügel auf die Rückenpartien der beiden graugescheckten Pferde nieder. Aurelia hielt sich vorsichtshalber an ihrem Sitz fest, doch die schwerfälligen Pferde machten beileibe nicht den Eindruck, als würden sie losrennen, auch wenn der Satan persönlich sie angetrieben hätte. Trotz aller Anstrengungen Everards trabten sie ganz gemächlich durch das verschlafene Dörfchen Aldgate.

Aurelia rührte sich nicht, bis das letzte strohgedeckte Haus hinter ihnen lag. Erst dann wagte sie es, einen verstohlenen Blick auf Everard zu werfen.

Jetzt wirkte er wieder etwas beherrschter, doch in seiner Kieferpartie zuckte immer noch ein Muskel. Sein dunkles Haar klebte so unordentlich an seiner

Stirn, daß noch frische Erinnerungen schmerzlich in ihr wach wurden. Am liebsten hätte sie ihm die Strähnen, diese glänzenden, mitternachtsschwarzen Strähnen, aus seiner Stirn gestrichen. Diese Unordnung war ihr ja so vertraut. Sie hatte keine Ahnung, warum er gekommen war, doch sie wußte, daß sie außerordentlich glücklich darüber war, daß er zu ihr nach Aldgate gereist war.

Schließlich hielt er die Ackergäule an, doch er starrte hinaus auf die flache Landschaft, wo außer Hecken und Stoppelfeldern nichts zu bewundern war. Als die Ruhe und das scheinbar endlose Schweigen zwischen den beiden unerträglich wurden, raffte sich Aurelia endlich auf und sagte mit schwacher Stimme: »Ich, ich weiß ja auch, daß Stephen nicht gerade das sympathischste Kind ist, das es gibt, aber seine Taufe zu unterbrechen …«

»Von dem Baby habe ich überhaupt nichts gewußt.« Everard blickte sie vorwurfsvoll an. »Ich habe gedacht, du würdest mit Augustus Snape vermählt.«

»Du – du dachtest …« Aurelia riß den Mund auf. »Bist du denn total verrückt geworden, Everard Ramsey?«

»Ich fürchte, ja. Wie konnte ich mich nur so aufs Kreuz legen lassen? Dieser Justin soll zur Hölle fahren! Ich werde ihn bei lebendigem Leib rösten.« Doch es dauerte nicht lange, bis Everard genug geflucht hatte, ohne daß Aurelia genau hätte verstehen können, was er da murmelte. Dann endlich sagte er: »Er hat mir erzählt, daß du mit Snape durchgebrannt bist, und ich Narr habe ihm das auch noch abgenommen. Ich bin dir seit gestern auf den Fersen, doch leider habe ich Justins Phaeton auseinandergelegt. Das geschieht ihm nur recht«, fügte er boshaft hinzu. »Dann habe ich kein anderes Fahrzeug auftreiben können als diese baufällige Kiste. Ich bin fast wahnsinnig geworden, denn ich habe immer das Bild vor Augen gehabt, daß du in Snapes Armen liegst.«

Empört wandte sich Aurelia ab, die Schamesröte schoß in ihre Wangen. »Du hast geglaubt, daß ich ihn heiraten würde, diesen ekelerregenden Widerling, du hast geglaubt, daß ich diesem Ekel erlauben würde, mich zu berühren. Du scheinst ja eine hohe Achtung vor meinen charakterlichen Werten zu haben.«

»Dieselbe hohe Achtung scheinst du ja vor mir zu haben, wenn du mir wirklich zutraust, eine solche Wette eingegangen zu sein.«

Aurelia begegnete aggressiv seinem Blick, und einige Sekunden lang schauten sie sich übelwollend in die Augen. Everard war es, der als erster diesem Blick nicht mehr standhalten konnte, und wandte seine Augen von ihr ab.

»Ich habe geglaubt, du würdest Snape heiraten, da du es ihm versprochen hattest. Ich war der festen Überzeugung, daß dies die einzige Möglichkeit gewesen sein konnte, ihn von dem Duell abzuhalten.«

»Dann scheinst du ja nicht dieselbe Fantasie wie Mr. Snape zu besitzen. Ich habe ihm in den grauenvollsten Schilderungen, die mir eingefallen sind, vermittelt, wie es den anderen Männern erging, die du umgebracht hast.«

»Den anderen ... Was für anderen Männern?«

»Diesen drei Männern in Norfolk, denen du in Duellen eine Kugel durch den Kopf gejagt hast«, sagte Aurelia knapp. »Ich fürchte fast, es waren so viele, daß ich noch ein paar vergessen habe.«

»Ich, ich glaube ...« Everards Steifheit löste sich ein wenig, seine Mundwinkel wirkten mit einem Male entspannter. Sein Blick wurde geradezu weich, und er warf ihr einen prüfenden Blick zu, so daß Aurelia ganz schwindlig wurde. Ihr Puls schlug immer schneller. Sie hatte jetzt sogar Schwierigkeiten, sich daran zu erinnern, daß sie gerade noch böse mit ihm gewesen war.

Wieder verging eine Weile des Schweigens, ehe er fragte: »Aurelia, glaubst du wirklich, daß all das, was sich zwischen uns zugetragen hat, die Folge einer Wette war?« Er versuchte, die Frage so zu stellen, daß sie den Eindruck erweckte, er würde sie unvorbereitet stellen, doch sie spürte sogleich, daß ihre Zweifel ihm zugesetzt hatten und daß sie ihm immer noch weh taten.

»Nein.« Sie mußte schlucken. Es war jetzt einfach nicht mehr möglich zu lügen. »Ja, anfangs glaubte ich das schon. Weißt du, es war einfach viel logischer, die Sache mit der Wette zu glauben, als davon zu träumen ...«

»Wovon zu träumen?« stellte er sie zur Rede.

»Als davon zu träumen, daß – daß du einen anderen Grund dafür haben könntest, so viel Zeit in mich zu investieren.« Sie starrte auf die Bodenbretter der Kutsche und lachte herzhaft. »Du erinnerst mich jetzt an die Tage im vergangenen Winter. Du bist doch der einzige Mensch auf der Welt, der weiß, was ich bin.«

»Ja, das weiß ich besser als irgendein anderer.« Eine seltsame Rauheit legte sich auf seine Stimme. Er nahm sie in seine Arme und drückte sie fest an seine Brust. »Du bist ein – schöner – anstrengender – entzückender – nervender kleiner Narr.« Er unterstrich jedes seiner

Wörter mit einem Regen von Küssen auf ihr Haar, ihre Stirn und ihre Wange, bis sein Mund schließlich auf ihren traf.

Obwohl sie sich nichts sehnlicher wünschte, als sich seinen wilden, süßen, starken Küssen auszuliefern, wich Aurelia zurück, denn sie hatte sich in den Kopf gesetzt, ihre Erklärung zu Ende zu führen.

»Ach, Everard«, wisperte sie. »Ich wollte dich an jenem Tag nicht verletzen. Es entspricht nicht der Wahrheit, daß ich so eine schlechte Meinung von dir habe, vielmehr habe ich eine, eine schlechte Meinung von mir. Ich kann einfach nicht glauben, daß du ...«

»Daß ich dich lieben könnte? Daß ich Verlangen nach dir haben könnte? Dann werde ich versuchen, dies zu beweisen, und wenn ich dir dafür mein ganzes Leben zu Füßen legen muß.«

Seine Lippen legten sich wieder auf ihren Mund, und er schien jeden Augenblick zu genießen, doch dann wurde sein Kuß wesentlich stürmischer. Aurelia war der Meinung, sie müßte dagegen protestieren, daß er den Vorsatz hatte, sein Leben auf diese Weise zu opfern, doch nun drehte sich die Welt schwindelerregend um sie herum, und sie konnte nur noch eines tun – sich Everard hingeben. Als er sie immer und immer wieder küßte, gab Aurelia fürs erste die Hoffnung auf, ihn davon überzeugen zu können, diesen Unsinn nicht in die Tat umzusetzen. Doch schon beim nächsten leidenschaftlichen Kuß war sie fest davon überzeugt, daß das Vorhaben Everards eine noble Sache war. Viele Minuten später, als sie es sich an Everards Schulter bequem machte, hörte sie ihn leise und heiser sagen: »Verdammt noch mal, ich bin beinahe so vergeßlich wie Justin.«

Sie spürte, daß sich sein Arm, der sich direkt unter ihr befand, bewegte, als er versuchte, etwas aus seiner Manteltasche zu holen.

»Hier ist er.« Triumphierend holte er einen Ring hervor. Der Ring hatte die Form einer Rose, deren Blütenblätter so kunstvoll aus Gold gefertigt waren, daß Aurelia der Atem stockte. Das Gold war so schön poliert, daß es hellrosa schimmerte. »Ich habe in ganz London danach gesucht.« Er lächelte zärtlich. »Du siehst also, daß ich deine Vorliebe für Rosen nicht vergessen habe.«

»Er, er ist wunderschön, dieser Ring«, sagte sie. Als sie ihre Hand hob, schob er den Ring feierlich auf ihren zitternden Finger.

»Äm, ich meine, du willst mich doch heiraten, Aurelia, nicht wahr?« sagte Everard stöhnend. »O Gott, ich verpfusche wieder alles. Ich will dir doch nur sagen, daß ich dich liebe ...«

Sie legte ihre Finger auf seine Lippen. In ihren Augen standen die Tränen, und zur gleichen Zeit mußte sie lachen. »Es ist schon in Ordnung. Ich kann mich nicht daran erinnern, daß ich jemals einen reizenderen Heiratsantrag erhalten habe. Zumindest nicht seit ...«

»Du kleine Hexe.« Mit einem heiseren Knurren nahm Everard Aurelia wieder in seine Arme. Doch die schnelle Bewegung, die er dabei machte, sorgte dafür, daß sein Koffer auf der unteren Ladefläche der Kutsche umkippte. Alles, was sich in dem Koffer befand, fiel heraus und auf Aurelias Füße. Sie unterbrach sofort den Kuß, dem sie sich so leidenschaftlich hingeben wollte. Als sie sich aufsetzte und hinunterschaute auf die Gegenstände, die da verstreut herumlagen, sah sie äußerst verwirrt aus. Everard konnte es nicht mehr verhindern, daß sich Aurelia bückte, um den Koffer wieder richtig hinzustellen.

Belustigt zog sie die Mundwinkel hoch. Der Koffer hatte einen höchst seltsamen Inhalt. In ihm befand sich nichts anderes als eine umfangreiche Sammlung von Krawatten und, kaum verwunderlich, ein abgegriffenes Kartenspiel. Sie hob die Karten auf und schaute Everard vorwurfsvoll und neckisch zugleich an.

Everard war sehr verlegen, denn er wußte nicht so recht, wie er jetzt reagieren sollte. Schließlich runzelte er die Stirn und sagte entschuldigend: »Nun, meine Lady, ich war gezwungen, in aller Eile die wichtigsten Sachen zu packen.«

Er nahm ihr die Karten aus der Hand und schüttelte sich vor Lachen. Dann warf er die Karten kurzerhand in die Luft. Sie segelten unbemerkt auf die Landstraße, während Everard Aurelia wieder an sich zog, um ihr einen weiteren langen, leidenschaftlichen Kuß zu geben.